ザ・ロング・アンド・ワインディング・ロード

東京バンドワゴン

小路幸也

集英社文庫

目次

登場人物相関図

大山《おおやま》かずみ
昔、戦災孤児となり堀田家に暮らしていた。引退した女医。

家族同然

藤島直也《ふじしまなおや》
若くハンサムなIT企業〈FJ〉の社長。無類の古書好き。

常連客①

三鷹《みたか》
藤島の学友、元ビジネスパートナーで、IT企業〈S&E〉の社長。

永坂杏里《ながさかあんり》
藤島・三鷹の大学の同窓生。藤島の元秘書で、〈S&E〉の取締役。

堀田《ほった》家〈東京《とうきょう》バンドワゴン〉

（サチ）
良妻賢母で堀田家を支えてきたが、8年前、76歳で他界。

（秋実《あきみ》）
太陽のような中心的存在だったが、11年前に他界。

マードック
日本大好きイギリス人画家。

玉三郎《たまさぶろう》・ノラ・ポコ・ベンジャミン
堀田家の猫たち。

アキ・サチ
堀田家の犬たち。

藍子《あいこ》（41）
画家。おっとりした美人。

花陽《かよ》（18）
医者を目指す高校3年生。

高校の後輩

行きつけの店

小料理居酒屋〈はる〉

真奈美《まなみ》
美人のおかみさん。

真幸《まさゆき》（1）

コウ
板前。無口だが、腕は一流。

常連客②

茅野《かやの》
定年を迎えた、元刑事。

木島《きじま》
フリーの記者。我南人のファン。

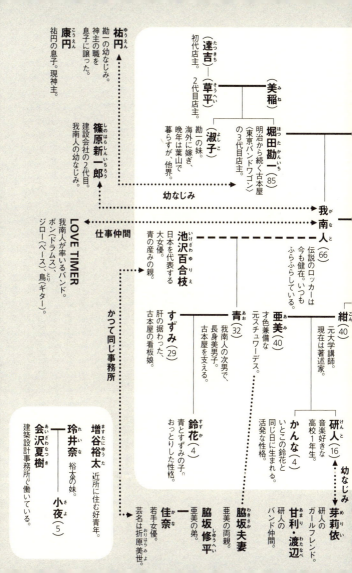

（美稲《みね》）

（達吉《たつきち》）―（草平《そうへい》）

初代店主。　2代目店主。

堀田勘一《ほったかんいち》（85）
明治から続く古本屋〈東京バンドワゴン〉の3代目店主。

（淑子《よしこ》）
勘一の妹。海外に嫁ぎ、晩年は葉山で暮らすが、他界。

幼なじみ

我南人《がなと》（66）
伝説のロッカーは今も健在。いつもふらふらしている。

紺《こん》（40）
元大学講師。現在は著述家。

亜美《あみ》（40）
才色兼備な元スチュワーデス。

研人《けんと》（16）
音楽好きな高校1年生。

かんな（4）
いとこの鈴花と同じ日に生まれる。活発な性格。

青《あお》（32）
我南人の次男で、長身美男子。古本屋を支える。

池沢百合枝《いけざわゆりえ》
日本を代表する大女優。青の産みの親。

すずみ（29）
肝の据わった、古本屋の看板娘。

鈴花《すずか》（4）
青とすずみの子。おっとりした性格。

幼なじみ

芽莉依《めりい》
研人のガールフレンド。

甘利《あまり》・渡辺《わたなべ》
研人のバンド仲間。

脇坂《わきさか》夫妻
亜美の両親。

脇坂修平《しゅうへい》
亜美の弟。

佳奈《かな》
若手女優。芸名は折原美世《おりはらみよ》。

かつて同じ事務所

祐円《ゆうえん》
勘一の幼なじみ。神主の職を息子に譲った。

康円《こうえん》
祐円の息子。現神主。

篠原新一郎《しのはらしんいちろう》
建設会社の2代目。我南人の幼なじみ。

仕事仲間

LOVE TIMER
我南人が率いるバンド。ボン（ドラムス）、ジロー（ベース）、鳥《とり》（ギター）。

増谷裕太《ますたにゆうた》
近所に住む好青年。

玲井奈《れいな》
裕太の妹。

小夜《さよ》（5）

会沢夏樹《あいざわなつき》
建築設計事務所で働いている。

ザ・ロング・アンド・ワインディング・ロード

東京バンドワゴン

花は根に鳥は古巣に、などという言葉がありましたね。

美しく咲いた花もやがて花びらが散りその根元に落ちて、また次の花への栄養になる。鳥はどんなに遠くまで飛んでいったとしても、必ず自分の古巣に帰ってくる。

物事は全てその元になるところに戻るものなのだと言っているのでしょう。自分の心の根っことなっているものはそれほどまでに大切で、決して消えてしまわないものなのだ、とも解釈できるでしょうか。

わたしが住んでおります東京のこの辺りも、まさに古巣と言うに相応《ふさわ》しいところでして、長い年月に耐えて今もなお、たくさんの人の営みを育む家々が建ち並びます。車が一台ようやく通れるのは広い方で、通れないのがあたりまえ。猫が尻尾を振れば両脇の家に触れるような路地にまで、人々の暮らしの香りが満ちています。

周りにはやたらと古いお寺も多く、石塀や土塀の向こうの境内には緑滴る木々が背高く伸び、色鮮やかな花々が季節ごとにその美しさを競い、苔生《こけむ》した石や歴史を刻む石畳が雨に濡《ぬ》れて風情を醸し出します。

帰ってくるところが、いつまでも変わらないでいてくれるとほっとしますよね。変わらないでいてくれると信じているからこそ、人は遠くまで足を運んでいけるというものなのでしょう。

朝はお陽《ひ》様に露がゆらりと気を立ち上らせ、昼は賑《にぎ》やかな人波に町が騒《ざわ》めき、夕に鼻をくすぐる夕餉《ゆうげ》の支度の匂いが流れます。陽溜《ひだ》まりの石段の上では猫が気持ち良さそうに眠り、細い路地には子供たちがチョークで描いた丸や三角が並びます。釣り忍に風鈴、簾《すだれ》に格子戸に板塀。昔ながらの風物がそこかしこに見られ、今も暮らしの中にあたりまえのように溶け込んでいます。

そういう下町で、築八十年近くになる今にも朽ち果てそうな風情の日本家屋で、古本屋を営んでいるのが我が堀田《ほった》家です。

〈東京《とうきょう》バンドワゴン〉というのが屋号なんですよ。

わたしの義理の祖父である先々代、堀田達吉《たつきち》が明治十八年という昔に、この場所に土地を買い家屋や蔵を建てて創業したと聞いています。

古本屋にしては少し、いえ、かなり奇妙な名前だと思うでしょう。

わたしも初めて聞いたときにはそう思いましたが、実はかの坪内逍遥《つぼうちしょうよう》先生に名付け親になっていただいたのだとか。その当時からしてもとんでもなく珍妙な名前だったそうでして、通りすがりに看板を見た人たちが何度も見直して首を捻《ひね》っていたそうですよ。時代を超えて今も通りすがる人がその名前に首を傾《かし》げるのですから、ある意味では坪内先生、さすがの慧眼《けいがん》だったということでしょうね。商売ものというのは人の目に留まってこそですから。

瓦屋根の庇《ひさし》に今も鎮座まします黒塗り金文字の看板は、長い年月にすっかり色褪《いろあ》せてしまいました。何かの折りに塗り直そうかという話は幾度も出るものの、結局は古いものはそのままにしておけということに落ち着きます。

明治の世から大正、昭和と時代が変わっても商いを続けてこられて、平成の世も早《は》や四半世紀が過ぎましたね。時代の流れというわけではありませんが、今は古本屋の隣にカフェも営んでいます。家族の名前を元にした〈かふぇ　あさん〉という名前が一応登記上はあるのですが、同じ家で呼び名が二つあっても紛らわしかろうと、普段はどちらも〈東京バンドワゴン〉で通しています。


あぁ、いけません。またやってしまいましたね。

ご挨拶も済まさないうちから長々と話をしてしまうのが、本当に癖のようになってしまいました。

ふわふわと漂いどなたの目にも映らないこの姿になって随分と長い時が経《た》っていますから、お行儀も悪くなっていますね。相済みません。

お初にお目に掛かる方もいらっしゃいますでしょうね。すっかりお馴染《なじ》みの方は相変わらずだねと苦笑いされているでしょうか。皆さん大変失礼いたしました。

わたしは堀田サチと申します。

この堀田家に嫁いできたのは、もう大昔の昭和二十年、一九四五年の終戦の年のことです。今思えばとんでもないような大騒動に出会《でくわ》し巻き込まれ、すったもんだの末に皆に祝福されて嫁入りした顚末《てんまつ》は、以前にも詳しくお話しさせていただきましたよね。

それから長い年月、家族に囲まれて、騒がしくも幸せな毎日を過ごしていくことができました。


どうも他所《よそ》様のところより騒動が多めに巻き起こってしまう我が家ですが、その話をお聞かせするようになってからどれぐらい経ちましたでしょう。十年一昔と言いますが、それぐらいは経ったのではないでしょうか。

その間に我が堀田家には人の出入りも家族も増え、その分だけたくさんの笑い声が響くようになっています。改めて、わたしの家族を順にご紹介させていただきますね。

〈東京バンドワゴン〉の正面には三つ入口がありまして、初めての方を少し戸惑わせてしまいますよね。真ん中の扉は普段あまり使われることはありませんので、まずは左側のガラス戸から中へどうぞ。

金文字で〈東京バンドワゴン〉と書かれているそこが、創業当時から一切変わらない古本屋の入口になっています。

開けると土鈴《どれい》が鳴って、これも創業時から並ぶ特別製の本棚がずらりと並びます。奥へ進んでいただくと、三畳分の畳が敷かれた帳場で文机《ふづくえ》に頬杖《ほおづえ》して煙草《たばこ》を吹かしていますのがわたしの夫であり、〈東京バンドワゴン〉三代目店主の堀田勘一《かんいち》です。

ごま塩頭で地顔が顰《しか》め面《つら》で大柄。見た目は少し怖そうに思えてしまいますが、愛想は決して悪くありませんので安心してお声掛けください。特にお子さんや女性には優しいですよ。

次の誕生日が来れば八十六歳になりますが、四人いる曽孫《ひまご》が全員晴れて結婚するまでは絶対に死なねぇと常日頃言っています。そうなると、あと十四、五年は元気でいてくれるのでしょう。実際のところ、毎日しっかりご飯を食べて、お酒も煙草も嗜《たしな》み、頭の回転も足腰もしっかりとしています。孫に言われて始めた散歩も、一日五キロも六キロも歩いてけろりとしています。お若いですねと言えばおべんちゃらは結構だと少し怒りますが、内心はかなり喜んでいますから、古書を購入するときに言えばきっと少しおまけしてくれますよ。

勘一の後ろ、帳場の壁の墨文字が気になりますよね。

〈文化文明に関する些事《さじ》諸問題なら、如何《いか》なる事でも万事解決〉

これは、我が堀田家の家訓なのです。

創業者である堀田達吉の息子、つまりわたしの義父でありますす堀田草平《そうへい》は、大正から昭和に移り行く世に善き民衆の羅針盤に成らんと、志も高く新聞社を興そうとしたそうですが、生憎《あいにく》様々な事情がそれを許さず道半ばとなりました。一時は隠遁《いんとん》も考えたそうですが、家業である古本屋もまた地に根を張る羅針盤に成り得ると心機一転、お店を継いだそうです。「世の森羅万象は書物の中にある」というのが持論だったことから、これを家訓にと書き留めたそうですよ。

書き留めたはいいものの、〈万事解決〉の文字が余程心強かったのでしょうか。ご近所さんから大小様々な揉《も》め事《ごと》や事件の相談事が日々持ち込まれて、義父は古本を売るどころかあちこちを駆けずり回って解決に当たり、勘一の話ではまるで私立探偵のような日々だったそうです。その辺りの顚末は義父がしっかりと書き留めていますので、いつか皆さんにお話しすることもあるでしょう。

そうなのです。実は家訓は他にもたくさんありまして、そこの壁に貼られた古いポスターや、カレンダーを捲《めく》りますとそこここに現れます。

曰《いわ》く。

〈本は収まるところに収まる〉
〈煙草の火は一時でも目を離すべからず〉
〈食事は家族揃《そろ》って賑やかに行うべし〉
〈人を立てて戸は開けて万事朗らかに行うべし〉等々。

トイレの壁には〈急がず騒がず手洗励行〉、台所の壁には〈掌《てのひら》に愛を〉。そして二階の壁には〈女の笑顔は菩薩《ぼさつ》である〉、という具合です。

家訓などという言葉も今は使われなくなって久しいでしょうが、我が家の皆は老いも若きもできるだけそれを守って、日々を暮らしていこうとしているのですよ。

帳場の脇で持ち込まれた古本の整理をしているのが、孫の青《あお》のお嫁さんのすずみさんです。初めて我が家に来たときにはまだ大学を卒業したばかりの可愛《かわい》らしい、けれども古本屋に勤めるのが夢だったという奇特なお嬢さんでしたよ。今は一児のお母さんでもあり、古本の買い取りから整理に至るまで何でもこなし、勘一に代わり我が家の所蔵品の生き字引と呼ばれるほどですよ。そろそろ三十路《みそじ》を迎えるころですが、その愛らしい笑顔に変わりはなく、古本屋の看板娘として毎日お店に出ています。

さ、どうぞご遠慮なく家の中へ。帳場の横を通り抜けて、居間に上がってくださいな。そこの柱に凭《もた》れてギターを掻《か》き鳴らしている、通行に邪魔な金髪の男は放っておいて結構ですので。足も放り出したままお行儀が悪くてすみません。それはわたしと勘一の一人息子、我南人《がなと》といいます。

ご存じでしたか。もう六十半ばで高齢者と呼ばれてもおかしくない年齢ですが、金髪長髪も相変わらずで、ロックミュージシャンというものをやっています。

何でも音楽ファンの皆さんの間では、〈伝説のロッカー〉とか〈ゴッド・オブ・ロック〉などと呼ばれてもいるようでして、昔と変わらずにたくさんの方が我南人目当てにお店にやってきてくれます。近頃はSNSというもので自分の近況を発信したり、皆さんとの交流を深めているとか。隣のカフェでお仲間のミュージシャンを集めてアコースティックライブをやるときにはいつも満員御礼になりますから、本当にありがたいことですよね。

若い頃からいつもツアーだ何だと出歩いていて、どこにいるのかさっぱりわからない男だったのですが、近頃は孫の相手をするのが楽しいらしく、家にいる時間の方が増えています。あれですね、昔は子供の藍子《あいこ》や紺《こん》や青の相手をすることが少なかったので、その時間を今になって埋め合わせているのかもしれません。このまま落ち着いてくれるのがいちばんだと思うのですが、どうなのでしょうか。

ちらかしていてすみません。居間の座卓にたくさんの資料とノートパソコンを置きキーボードを叩《たた》いているのは、その我南人の長男でわたしの孫の紺です。

以前には大学講師の傍らお店の番頭めいた役割を担っていたのですが、今はこうして物書きとして生計を立てています。もちろん自分の部屋はありますからそこで執筆すればいいといつも思うのですが、長年の習慣からか、こうして皆の声が聞こえる居間でなければ仕事が捗《はかど》らないとか。個性が強すぎる堀田家の男性陣の中にあって、顔も性格も地味すぎてつまらないという声もありますが、唯一の常識人で堅実なのですよね。常に沈着冷静で勘の良さも併せ持ち、どたばたしたときには実に頼りになる存在です。

その向かい側で同じようにノートパソコンのキーボードを叩いているのは、紺の弟の青です。我南人の次男になりますね。今は我が家の所蔵品のデータベースを整理しているのでしょう。

ご覧の通り、そこらのモデルさんも俳優さんも裸足《はだし》で逃げ出すと小さい頃から言われるほどの美しい顔とスタイルでして、ただ座っているだけなのに絵になりますよね。大学を卒業して旅行添乗員をしていた時期もありましたが、今は執筆に忙しい紺に代わって、こうして古本屋を妻のすずみさんと一緒に支えてくれています。本人も実はそれがいちばん落ち着くとは言っていますが、何せ妻帯者で子供もいるとはいえこの美貌ですからね。放っておくのはもったいないと俳優をやったこともありますし、カフェに出れば年齢に関係なく女性たちのうっとりした視線を一身に浴びます。実は本人もそれを楽しんでいますよね。

カフェの方もどうぞご覧になってくださいな。コーヒーでも飲みながらお話ししましょうか。

そうなのです。こちらの壁には家訓などはなく、版画や日本画、水彩画に油絵がたくさん並べられていて、ちょっとしたギャラリーですよね。あれは、今、カウンターの中で仲睦《なかむつ》まじく洗い物をしている、孫で我南人の長女の藍子と、その夫となったマードックさんが描いたものです。版画と日本画がマードックさんの作品ですよ。

藍子は、芸術家肌と言うのでしょうかね。普段は見た目通りの優しくおっとりとした性格なのに、その心の内に何か熱いものを秘めているのでしょう。大学在学中に、教授であり、家庭のあるすずみさんのお父さんと恋に落ち、わたしの曽孫になる花陽《かよ》を授かりました。そしてそれを誰にも言わずに育てる決意をして、いわゆるシングルマザーとして生きてきたのですよ。すずみさんも加えてその件で騒動が巻き起こったのは以前にお話ししましたね。

そうしていろいろあった末に藍子の夫になったのが、イギリス人で日本画家のマードック・グレアム・スミス・モンゴメリーさんです。浮世絵など日本の美術と古いものに魅了され日本にやってきて、それからずっと我が家のご近所さんとして過ごし、藍子を見つめてきたのですよね。マードックさんもまた見た目は柔らかく人懐こい笑顔をお持ちの方なのですが、アーティストとしては一流で、母国や日本でもその実力を認められ、今は美術系の大学に講師として勤めています。二人は結婚して我が家の隣の〈藤島《ふじしま》ハウス〉というアパートで暮らしていますが、朝から晩までほぼ我が家で過ごしていますから生活に変わりはありません。

今、花柄の可愛らしいエプロン姿でお客様にコーヒーをお出ししているのが、紺のお嫁さんの亜美《あみ》さんです。元は国際線のスチュワーデスでして、才色兼備という言葉がこれほど似合う女性もいません。またそのお顔が、怒らせると怖いほど美しいと近所の評判になるほどでして、その美しさを見るためにわざと怒らせるお客さんがいたぐらいですよ。

このカフェを造ったのも実は亜美さんです。以前に訪れた我が家存亡の危機に敢然と立ち向かい皆の心を奮い立たせ、今の穏やかな日々をもたらした功労者なのです。皆は面と向かっては言いませんが、本当に亜美さんが紺のお嫁さんに来てくれて良かったと心から思っているのですよ。けれども、あの地味な紺にどうしてこんなに素敵な亜美さんが惚《ほ》れたのかは、堀田家最大の謎と言われていますけどね。

あら、すみません。お客様の前でどたばたと騒がしいですね。

二階からギターケースを抱えて駆け下りてきた髪の毛がくるくるの男の子は、紺と亜美さんの長男で今年の春から高校生になった研人《けんと》です。受験勉強から解放されたとはいえ勉強が本分の学生なのに、ああしてギターを抱えて音楽三昧の毎日を送っています。祖父の我南人の血なのでしょうかね。単なる学生の趣味の域を超えて、既に作曲家としてもそれなりの実績を残しているのですが、学校の勉強もちゃんとしてほしいお母さんの亜美さんにしてみれば痛し痒《かゆ》しといったところなのですよ。でも、小さい頃と変わらずに優しい心と快活さを備えた男の子ですから、いいですよね。

あぁ、今塾から帰ってきて、カウンターの前に陣取った研人の隣に座ったのが、藍子の娘の花陽です。お医者様になるという目標を自分で決めて、今年高校三年生。つまりいよいよ医大受験の本番を控えて猛勉強を続ける毎日です。昨年から掛け始めた眼鏡がとても似合うと家庭内では評判ですよ。花陽はお話ししたように、青のお嫁さんのすずみさんとは異母姉妹でありながら、義理の叔母と姪《めい》という複雑な間柄です。でも、それを乗り越えて今では本当に仲良く毎日を過ごしています。

この花陽と研人はいとこ同士なのですが、生まれたときから同じ家でずっと一緒に育ってきましたから、もう姉と弟みたいなものですね。本人たちもそう思っているのですが、人に説明しなきゃならないときはちょっと面倒臭いと笑っていますよ。

研人と花陽の後ろのテーブルに座り、二人と笑顔で会話している和装のご婦人二人をご紹介しましょうか。一人は有名な方ですので、紹介する必要もないでしょうか。青の産みの母親であり、その美しさは年を重ねても変わることがない、日本を代表する女優の池沢百合枝《いけざわゆりえ》さんです。もっとも今は女優業は休業中で、近所の小料理居酒屋〈はる〉さんをお手伝いしています。

もう一人はわたしと勘一にとっては妹同然の大山《おおやま》かずみちゃん。終戦当時に戦災孤児となり堀田家の一員となりました。医者であったお父さんの遺志を継ぎ、それはもう苦労を重ねて女医となり長年地域診療に貢献してきましたが、七十を超えた今は引退して我が家で子供たちの面倒や家事一切を取り仕切ってくれています。花陽がお医者様を志したのも、かずみちゃんの影響ですよね。

賑やかな声が聞こえてきました。お友達の家で遊んで帰ってきて、カフェに駆け込んできたおしゃまな女の子二人。紺の長女のかんなちゃんと、青の一人娘の鈴花《すずか》ちゃんです。偶然にも同じ日に生まれて次の誕生日で五歳になるいとこ同士ですね。あぁそうですね。池沢さんが鈴花ちゃんのおばあちゃんになりますよ。

生まれてしばらくは双子のようにそっくりでしたが、大きくなって個性が出てきまして、その表情もそれぞれのお母さんに似てきました。元気一杯で活発で瞳が大きくくりんとしているのがかんなちゃん。少しおっとりさんですが目元は涼しく甘えん坊で、すぐにかんなちゃんの後ろにくっつくのが鈴花ちゃんです。

花陽と研人と同じようにこの二人もいとこ同士ですが、こうして生まれたときからずっと一緒にいますから、自分たちを姉妹と思っています。もう少し大きくなったらいとこ同士だと理解できますかね。

いつものことながら一通り紹介するだけでも一苦労ですね。すずみさんと花陽のような複雑な関係もありますから頭が混乱するでしょう。

それでも、皆が同じ屋根の下で集う家族なのです。そうそう、家族と言えば忘れていました。我が家の家族の一員である犬と猫たちもいますね。猫の玉三郎《たまさぶろう》にノラにポコにベンジャミン、そして犬のアキとサチです。実は玉三郎とノラというのは、我が家の猫に代々付けられていく名前でして、ついこの間も代替わりしています。ですから、その二匹はまだ一歳にならない若い猫なのでいちばん元気に家の中を跳び回っていますよ。

最後に、わたし堀田サチは、七十六歳で皆さんの世を去りました。

大きなご縁があって、終戦の年にこの堀田家に嫁いできたのですが、それから長い年月、思えば本当に賑やかで楽しい毎日を過ごさせてもらいました。

振り返れば幸せで満ち足りた人生だったと何の心残りもなく、たくさんの皆さんに感謝しながら生の終わりを迎えたのです。

ですが、何故《なぜ》なのでしょうね、今もこうしてこの家に留《とど》まっています。

思い残すことなどなかったのですが、きっと孫や曽孫の成長の様子をもう少し楽しみなさいという、どなたかの粋な計らいなのだろうと思うことにしました。いずれは、父母や義父母の草平さんや美稲《みね》さん、我南人のお嫁さんの秋実《あきみ》さん、その他にも遠い昔に共に過ごしたジョーさんやマリアさん、十郎《じゅうろう》さんたちとまた出会うときが来るのでしょう。

その日がやって来るまではせいぜいお土産話を増やすために楽しませてもらいます、と、こうして家族の皆を見守っております。

そうなのです。幼い頃から人一倍勘の鋭かった孫の紺は、わたしがこうしてうろうしているのがわかりまして、いつもほんのひとときなのですが、仏壇の前で話をすることもあるのです。血筋なのでしょうか、紺の息子の研人もわたしが見えることがあります。そのときにはいつも皆に気づかれないように微笑《ほほえ》んでくれますよ。そして、研人の妹のかんなちゃんにも何かが受け継がれたようで、この間はわたしを見つめて「おおばあちゃん？」と微笑んでくれました。どうやらかんなちゃんはわたしが見える上に話もできるようです。この先普通にお話しできることになったらと、楽しみでしょうがありません。


またご挨拶が長くなってしまいました。

こうして、まだしばらくは堀田家の、そして〈東京バンドワゴン〉の行く末を見つめていきたいと思います。

よろしければ、どうぞご一緒に。

春

花も嵐も実の生《な》る方へ

一

水ぬるむ春、と言いますけれど、本当に春になると蛇口から流れる水さえそう感じますよね。ある朝、顔を洗うときにふとそれを感じて、つい微笑んでしまったことなどを思い出します。風が運んでくる香りも春らしいとしか言い様のないものに溢《あふ》れて、足取りまで軽くなってしまうのが、春ですよね。

我が家の庭の梅と桜の木ですが、今年も歌の文句のように順番通りに花を咲かせ、季節を愛《め》でる気持ちを満足させてくれました。冬が厳しかった年の花の色は一段と鮮やかになると言いますが、その通りでしたね。

二本とも老木なのですが、特に桜の木はこの家の誰よりも年寄りで、話では家を建てる前からここにあり、その見事さに初代の堀田達吉はここに店を開くことを決めたとか。

それが事実なら、もう百三十歳を超えていることになりますかね。

桜の木の寿命というものがいくつぐらいなのかはわかりませんが、どうぞどうぞ末代まで、このまま春に辺りを薄桃色に染め上げる花を咲かせてくださいと、いつも思います。

今年も絨毯《じゆうたん》を広げるように散っていった桜の花びらを、かんなちゃんと鈴花ちゃんが花陽と一緒に一生懸命、それこそ時間を忘れてひとつずつ拾って袋に集めていました。何をするのかと思えば、ポプリを作るのだとか。

わたしはやったことがありませんでしたが、後でお母さんの亜美さん、すずみさんの手を借りて作業しているのを見ると、どうやら桜の花の塩漬けを作るのと同じような要領ですね。モイストポプリなどと話していました。やはり女の子ですよね。自然とそういうことに興味が向いていくのでしょう。

我が家の中をうろうろしている犬のアキとサチ、猫の玉三郎にノラ、ポコにベンジャミンたちも、季節が変わると動きも変わります。特にアキとサチは庭に出たいと縁側のガラス戸を前足で叩くことが増えますよ。

猫たちの中ではまだうちに来て日の浅い玉三郎とノラですが、どうやら外に出ても遊び回ることはなく、庭をうろうろするだけで帰ってくるようになりました。そもそもポコとベンジャミンも、外へは出るのですが遠くへ行くことがほとんどないですよね。まるで我が家の周りに結界でもあるかのようにぐるりと回って、陽差しの暖かいところでお昼寝して帰ってくることがほとんどです。

子供がいるお宅はどこでもそうでしょうけど、季節は子供の学校のサイクルに合わせて移り変わっていきますよね。

春休みも終わって、いよいよ新学期です。

新しい、というのは何であろうと良いことが起こりそうな気がするものです。

勘一や祐円《ゆうえん》さんなどは、春が来る度に〈女房と畳は新しい方が良い〉などと失礼な古い言い回しを発します。気持ちはわかりますし確かに畳は新しい方がいいのですが、それこそ春風を頰《ほお》に受けるように、さらりと聞き流してくれる我が家の女性陣に感謝すべきだと思いますよ。

かんなちゃんと鈴花ちゃんは幼稚園では年中さんになりました。

年中さんになるとスモックの色が菫《すみれ》色《いろ》に変わりまして、それが嬉《うれ》しくてしょうがないみたいで、春休みのうちから一日一回は着ていました。お友達との遊びも毎日のように新しい何かが増えていき、言葉遣いもどんどんおしゃまに変化していきます。この時期の子供というのは本当に日々驚きと発見の連続ですよね。またそれが楽しく嬉しいのですよ。

そうです、研人はこの春から高校生。

新しい学生服に身を包み、くるくるの髪の毛も少し短くして臨んだ入学式は何事もなく無事に終わり、新しいクラスメイトと一緒の教室で勉強する日々が始まっています。

高校生というのは少年から青年へ移り変わる第一歩の時期。どちらかといえば童顔の部類に入る研人ですが、心も身体《からだ》もすくすくと伸びていき、いろいろと家族を悩ませたり楽しませたりしてくれるのでしょう。

花陽は高校三年生。いよいよ受験本番の年です。花陽はもうずっと前からそのための準備として勉強に精を出してきました。クラスも持ち上がりですし、三年生になったからといって特に何かが変わるわけではないでしょう。自分の目標達成のために、頑張って毎日を過ごしていきますよね。


そんな四月も初めの頃。

いつもと変わらずに、我が堀田家の朝は賑やかです。

昨夜は藍子とマードックさんの部屋で一緒に寝たかんなちゃんと鈴花ちゃんが、にこにこしながら音を立てないようにそっと玄関から入ってきて、腰を落として縁側をすすす、と走っていきます。あれはきっと忍者の真似《まね》をしているのだと思いますよ。

もちろんその後に、それこそ忍者のように足音を立てずに続くのは玉三郎とノラです。

この二匹がかんなちゃん鈴花ちゃんと一緒に寝るのはいつまで続くのでしょうかね。

お風呂にも一緒についてくるので、試しにと二匹ともお風呂場に入れて、たらいにお湯を張って身体を洗ってみたのですが、驚いたことに気に入ったようなのです。二匹とも気持ち良さそうにたらいに身体を沈め、放っておけばいつまでも入っていました。大抵の猫は身体を洗われるのを嫌うのですが、中には好きになる猫もいるのでしょう。

あぁ聞こえてきましたね。

「けんとにぃ！」という、元気なかんなちゃん鈴花ちゃんの声と一緒に、どしん、という低い音が二階から響きます。ベッドで眠る研人への目覚ましのダイビングは、二人の体重が増えてくるほど研人にとってはきついでしょう。いつまでもちますかね。

台所では既に、かずみちゃんに藍子と亜美さん、すずみさんの四人が朝ご飯の支度を始めています。

我が家ではもうそれがあたりまえになっていますから皆が何とも思いませんが、朝からこの人数のご飯を用意するのは大変です。それでも、前の日の晩ご飯に、残しても翌朝に美味《おい》しく食べられるものを加えたり、常備しておくおかずを増やしたりと工夫をすることによって楽になっていきます。

暮らしというのは、いつも同じことを繰り返せばいいというものではありません。同じことをするにしてもどうすればもっときれいにできるか、美味しく食べられるか、皆が便利と感じるか。それを考えて少しずつでも創意工夫していくのが暮らす、ということなんですよね。

わたしがお嫁に来る以前からこの家にはたくさんの人が出入りしていましたから、台所も大きいですし食器の数もたくさんあります。亜美さんなどはそういう類《たぐい》のものが大好きですから、お嫁に来たときには英国製の古い食器や、古唐津《こからつ》の焼き物などが毎日の食卓に使われているのを知って狂喜乱舞していましたよ。

居間の真ん中に鎮座する欅《けやき》の一枚板の座卓は、大正時代に購入したものと聞いています。長い年月に飴色《あめいろ》になって風情があるものですが、重くて大きくてお掃除で移動させるときは一苦労。最近でこそガスコンロがありますから使うことはありませんが、七輪を組み込めるようにもなっていて、その昔は皆ですき焼きなどの鍋物を七輪の上でやっていました。

台所で女性陣が賑やかにかつ速やかに支度をしていると、勘一が自分で取ってきた新聞を片手にどっかと上座に座ります。この人は身体も丈夫ですが眼《め》も人一倍元気で、いまだに老眼鏡を使わずとも新聞の細かい字を読めるのは、我が亭主ながら大したものだと思います。その向かい側では、我南人がiPadを手にして、こちらもニュースをいろいろと読んでいるようです。

わたしも昭和の戦争からこちら、いろいろなものを見聞きしてきましたが、世の中の技術は本当に進んでいくものです。こんな小さな板きれのようなもので、世界中をいろんな意味で覗《のぞ》けるのですよね。

〈藤島ハウス〉からマードックさんと藤島さんもやってきて、皆に「おはようございます」と挨拶します。

藤島さん、昨夜はこちらに泊まったのですね。もうそれもごく普通のことになってしまって、藤島さんが朝に顔を出しても誰も特には反応しません。普通に朝の挨拶をして終わりです。

そもそも隣の〈藤島ハウス〉は、お店の常連であり、IT企業〈FJ〉の社長である藤島直也《なおや》さんが自分の別邸として建てたもの。そこに我が家から藍子とマードックさん、そしてかずみちゃんが部屋を借りて暮らしています。いわば大家さんですよね。もちろん格安ではあるものの、ちゃんと家賃を払っていますよ。

紺と青がやってきて、そして研人と花陽がかんなちゃん鈴花ちゃんに引っ張られるようにして居間に集まってきますが、まだ皆は座卓につけませんので立ち話をしています。かんなちゃん鈴花ちゃんが、それぞれの箸置きにお箸を置いて今日の皆の席を決めないと座れないのですよね。

それでも最近はようやく飽きたのか大雑把に男、女、男、女の順にお箸を置いていくだけになっていたのですが、ここ何日かまた変わってきました。ほとんど日替わりのように二人のやり方が変わるので、さて今朝はどんなふうに席を決めるのだろうと見守っているのです。

皆が揃ったのをちゃんと確認してから、かんなちゃん鈴花ちゃんはまるで打ち合わせ済みかのように同時に宣言します。

「ふじしまんと、あおちゃんと、けんとにぃがならんですわります」

「けんとにぃがまんなかね」

「かんなとすずかはここです」

「あとはみんなてきとうにすわってください！」

あぁ、これは三日ほど前と同じです。そういえば三日前にも藤島さんが来ていました。言われた通りに三人が並ぶのですが、かんなちゃんと鈴花ちゃんは、藤島さんと青と研人の正面に座るのです。

さてこれは何だろうと皆が後々に考えたのですが、女性陣の結論では、我が家の男性陣でも見目麗しさという観点のトップスリーである三人を正面に眺めながら、朝ご飯を食べるためではないかということになりました。すずみさんが言うには「朝からイケメンをおかずに飯を食う」のではないかと。

わたしは後ろで聞いていて笑ってしまいましたけど、案外そうかもしれません。子供というのは心が発達してくると、好きなものを自分の傍《そば》に置くのではなく、遠くから眺めることを覚えると言いますからね。

今日の朝ご飯は、白いご飯に豆腐とお揚げのおみおつけ、筍《たけのこ》と玉葱《たまねぎ》の卵とじと茹《ゆ》でた大きなソーセージが二種類、春キャベツとコーンとレーズンのサラダ、真っ黒の胡麻《ごま》豆腐に焼海苔《やきのり》にひき割り納豆、ちくわに胡瓜《きゅうり》を入れてマヨネーズを添えたものは、かんなちゃん鈴花ちゃんのです。最近の皆のお気に入りのおこうこは大根のビール漬けですね。

食べ物のいい匂いがしてくると、玉三郎にノラ、ポコにベンジャミン、そしてアキとサチも台所に集まってきます。

まだ若い玉三郎とノラが我慢し切れないので、最近は犬猫にも一緒に朝ご飯をあげちゃいます。台所の土間のところにちゃんと人数分、ではないですね、頭数分のお皿を並べるのですよ。取り合いにならないのが我が家の犬猫たちの偉いところですね。

そして居間でも、皆が揃ったところで「いただきます」です。

「みんなもちくわたべていいよー」

「おいしいよー。はい」

「そういえば修平《しゅうへい》が顔を出すって言ってました。午後になると思いますけど」

「あらこれちょっと辛かったかい。大根が外れだったかね」

「ありがとう！」

「じいちゃんさ、確かニューバランスの青いスニーカー持ってたよね。ほとんど履いてないの」

「あのね青ちゃん、私の部屋の上で雨漏りしてる気がするんだけど見てくれるかな」

「じゃあ藍子おばさんも一個もーらう」

「こいつはちょうどいい漬かり具合だぜ？」

「修平さん、佳奈《かな》ちゃんも一緒ですか？　今度の新しい朝のドラマの主役ですよね！」

「青いのぉ？　そぉんなのあったかなぁあ？」

「昨夜の雨？　天井裏濡れた？」

「このソーセージ旨《うま》いね。どこの？　貰《もら》い物《もの》？」

「濡れてないけど、音がしてたの。ぽつん、ぽつん、って。すごい気になって」

「けんとくん、それぼくがこのあいだかりました。もしゃしただけだから、atelier《アトリエ》にありますよ」

「おい、粉ワサビあったろ粉ワサビ。あれ持ってきてくれよ」

「ソーセージがちがうんだけど。かんなとすずかのだけ」

「ほんとうだ。ちがうね」

「雨漏りでしたら僕の方で業者手配しましょうか？　ちょうど〈藤島ハウス〉の点検もさせるんですけど」

「ラッキ、じゃ貰っていい？」

「新しい総菜屋さんできたよね？　そこで昨日特売してたんだよ」

「うん、佳奈ちゃんも一緒に来るって言ってた」

「そういえば藤島さん、今日は平日なのにお休み？　スーツ着てないけど」

「はい、旦那さん粉ワサビです。溶きます？　何に使います？」

「かんなちゃんと鈴花ちゃんのだけはね、すっごく美味しいのにしたんだよ」

「いやいいよ大丈夫大丈夫。慣れてるし、もし瓦を取り換えるにしても予備があるんだ」

「いいよぉあげるよぉ。でも研人も僕の足と同じサイズになったのぉお？　すごいねぇえ」

「ほんとかなー」

「ほんとかなぁ」

「そうなんです。今日は休日にしたんです」

「あおちゃん、きょう、ぼくこうぎごごからですから、このあといっしょにやりますよ」

「旦那さん！　振りかけるんですか粉ワサビ大量に！　ソーセージに！」

「いやこれはおかしくねぇだろうよ。ワサビだぜ？　肉に合うだろうよ」

それは確かに、香辛料ですからソーセージに合わないこともないでしょうし、ワサビでお肉を食べる場合もありますよね。でも、普通はソーセージには粒マスタードか辛子ですよ。せめて水で溶いて試してみるということをしてくださいな。

「雨漏りっていやぁ、確かにここんとこ屋根は見てなかったよな」

勘一がたっぷり粉ワサビがかかったソーセージを食べながら言います。本当に辛くないんでしょうか。そして美味しいのでしょうか。

「天気も良いことだしよ、しばらくぶりに皆で屋根に登るかい」

「いいねぇ。僕は馬鹿だからぁ高いところ好きだねぇ」

我南人の馬鹿は否定しませんが、勘一は止《や》めた方がいいと思いますよ。

「いや親父《おやじ》はともかく、じいちゃんはもう駄目だよ。俺と兄貴とマードックさんで見るからいいよ」

青が言います。その通りですね。いくら元気とはいえ八十半ばの老人を屋根の直しに上げさせていてはご近所さんに心配されますし、老人虐待で通報されかねません。

「僕も参加していいですかね？」

何ですか藤島さんが嬉しそうに言いました。

「瓦屋根に登ったことなんかないんですよ。後学のために」

「休みにしたんでしょ？　藤島さん。することがあるからじゃないの？」

花陽がおみおつけを飲みながら訊《き》きました。そうですよね。せっかくのお休みにそんなことを。

「用事は夕方からなので、それまでは空いているんだ。お邪魔じゃなければ」

「酔狂だねおめぇも」

勘一が笑います。ハンサムでお金持ちで社長さんの藤島さん。どこをどう考えてもお休みの日にはやることがたくさんありそうな、そして何でもできそうな気がするのですが、どうして屋根の修理などに参加するんでしょう。

それじゃあまぁ今日は男手もたくさんあるようなので、お願いしましょうか、となりました。大勢で住んでいるとこういうところは便利です。

「で？　今度の佳奈ちゃんのドラマってぇのはどんなもんなんだ？」

勘一が訊きます。佳奈さんは芸名を折原美世《おりはらみよ》という女優さん。亜美さんの弟である修平さんの奥さんですよね。出会った当時は池沢さんと同じ事務所の新人さんでしたけど、今や人気女優さんの名前を順に挙げていけば、必ず皆さんの口に上るほどになりましたよね。

「あの人ですよ旦那さん。〈小宮仲子《こみやなかこ》〉さん」

すずみさんが言います。

「小宮仲子？　ってのは誰だ？」

「明治維新で活躍した男たちを陰で支えて、自分自身は女性の地位向上のために尽くして、〈蜷川《になが わ》女子大学〉の基礎も作った人ですよ！」

勘一が、ポンと座卓を叩きます。

「わかったわかった。維新十傑からは漏れちゃあいるが、長州の剛腕と呼ばれた小宮枡《ます》左衛門《ざえもん》の妹な」

さすが古本屋の亭主だけあって、その辺りのことにも詳しいですよね。青がひょいと首を捻りました。

「でも今回は随分地味なところを主役にしようって持ってきたよね。だいぶ前に彼女を主人公にしたマンガが人気出たから知ってたけど、普通はわからないよ」

「私も好きだったそのマンガ。『さやかなり』よね。倉見《くらみ》ちずるさんだったっけ？　マンガ家さんは」

藍子もそう言って、亜美さんがそうそう、と頷《うなず》きます。

「倉見ちずるさんの絵が好きだった！　その作品以降はあまり出していないみたいでちょっと悲しいんだけど」

「私も読んだ！　好きだったー」

「いいよねー倉見さん。もっとたくさん描いてほしいんだけど」

花陽もすずみさんも続けて言います。

「小宮枡左衛門は知っていたとしても、維新十傑から愛されたその妹は余程の歴史好きしか知らないよね。僕もあのマンガを読んだときに調べて、成程《なるほど》そういう女性がいたのかってなったから」

紺が言います。紺に青、藍子に亜美さんにすずみさんに花陽までですから、どうやらその漫画はたくさんの広い年代の方に愛された作品なのですね。漫画家さんも幸せだったでしょう。ドラマもその漫画を原作にするのでしょうか。

昔から人気の朝のドラマシリーズで、わたしも生きている頃にはよく観《み》ていましたよ。歴史上の女性の主人公を佳奈さんは演じるのですね。

いつから始まるのでしょう。楽しみにしていましょうか。

「まぁ佳奈ちゃんはどんどん大女優への道を進んでいるってこったな。大したもんだ。あれだ、もう修平は仕事なんか辞めて、家で主夫でもやってりゃあ左団扇《ひだりうちわ》でいいんじゃねぇか？」

「いや、おじいちゃんそれ修平に絶対言わないでくださいね。あいつは子供の頃からさぼり癖があるので、やりかねませんから」

亜美さん、笑ってましたけど、今のは半分本気で言いましたね。

朝ご飯が終わると、のんびりしている暇はありません。食器を自分たちで台所へ片づけると、それぞれの仕事への準備の始まりです。

研人と花陽は身支度を終えるとすぐさま学校へ向かいます。二人は通う高校は違いますが、乗る電車は同じ。一緒に家を出て、たまに偶然帰宅時間が一緒になって、揃って帰ってくることもありますよ。

　かんなちゃん鈴花ちゃんは相変わらず二人の制服姿が大好きで、制服を着るとその後ろをついて歩いて、そして玄関を出ていくのを見送ります。もちろん、かんなちゃん鈴花ちゃんの後には玉三郎とノラが続きます。

「いってらっしゃーい」

「いってらっしゃーい」

「行ってきまーす」

「行ってきまーす」

　笑顔で手を振って手を振り返して、戸が閉まると今度はかんなちゃん鈴花ちゃんは台所へ猛ダッシュです。

「おべんとう！」

「おべんとう！」

「はいはい。あるよ」

　今日はお弁当の日ですね。二人が通う幼稚園では月に一度お弁当の日があるのです。可愛らしい手作りのお弁当袋に入れて手渡してくれるのはかずみちゃんですが、作ったのはちゃんとそれぞれのお母さんである亜美さんとすずみさんですよ。中身は一緒ですけどね。

さて、にこにこしながら次はカフェへ向かって走り出し、朝からお店に来てくれたお客さんにご挨拶です。

「おはようございまーす」

「おはようございまーす」

可愛らしい幼稚園の制服を着た二人の朝の挨拶は、もうすっかりカフェの名物です。これがないいと来た気がしないんだという常連さんも多く、むしろ二人の笑顔を見るためにやってくるという方が多いですよね。

いつものように、朝は藍子と亜美さんでカフェを切り盛りします。カウンターの中でコーヒーを落としたり、モーニングのメニューであるベーグルやお粥《かゆ》のセットを作ったり、慣れたものですから動きにまったく無駄がありません。

小さな店ですし、常連さんばかりですから皆さん運ぶのをお手伝いしてくれることもあります。通勤途中の社会人の方や、通学前の学生さんの姿もありますが、多くはご近所のお年を召した方です。ほとんどはわたしとも顔馴染みだった人ですよ。

それでも、このカフェを開いて何年になりますか。ご近所の常連さんの中にはお亡くなりになったり、施設に入ったりと姿を見せなくなった人もいます。

まぁそれを言うとわたしもその一人なのです。少しばかり淋《さび》しいことですが、それも人生、これも人生です。

近頃のかんなちゃん鈴花ちゃんは、皆さんに挨拶するだけではなく、注文を聞いてそれをオーダー用紙に書きたくて仕方がありません。要するにお店屋さんごっこです。

手伝ってくれるのはありがたいですし、将来とても有望なのですが、いかんせんまだ何という文字を書いたのかがはっきりとしないこともあり、注文が遅れてしまいます。毎朝のように亜美さんに「また今度書こうね」と言われて、渋々諦めます。

「ほら遅刻しちゃうよ」というかずみちゃんの声に二人は慌てて家に戻り、庭を通って会沢《あいざわ》の小夜《さよ》ちゃんを迎えに行って、三人になって今度は近所の和菓子屋〈昭爾屋《しょうじや》〉さんこと道下《みちした》さんのお孫さん、ひなちゃんのところまで走ります。そこから、幼稚園のお迎えバスに乗るのですよね。

かんなちゃん鈴花ちゃんを送り出してくれるかずみちゃんは、朝の家の中のお片づけ。朝食の食器の洗い物をした後はお掃除に洗濯に買い物と、我が家の家事一切を取り仕切ってくれています。七十を過ぎても本当に元気ですよね。長い間お医者様という仕事をしてきたので、何かをしていないとかえって具合が悪くなるといつも言っています。

庭では、紺と青、マードックさんに藤島さんも加えて屋根の修繕の準備を始めましたか。汚れてもいいように作業用のツナギに着替えて、梯子《はしご》やロープに軍手。何せ古い家に長年住んでいますから修繕の道具は一通り何でも蔵や物置に揃っています。

気をつけて作業してくださいね。屋根に登るときにはちゃんと命綱を付けてくださいよ。特に藤島さんに何かあったら、百人以上の社員の方が路頭に迷うのですから。我南人の姿がいつの間にか消えていますが、それはいつものことです。その内にふらりと戻ってくるのでしょう。

古本屋ではすずみさんが箒《ほうき》やハンディモップを持って朝のお掃除。入口前から床から棚に至るまできれいにして、お客さんを迎える準備です。朝からカフェのお客さんが多いようであれば、様子を見てホールでオーダーを運んだりもしますよ。

「はい、旦那さんお茶です」

「おう、ありがと」

すずみさんが熱いお茶を持ってきてくれました。勘一はどんな季節だろうと朝の最初の一杯は火傷《やけど》しそうに熱い日本茶です。いつものようにどっかと帳場に腰を据えて、文机に本を広げます。

「うん？」

お茶を啜《すす》って勘一が声を上げます。

「なんだおいすずみちゃん、お茶っ葉変えたか？　随分旨いんじゃねぇか？」

「あ、ほら、この間弥生《やよい》さんが送ってくれたものですよ」

「おぉ、あれな。こりゃ旨いな。いいお茶っ葉だ」

弥生さんというのは、藤島さんのお父さんである書家の〈藤三《ふじみつ》〉さんこと、藤島三吉《さんきち》さんの奥さんです。再婚ですので、藤島さんにとっては継母《ままはは》ですね。いつも息子がお世話になっているからと、こうしてお茶や食べ物をときおり送ってきてくれます。

「藤島に礼言っておかねぇとな」

「そうですね」

「あれだ、藍子と相談してよ。今度藤島にお返し持たせてやれよ。実家に持ってけって。案外弥生さんもそこを期待してると思うぜ」

すずみさんも頷きます。仲が悪いというわけではないのでしょうが、藤島さんとお父さんはあまり交流がないと聞いています。弥生さんは継母としていろいろ気を遣っているのでしょう。

「ほい、おはようさん」

祐円さんが今日は古本屋の入口から入ってきました。

「おう、おはよう」

勘一の幼馴染みで、近所にあります〈谷日《やにち》神社〉の元神主さん。今は引退して息子さんの康円《こうえん》さんに任せて悠々自適の毎日。つるつるの頭にふくよかな身体がトレードマークなので、神主さんというよりお坊さんみたいな雰囲気は昔から変わりません。

適当な感じで雑誌を手に取り、帳場の前の丸椅子に腰掛けます。いつも思うのですが、手に取る雑誌は読まないことが多いので、単なる癖なんでしょうね。

「祐円さん、コーヒーでいいですか？」

「いや、今日はお茶の気分だな。すずみちゃんは朝から相変わらず可愛いねぇ」

「毎日可愛いんですよー」

すずみさんは軽く流してお茶の用意をしに居間に向かいます。軽口も毎日ですから誰も何とも思いませんが、褒めているんですからいいことですよね。

「何が気分だよ。おめぇに茶出したって売り上げにならねぇじゃねぇか」

「俺から煙草銭程度の金を巻き上げたってしょうがないだろう。それよりも勘さん連絡来たかい。駅向こうの〈新界堂《しんかいどう》〉が閉めるってよ」

勘一があぁ、と頷きます。数日前の夜に電話がありましたね。ここからは少し離れていますが、同じ商い同士で付き合いのありました古本屋さんです。

「あそこも大分長いこと頑張ったんだがな。でかいところには敵《かな》わねぇし跡取りがいねぇしでしょうがないってな」

「本を引き取る話はしたのかい」

「洋書だけは全部うちで買い取ることにしたさ。少しはいいもんもあったが、あそこはほとんど漫画ばっかりだったからな。うちで貰ってもしょうがねぇ」

「はい、祐円さんお茶ですよ」

「おっ、ありがとね」

祐円さん、熱いお茶を顔を顰めながら飲みます。

「そういやあそこは漫画本ばっかりだったな。しかし〈東京バンドワゴン〉でもよ、最近の売れ筋の、ほら『少年ジャンプ』とかでの漫画を置けば少しは売り上げが伸びるんじゃないのか。昔っから置いてないけど何でなんだい」

勘一があぁ、と頷いて煙草に火を点《つ》けました。

「別に漫画を扱ってないわけじゃねぇだろうよ」

そうですよね。ちゃんと漫画の古本の棚もあります。そこは青の担当で、それこそ貸本時代のものや、新しくても手塚治虫さんの初期のものとか、いわゆるサブカルチャー系のものなど、相当にマニアックなところが多いですけれども。

「ああいうシブいのだけじゃなくてよ。何だっけほら、『ワンピース』とか『銀魂《ぎんたま》』とか『暗殺教室』とかよ。そういうのさ」

「よく知ってんじゃねぇか。孫の受け売りか」

「まぁな」

「研人くんや花陽ちゃんも小さい頃は言ってましたよね。マンガがたくさんあれば一日中読めるのにって」

すずみさんが言います。そうでしたね。そんな話をするなら、藍子や紺や青も小さい頃はそうでしたよ。うちは古本屋なのにどうして漫画の本が少ないのかって。

「かんなちゃん鈴花ちゃんもそうじゃないか？　ほらプリンセスなんとかとかさ。漫画とかアニメとか観てんだろ？」

「観てます観てます。もうＤＶＤとかレンタルするの大変なんですよ」

すずみさんがうんうんと頷きながら笑います。いつの時代でも子供たちを惹《ひ》きつけるものは変わりません。

漫画なぁ、と勘一、煙草の煙を吐き出します。

「まぁその店の色ってもんもあらぁな。お互いそれぞれの店でジャンルの棲《す》み分けってのが、生き残ってくのに必要だからな。何よりも坪内逍遥先生に頂いた冠の下で漫画を売るってのも似合わねぇじゃねぇか」

「そりゃそうか」

「かと言って漫画を馬鹿にしてるわけじゃねぇよ？　俺だって好きで結構読んでるものはあるしな。『キングダム』ってのは最高におもしろくてよ、青が買ってるのを読んでるぜ。まぁ漫画に関しては商売っ気抜きで楽しませてもらう方針ってことよ」

すずみさんもにっこり笑って頷いていますね。小説も漫画も表現は違えど、同じ物語を楽しむものですからね。

朝も九時を過ぎるとカフェも一息つく時間です。この後はまたランチタイムの準備が始まりますが、その前にひと休みで、藍子も亜美さんもかずみちゃんもすずみさんも、お客様の様子を見計らって順番にお茶をしたりします。

「あれっ？　おはようございまーす皆さん」

庭で明るい声がしたのは、裏に住んでいる会沢の玲井奈《れいな》ちゃんですね。小夜ちゃんのお母さんです。庭から我が家に来てみたら、屋根の上に男性陣が揃って登っていたのでちょっと驚いたようですね。

「あぁ、おはよう」

「おはよう玲井奈ちゃん」

青や紺の声が上から降ってきます。

「雨漏りですか？」

「そう。ちょっと修繕中」

「あの、新しいケーキ焼いてみたんですけど、皆で一服しませんか？」

玲井奈ちゃん、手にはガラスのカバーがついた大きめのお皿を持っていますね。そういえば玲井奈ちゃん、若いお嬢さんらしくお菓子作りが趣味なんですよね。カフェで出すケーキ作りを手伝ってもらうこともありまして、なかなか大した腕なんですよ。

それはいいや、と、男性陣がさっさと作業を中断し、にこにこしながらぞろぞろと降りてきて居間に戻ってきます。勘一も声を聞きつけどれどれとやってきましたよ。別に構わないのですが、どうして我が家に集まる男性陣は揃いも揃って若いお嬢さんに弱いのでしょうね。

ちょうどお客さんが途切れたのでしょう。藍子と亜美さんがコーヒーや紅茶を持ってきて、皆で一服となりました。

「お、レモンケーキかい？」

勘一が訊きます。パウンドケーキの上にレモンスライスがのっていますね。

「そうです。果肉たっぷり大人の味ですよ」

これは美味しそうですね。そう思っても食べられない自分の身体にはもうすっかり慣れましたし、不思議と皆の幸せそうな顔を見ているだけで満足してしまうのですよ。

「これは本当に大人の味ですね。美味しいなぁ。口当たりも良いし、プロの味だよ玲井奈ちゃん」

藤島さんが一口食べてすぐに感心したように言いました。毎日一流の料理人の美味しいものを食べているであろう藤島さんが言うんですから、余程のものですね。玲井奈ちゃん、嬉しそうににっこりします。

「本当に美味しいわー。玲井奈ちゃんこれ今度お店で出していい？」

亜美さんが真顔になって言います。

「いいですいいです。嬉しいです」

「確かにこれは渋くておばあちゃんの世代にもウケるかもね」

紺が言いました。カフェはお年寄りの常連が多いですからね。勘一も大きく頷きました。

「俺でも二個三個っていけそうだな。おい、カフェで使うんならちゃんとレシピの考案料払ってやれよ。ところで玲井奈ちゃんよ」

「はい」

勘一、にんまりと玲井奈ちゃんに向かって笑います。

「何か相談事でもあるんじゃねぇのかい？」

「えっ、わかりますか!?」

「そんな顔してたぜ」

やだ恥ずかしい、と玲井奈ちゃんが下を向いて、皆が少し笑っています。

確かに玲井奈ちゃん、どちらかと言えば考えていることがすぐに顔に出る性格で、今風に言えばわかりやすいお嬢さんですよね。今も皆が美味しそうに食べるのをニコニコして見ながら、ちらちらと勘一の様子を窺《うかが》ってましたものね。

「向こう三軒両隣ってな。遠慮しないで言ってみろよ」

「相談事って言うか、ちょっと不安に思ったことがあって、どうしようかなーって考えていて」

「不安？」

「夏樹《なつき》のことなんですけど」

旦那さんの会沢夏樹さんですね。以前は我南人の事務所でマネージメントの仕事をしていましたが、自分の将来の目標のために退社して、今は〈矢野《やの》建築設計事務所〉さんで働いています。

「何だよどうしたんだよ」

勘一が顔を少し顰めます。

「あいつぁ一生懸命会社で頑張ってんじゃゃねぇか？」

「あ、それはもう頑張ってます。大丈夫です。仕事の話じゃなくて、三日ぐらい前に、見ちゃったんです」

「見た？」

「ハジメっていう男なんですけど」

話によると、そのハジメさんという男性は、夏樹さんが昔悪い連中と付き合っていた頃の仲間だそうです。夏樹さん、真面目《まじめ》に働くようになってからは縁が切れ、まったく付き合いがなかったそうですが。

「そいつがこの辺をうろうろしていたってかい」

「そうなんです」

「夏樹くんには訊いたの？　何か言ってた？」

紺です。

「それとなく訊いたんですけど、きょとんとしてました。今は連絡先も何も知らないけどどうしたんだって」

「それは、嘘《うそ》じゃないね」

青が言うと、玲井奈ちゃん頷きます。

「あの人、そういうので嘘をつける人じゃないですから。だから」

「となると」

藤島さんですね。少し眉間に皺《しわ》が寄っています。

「縁が切れているのなら、夏樹くんが今ここの裏に住んでいるのも知らないはずでしょう。それなのにこの辺をうろついていたというなら、何か目的があって夏樹くんを捜していたけど、まだ家までは見つけていないか、様子を探っていたか、ということですね」

「あいつ、昔のまんまだったんです。髪形も服装も、アブナイ奴《やつ》って感じで。それで、何か嫌な予感がしちゃって」

うーん、と、皆が唸《うな》ります。

「もしも、suit《スーツ》とかきてたら、まじめになってあいにきたのかなって、あんしんにおもえるけど、そうじゃなかったんですね？」

マードックさんですね。

「そうなんです。夏樹に正直に話したら、きっとワタシを安心させようとして何かあったのかどうか、昔の仲間に連絡取ろうとするだろうから、そんなことしたら」

「何かが藪蛇《やぶへび》になっちまっても困るってこったな。なるほどなぁ」

勘一が腕組みしました。

「そいつの写真なんかはねぇのか」

玲井奈ちゃんが首を横に振りました。

「もうあの頃のものは全部処分しちゃったので。あのときに、生まれ変わるんだって二人で話して」

そうですよね。もう四年も五年も前のクリスマスになりますかね。玲井奈ちゃんが生まれたばかりの小夜ちゃんを連れてカフェにやってきたのは。大騒ぎになりましたけど、あれから夏樹さんたちは、家族の皆で力を合わせて一生懸命やってきました。

「まぁ話はわかった」

勘一がポンと腿《もも》の辺りを叩きます。

「まだ何かあるわけじゃねぇんだからよ。今度そのハジメってのを見かけるか連絡があるようなら、この中の誰でもいいからすぐに教えな。何とかしてみるからよ」

「そうだね。あまり気に病まない方がいいよ」

「はい」

お母さんに何か心配事があると、子供は敏感に察しますからね。こうやって誰かに話しただけでも少し落ち着いたでしょう。

からん、と、古本屋の戸の土鈴の音が聞こえてきました。

「ごめんなさいよ」

どうやら古本屋にお客様のようですね。皆が何となくそちらを気にすると、すずみさんの声が響きます。

「お久しぶりです。旦那さん！」

「おう。今行く」

どなたか顔見知りの方がいらしたんでしょうか。勘一がよっこらしょと腰を上げ店に向かいます。

「よぉ、岩男《いわお》かい」

「しばらくでした勘一さん」

「まだ生きてたか」

岩男さん、苦笑いします。老人同士の挨拶とはいえ失礼ですよ。そして我南人が岩男さんと一緒にいるのはどうしてでしょうね。

「帰ってきたらぁ、そこで会ったんだよぉ」

我南人がどこへ行ってたかは知りませんが、それで一緒に入ってきたのですね。見事な白髪を後ろで束ねた痩身の男性、神保町《じんぼうちょう》の老舗《しにせ》古書店〈岩書院《いわしょいん》〉社長の大沼《おおぬま》岩男さんです。創業は大正時代ですから本当に古株のお店なのです。お久しぶりですね。勘一がすずみさんと交代して帳場に座り、すずみさんはケーキを食べに居間に行きました。ごめんなさいねお待たせして。

岩男さんもよっこいしょと帳場の端に上がります。亜美さんがお茶を持ってきてくれました。

「大沼社長は、パウンドケーキなんか召し上がりますか？」

「いや、おかまいなく。私は根っから辛党でしてね。甘いものは」

「こいつぁ昔、甘味屋に誘ったら本気で怒りやがってよ。それぐらいに甘いもんが駄目なんだよ」

そうでしたか。それはわたしも知りませんでした。

「僕は貰おうかなぁ。苦いコーヒーがいいなぁ」

「はいはい」

我南人はそのまま丸椅子に座りました。居間には行かないで一緒に話を聞く気なのですか。

「で、どしたい」

勘一が少し真面目な顔つきになって言います。

「忙しいおめぇがわざわざこっちまで足を運んでくるってぇのは、基本的にあんまりいい話じゃあねぇときが多いんだよなぁ」

「そう言うとまるで私が疫病神みたいじゃないですか。ひとつはいいお話ですよ」

「いくつもあるのかい。じゃあまぁ、いい話から聞こうかね」

岩男さん、お茶を一口飲んで、うん、と頷きます。

「秋口の神保町の〈神田古書市場〉なんですがね。今年で六十回になるんですよ」

「お、もうそんなになるか」

勘一も頷きます。世界有数の古書街でもある神田神保町。そこのお祭りが〈神田古書市場〉ですね。基本的にはワゴンを出して大盤振る舞いの市場を開くのですが、いろいろなイベントも各所でやっています。〈東京古本組合〉の会長さんでもあります岩男さんは、毎年のそのイベントの総代さんですよね。

「年ごとに大層な賑わいにもなってるようで結構なことじゃねぇか。昔ぁただの好事家《こうずか》しか集まってこない貧乏ったらしい祭りだったがな」

参加もしていないのに失礼ですよ。でも、わたしもたまに覗きに行きますが、近年は本当に賑やかになりましたよね。

「あれは楽しいよねぇ。去年は僕も行ってみたよぉお」

行ったのですか。珍しいですね。ちょうどそのときに向こうに用事でもあって行っていたのでしょうか。

「まぁそれでね。六十回という切りの良い数字でもあるし、総代の私もいつポックリ逝くかわからないしでね。ここらで一度、勘一さんに〈神田古書市場〉にお出まし願えないかな、というご相談の話なんですよ」

あら、そういう話ですか。勘一が苦笑いして、がりがりと頭を掻きました。

「そんなような話かなぁと思ったがな。こっちにはこれっぽっちもいい話なんかじゃねぇよ」

「いやぁ、私たちにしてみれば〈東京バンドワゴン〉さんが来てくれるなんて夢のようないい話ですよ。いったいどんな掘り出し物を持ってきてくれるのかとね。一段と参加者が増えると思いますよ」

はぁあ、と、溜息《ためいき》を勘一はつきます。

種々様々な事情から、東京の古本屋であればほとんどのところが加盟している〈東京古本組合〉に、昔から加盟していない一匹狼《いっぴきおおかみ》の我が家です。そして岩男さんはその辺りの事情を全部承知している数少ないお人です。

「どうせあれだろ。俺も老い先短いんだから我儘《わがまま》ばっかり言ってねぇで、一度ぐらいは世のため人のために〈蔵開き〉をやってくれよって、牢名主《ろうなぬし》連中が言ってんだろ」

「その通りですね」

岩男さんが笑います。古書店の中でも歴史あるお店の店主さんを、仲間内では冗談で牢名主などと言います。昔の帳場と言えば一段高いところにあって畳敷きで囲いがありましたからね。何となくそんな感じでついた符丁なのでしょう。

東京に古本屋多しといえども、店に歴史を持ち、勘一や岩男さんのように高齢の店主はそうはいらっしゃいません。わたしが知るだけでも七人ほどですか。皆さん、大変なあの時代を生き抜いてきた戦友みたいなものですよ。

それにしても、〈蔵開き〉ですか。

何せ貴重な古典籍や古書、希書や奇書の類を多く所蔵する我が家の蔵です。仲間内では〈宝蔵〉と昔から言われていたそうで、先代の草平の頃の〈蔵開き〉は、まるで東京中の文化人が一堂に会するパーティのようになっていました。懐かしいですね。勘一の代になってからは、もう四十年程も前に一度しかやったことがありません。

「いいんじゃないのぉ？」

我南人が亜美さんが持ってきてくれたケーキを食べながら言います。

「親父の老い先短いのは確かだしぃ、その後を継ぐ誰かさんが後からいきなり参加するよりぃ、ちゃんと親父が道筋を付けておいた方がぁ」

「そりゃあ真っ当なご意見でございますがね、継ぐ気なんかさらさらねぇてめぇに言われたかねぇなぁ」

「まぁまぁ、それは急ぐ話でもないですからね」

　岩男さん、苦笑いします。

「秋までにぜひ前向きに考えておいてくださいよ。別に〈蔵開き〉とまではいかなくても、〈東京バンドワゴン〉さんが貴重なものを抱えて来てくれたっていうだけで盛り上がりますから」

「ま、一応は考えておくさ」

「頼みますね。それでですね」

　岩男さん、畳んだ膝をずい、と勘一に向けて進めました。

「わざわざ来たのは、電話で済むようなこんなお願いのためじゃないんですよ。もうひとつの話でしてね」

「悪い話なんだろうが、物騒なもんか？」

　岩男さん、小さく首を捻ります。

「悪いか物騒かどうかは私にはわからんのですがね。実はね、ここ何日か、神保町界隈《かいわい》の古株の店を次々訪れてですね、〈呪いの目録〉のことを尋ね回っている男がいるんですよ」

「なにぃ？」

「へぇえ」

まぁ、〈呪いの目録〉のことをですか。我が家が大昔に一度だけ作った目録ですよ。先々代の時代に、夏目漱石、森鷗外、二葉亭四迷、石川啄木、坪内逍遥、樋口一葉、島崎藤村、芥川龍之介、梶井基次郎、川端康成と、よくもまぁこれだけの面子《メンツ》をと驚くほどの文士たちが寄稿して作られた我が家の自慢の目録です。ある時代には、この一冊で家が建つとまで言われたほど貴重なものですが、それ故に、これを巡って強盗殺人事件が起こってしまい、回収して処分し、一冊だけ我が家の蔵に封印しました。

以来、〈東京バンドワゴン〉では一切目録を作ることはなくなったのですよね。

「尋ね回っているっていうのはぁあ？　どういうふうにいぃ？」

うん、と、岩男さん腕組みします。

「私も聞いただけで詳細はわからないけどね。『〈呪いの目録〉というものを所有している古本屋があるそうだけど、どこの何ていう店か知らないか』って感じで訊き回っているらしいね」

わざわざ訊き回っているのですか。おかしな人もいるものですね。

「で、誰かがうちの名前を教えたってか？」

「まさか」

岩男さん、苦笑します。

「少なくとも勘一さんを知っている古株連中は、誰も迂闊《うかつ》に教えたりはしていませんよ。あぁそれは〈東京バンドワゴン〉じゃないか、なんて名前を出した日には、後で勘一さんに思いっきりどやされるのは重々承知しているからね」

「そうだろうねぇぇ」

「そんなふうに奴らを脅したつもりはこれっぽっちもねぇんだけどな。で、どんな奴だいその嗅ぎ回ってる男は。名前はわかってるのかい」

岩男さん、頷きました。

「年の頃なら三十代半ばか後半。わりと丁寧な物腰だけどサラリーマンという雰囲気はなかったそうですね。本名かどうかはわかりませんが〈田口幹人《たぐちみきと》〉と名乗っていたとか。名刺とかは残さなかったそうですよ」

田口幹人さんですか。勘一と我南人が顔を見合わせます。

「とりあえず知り合いにそういう名前のはいねぇな」

「僕もだねぇぇ」

「岩男んところにはまだ来てねぇのか」

まだですね、と、岩男さん続けます。

「来たらすぐに連絡しますし、その場でそれとなく何者なのかを探ってみますけどね。その前にお耳に入れておいた方がいいなと思いまして」

気になりますね。一体どなたでしょう。

そもそもその方はどこで目録のことを知ったのでしょうか。

二

この辺りは住宅街ですが、大きな通りに出ればそれは賑やかな商店街になります。小さな会社も周囲にたくさんありますし、大学も近いので、お昼ともなればランチを求めて社会人の方、学生さんたちが交じり合いながら、ぞろぞろと行き交います。

下町の風情を多く残す町ですから、もうブームを通り越して、あたりまえになった昭和のノスタルジーを求め観光気分でそぞろ歩く人たちは、平日でもけっこうな人数になります。

お蔭様《かげさま》でカフェのお昼時も、満席が毎日二回三回と続くほどに賑やかで、営業的にも助かっていますよ。

その分、隣の古本屋も一緒に賑わうかと言えばそうでもなく、いつものように勘一が本を捲る音と、すずみさんが古本の整理をする音も聞こえる静かな空間です。隣のカフェの賑わいや流れるBGMが、ちょうどいい具合のアクセントにもなっていますよね。

あんまり静か過ぎると居づらいというお客様もいますしね。一人、二人とやってくるお客様ものんびりと、ゆったりとお目当ての本を探したり、選んだりしています。

屋根の修繕も終えて、青とすずみさんが忙しいカフェの手伝いをしています。青がホールで注文の品を運ぶと、女性のお客様の視線がおもしろいぐらいにあちこちから飛んでくるのですよね。本人も根っからそれを楽しんでいますよね。俳優をやったこともある男なのですから、そういうものかもしれません。

マードックさんは先程、専任講師を務める大学へ講義に向かいました。我南人は居間で藤島さんとあれこれお話ししています。

藤島さん、夕方の用事まではうちでのんびりすると決めたようですね。紺は座卓にノートパソコンを置いてキーボードを打ちながらも、そのお話に参加しています。

どうやら、音楽業界からＩＴ業界、出版業界まで景気の話や今後の仕事の話で盛り上がっているようですよ。藤島さんはそろそろまた新しいことをやりたいと、紺などともよく話していますからね。

もう少ししたら、かんなちゃん鈴花ちゃんが幼稚園から帰ってきて賑やかになりますが、いつものように、いつもの時間が流れています。

からん、と、古本屋の戸に付いた土鈴が鳴りました。

「こんにちは」

いらっしゃいましたね。亜美さんの弟さんの修平さんと、奥さんの佳奈さんです。

佳奈さんは眼鏡を掛けると印象ががらりと変わるので、女優さんであることはあまりバレないといつも言ってますがその通りでして、こうして見る分にはどこにでもいる、少し見栄えの良い若夫婦です。

「おう、いらっしゃい」

勘一がひょいと右手を上げて迎えます。

「どうも、ご無沙汰しています」

まぁ上がれ上がれと勘一が言い、居間へと通します。久しぶりと言ってもお正月には二人でお年始に来てくれましたし、佳奈さんは雛祭《ひなまつ》りにも会っていますよね。代わりにすずみさんが帳場に座って、勘一は座卓につきます。

「昼飯は済んだのかい」

「はい、大丈夫です。すみませんお昼時に」

「弟が姉さんの家に来るんだ。別に昼だって夜だっていつだって構わねぇよ」

その通りです。そのお姉さんの亜美さんはまだちょっとカフェが忙しいですね。紺がコーヒーをカフェから貰ってきて、我南人にも藤島さんにも配ります。

「どうだい仕事の方は」

修平さんに訊きました。

「今のところは、何とかなっています」

修平さん、大学院を出た後に藤島さんの会社〈ＦＪ〉でアルバイトをしていましたが、今は母校の研究室の技術研究員として働いています。身分はアルバイトですが将来的にはきちんと職員になれるとか。

「うちで正社員になってくれって頼んだんですけどね。どうも大学の水の方が合っているみたいで残念でしたけど」

藤島さんが言うと、修平さん恐縮して苦笑しました。

「いつでも戻ってきていいとまで仰《おっしゃ》っていただいて、感謝しています」

「まぁ人生どうなるかわからねぇしな。いろいろ伝手《つて》はあるに越したことはないわな」

今日は平日ですけど、研究室で施設の工事があって三日ほどお休みになっているとか。たまたま佳奈さんも収録までの休暇中で、こうして二人で出歩けるようですね。

「何か用でもあったのかい。せっかく二人の休みが合っているときによ。佳奈ちゃんに赤ちゃんでもできたか」

勘一が笑いながら言いますが、佳奈さん、ちょっと恥ずかしそうに首を横に振りました。

「それはまだなんですが。勘一さん、今度の私のドラマの話はご存じですか？」

「あぁ、ちょうど今朝もその話になったよな」

そうそう、と、紺も藤島さんも我南人も揃って頷きました。

「随分渋いところを持ってきたねって話したんだよ」

「そうなんです。私も撮影に入る前に、いろいろと勉強を始めているんですが、その中でですね」

佳奈さん、ちょっと眉を顰《ひそ》めて修平さんを見ました。修平さんが話を受けて続けます。

「勘一さん、〈蜷川女子大学〉はご存じですよね？」

「もちろん知ってるぜ。そこの礎になった女性〈小宮仲子〉をモデルにしたドラマを、佳奈ちゃんが主役でやるんだろ？」

「そうなんです。それで佳奈は、テレビ局の人と原作漫画の出版社の編集の人たちと一緒に大学にお邪魔して、そこの図書館でいろいろ古い資料を閲覧させてもらっていたんですよ」

成程、と、皆が頷きます。佳奈さん、研究熱心なんですね。それが女優の役作りというものなのでしょう。

「ドラマのこともあって大学では全面協力してくれていて、いつもなら見ることのできない古い資料なども閲覧できたんですね。その中に〈小宮仲子〉さんの日記と思われるものもあって」

「思われる、っていう表現をするってことは正式な記録に残る資料ではない、参考資料ってことかな？」

紺が訊きました。元大学講師ですし古書は専門ですから、その辺りには敏感に反応しますね。

「そういうことです。筆跡からしてほぼ間違いないだろうとは思われているけど、出所がはっきりしないものだとか。でもですね、その日記を読んでいると、そこに」

今度は修平さんが言葉を切って、佳奈さんと顔を見合わせました。佳奈さん、こくりと頷きます。

「〈堀田達吉〉という名前が書いてあるのが確認できたんですよ」

「あぁ？」

「へぇぇぇ」

勘一と我南人が思わず声を上げてしまいました。他の皆も少し驚きました。

「それは、ひいじいさんの名前だねぇ」

我南人です。

「ひいひいじいちゃんか」

紺も頷きます。

「俺の祖父《じい》さんだな」

その通りですね。勘一の祖父であり、この〈東京バンドワゴン〉を開いた初代が堀田達吉です。佳奈さん、また頷いて続けます。

「私はその名前を聞いていたので驚いて、ついじっくり読み込んでしまったんです。他の方にとってはどこの誰だかわからない人の名前ですから、どうでもいいって感じだったんですけど」

「どんなことが書いてあったんでぇ」

「持ち出しも撮影も禁止だったのでその場で読んだ限りですし、達筆すぎて読めない部分も多かったんですけど、どうも〈蜷川女子大学〉の前身である〈華族女学院〉を設立の際に、大いにお世話になった人の一人、という意味合いの文章でした」

ふむ、と、勘一腕を組みます。

「〈蜷川女子大学〉になる前は、〈華族女学院〉ってもんだったんだな？」

「そうです。そしてその場で聞いたんですが〈華族女学院〉の設立は明治十八年なんです。それって確かここを、〈東京バンドワゴン〉を堀田達吉さんが開いた年ですよね？」

佳奈さん、相当以前に話したきりのうちの歴史をよく覚えていましたね。確かにその通りです。

皆がふぅむ、と揃って唸ります。偶然の一致にしては、何かを感じさせるものですね。

「何か関係があった事実があるのですか？　堀田達吉さんとその小宮仲子さんは」

藤島さんが訊くと、勘一は首を捻ります。

「さっぱりだな」

「わからないんですか」

「これっぽっちもな。実はよ、俺ぁ祖父さんのことはほとんど知らねぇのよ。生まれたときにはもうおっ死《ち》んでたからな」

「え？　でもここの初代の堀田達吉さんは華族の〈三宮《さんのみや》達吉〉であり、〈鉄路の巨人〉とまで呼ばれた政財界の大物だったんですよね？」

藤島さんがそう続けましたが、勘一は苦笑いします。

「その通り名だって、藤島は俺らに聞かされただけだろ？　近代史を繙《ひもと》きゃあ〈堀田達吉〉なんて名前はこれっぽっちしか出てこねぇ。かろうじて財閥三宮家の婿養子だった〈三宮達吉〉ってのがいて、大陸での鉄道事業でうんぬん、ってのは経済中の本なんかには残ってるだろうが、そいつが具体的に何をしたかなんて記録はねぇ」

「ないんですか」

「ねぇんだよこれが。特に日本での記録がな。ありゃあ明治五年だったかな？　新橋と横浜の間で日本初の鉄道が走ったのは？」

皆が、えーと、と天井を見上げたり下を向いたりしました。紺がすかさずキーボードを叩いて検索します。今は便利ですよね本当に。

「そうだね、明治五年だよ」

「そこに、当時の車両は全部イギリスから輸入したとか書いてねぇか？」

「あー、書いてあるね。その通り」

「何でイギリスから輸入したかってぇと、実はそこに〈三宮達吉〉の存在があった、てぇ話だ。そこだけじゃなくて、とにかく日本初の鉄道建設の裏側には全部祖父さんがかかわっていたってな。ただし表側じゃなくて、あくまでも裏側の話でだ」

わたしも結婚した当時にその辺りの話は聞きましたね。

「歴史にほとんど残らない形でな。知っていたのは財閥や当時の政府の要人たちぐらいだったそうだぜ。女房のサチなんかも〈三宮達吉〉って名前と、〈鉄路の巨人〉の呼び名ぐらいは知っていたが、あいつはもともとは華族の娘さんだからな。知ってて当然だったんだろうさ」

その通りです。

わたしは父から話を聞いていたので、お名前は存じていましたが、本当に〈鉄路の巨人〉という通り名で立派な人物だったということだけです。

「で、何でそこまで鉄道建設で名を馳《は》せた〈三宮達吉〉の具体的な功績が近代史に残らなかったのかってのは、俺も親父から何も聞いてないし、親父も知らなかったらしいぞ」

「でもぉお、それだけ大きなことをしたのにぃ残らなかったってことはぁ、何か相当に重要な、表に立てない理由があったたってことだねぇ〈三宮達吉〉にぃ」

そういうこったな、と、勘一が頷きます。

「〈三宮達吉〉自身はよ、ちゃんとした入り婿として結婚したから特に問題はなかったはずなんだ。その後の離縁は別にしてな。だから何か表に立てない理由があるとしたら、入り婿になる前の〈堀田達吉〉だった頃にあったたんじゃねぇかってのは、親父も言っていたな」

「その表に立てない理由が、この店を開いたことにも繋《つな》がるんだよねきっと」

「そういうこった」

紺が言って勘一が頷きました。

初代の達吉は、ある時期に突然〈三宮家〉から離縁という形で離れて〈堀田達吉〉に戻り、古書店である〈東京バンドワゴン〉を開きました。

それは、数多くの表に出せない文書や手紙や書類、書籍の類を処分するのではなく保管するためだったそうです。その仕事は、戦中戦後を過ごし、やはり政府の要職の人々と関係の深かった達吉の息子であり、わたしの義父である草平にも引き継がれました。

そして、草平の息子である勘一は、集められたものをきっちり蔵の中に閉じこめ守って、平和な時代を過ごしてきたのです。

それを考えれば、先々代の堀田達吉は〈三宮家〉に婿入りする前から、何かそういう裏の仕事をしていたと考えるのが筋なのでしょう。

「そうなんです。そこなんですけど」

佳奈さんです。

「その日記の同じページには、こう、堀田達吉さんの家系図のようなものが手書きでメモみたいにして書いてあったんですけど、それが消されていたんです。こう、ぐしゃぐしゃと上から万年筆で」

「消されていた」

紺が言いました。

「読めなくなっていたの？」

佳奈さんが頷きました。

「そいつぁ、何だか穏やかじゃねぇなぁ」

「親父もぉ、達吉さんの前のご先祖さんは知らないんだよねぇぇ？」

我南人が訊くと、勘一も頷きます。

「まったく聞かされてねぇな。達吉は江戸の頃はあさり売りとかの棒手振《ぼてふり》の魚屋をやってたって話だけでな。それがどうして三宮なんてぇ財閥のおひいさまと出会って入り婿になれたのかも謎だし、そもそも親父は母親が誰かも聞かされてなかったからな」

「あれ、そうだったっけぇ？」

随分以前にきちんと教えましたよね我南人には。何を驚いているんですか。三宮さんに入り婿にはなったものの、子供はできなかったそうですからね。

「乳母のツネさんに育てられたって言ったろうが。しかしそりゃあぜひ読んでみたいもんだな。小宮仲子さんの日記をよ」

「それがですね」

修平さんが顔を顰めます。

「その日記がなくなったって話を、昨日佳奈はスタッフから聞かされたんです」

「あぁ？」

なくなったんですか？

＊

何やら不穏な話が立て続けに転がり込んできましたけれど、何をどうこうできるでもなく、一日はいつも通りに過ぎていきます。

近頃のカフェでは、我南人が〈夕暮れライブ〉というのをよくやっているのです。

その名の通り、晴れた日の夕暮れにギターをひょいと抱えて、椅子やテーブルを移動することなくそのままで三十分か、興が乗れば小一時間歌うというものです。お代は投げ銭と言うんですね。気の向いた方がひょいとギターケースに入れていくという、昔から大道芸でもよくあったスタイルです。

これがなかなかに好評でして、今では我南人のお仲間も散歩ついでにひょいと顔を出して一緒に演奏していくこともあるのです。日曜日に研人がギター片手にやることもありますね。今日は、我南人のバンドである〈LOVE TIMER〉のドラムスのボンさんが遊びに来て、カホンを叩いて参加していました。

ボンさん、我南人とは高校時代からの付き合いで、わたしもその頃からずっと知っていますが、これほど変わらない人も珍しいですね。ドラムをやっているせいかがっしりとしながらも引き締まった筋肉質の身体。今は伸ばした髪を軽く七三分けにしていて、知的な風貌はミュージシャンというよりは大学教授みたいです。

七時で閉店する古本屋に合わせてカフェもずっと同じ時間に閉店です。もう少し遅くまでやろうという話も出たり消えたりしていますが、ちゃんとしたライブをやるとき以外は今も大体その時間に閉店しています。

これも、近頃の紺が物書きとしてそれなりの収入を得ているのが大きいですね。出させてもらった本も、もう十冊ぐらいになったのではないでしょうか。

とはいえ、相変わらず貧乏暇なし。花陽の医大進学に備えて節約できるところはしっかり節約する毎日です。

晩ご飯の支度が始まる頃になると、友達と遊んで帰ってきたかんなちゃん鈴花ちゃん、学校から帰ってきた研人や花陽も集まってきて居間が賑やかになっていきます。玉三郎とノラは皆に遊んでほしくて駆け回りますが、ポコとベンジャミンはいつものようにのんびりと好きな位置で過ごします。犬のアキとサチは居間にいるとかんなちゃん鈴花ちゃんの枕にされることが多いのですが、本人たちは嫌な顔も逃げもしませんから、ちゃんと保護者のつもりなんでしょうね。

今日の晩ご飯はカレーライスと唐揚げ、そしてサラダには春キャベツとちりめんじゃこに胡麻油を掛けたもの。大皿に大盛りになっているもやしは、ニンニクと赤唐辛子とオリーブオイルで炒《いた》めたものですね。良い香りです。カレーに唐揚げをトッピングするのは研人のアイデアだとか。高校生らしいボリュームたっぷりのメニューです。

かんなちゃん鈴花ちゃんのカレーだけはまだ別に作った甘口ですね。小学生ぐらいになれば皆と一緒に中辛のものを食べられるでしょうか。

ボンさんと、そして一緒に来られたボンさんの一人息子の麟《りん》太郎《たろう》さんも一緒に食卓についています。我南人がたまにはいいだろうと誘ったんですね。今日は晩ご飯の席順もかんなちゃん鈴花ちゃんが決めたのですが、ボンさんと麟太郎さんの間に花陽が座っていますね。ボンさんはともかく、麟太郎さんがいらっしゃるのは初めてなので、お互いに少し緊張してますかね。

麟太郎さんは今年で二十五歳になるとか。ボンさんは結婚が遅かったからまだお若いですね。

「昔ぁ我南人とおめえたち四人でよく飯を食いに来てよ、おひつをすっからかんにした

「もんだよな」

「いやぁ申し訳ないです」

勘一に言われてボンさんが笑います。そうですよね、高校時代からよくボンさん、鳥さん、ジローさんがやってきてはうちでご飯を食べていました。

「そういえばボンさんって、本名は？」

研人が訊きました。

「何だ知らなかったか？　冷たいなぁ研人よ。東健之介《ひがしけんのすけ》だよ」

「すげぇカッコいい名前」

鳥さんは鳥居重成《とりいしげなり》さん、ジローさんは大河内次郎《おおこうちじろう》さん。そうやって考えると皆さんお侍さんみたいな立派な名前ばかりですね。

麟太郎というのは確か勝海舟の幼名のはずですが、ボンさんはそこから名付けたんでしょうかね。

「どうしてボンさんなの？」

花陽が続けて訊きました。

「ボンはねぇえ、若い頃はぁ、坊っちゃん刈りでねぇ、昔のいいとこのボンボンみたいな雰囲気だったんだぁ。それで皆にボンボンって呼ばれて、いつの間にかボンになっちゃったぁあ」

「そうそう」

そうでしたね。今もそうですが、若い頃の整った優しそうな顔立ちは正にそんな感じでした。それは麟太郎さんにも受け継がれていますね。

「りんたろーさんもみゅーしゃんなの？」

「みゅーしゃんなんです、か？」

かんなちゃん鈴花ちゃんが訊きました。隣で花陽が「ミュージシャン」と小さく言って麟太郎さんに教えてあげました。二人はミュージシャンという言葉は理解しているのですが、まだうまく言えないのですよね。麟太郎さん、優しい笑顔でかんなちゃん鈴花ちゃんに、にっこり微笑みます。

「違うよ。僕はね、えーと」

少し困った顔をしましたね。

「臨床検査技師というお仕事をしているんだけど、どうしよう。わからないよね」

「りんしょー、ぎし？」

かんなちゃん鈴花ちゃんが、にこにこしながら首を捻りました。皆からそりゃあわからないな、と笑い声が上がりました。さすがにそのお仕事を理解するのはちょっと無理ですね。

「お医者さんの仲間だよ、かんなちゃん鈴花ちゃん」

医者であるかずみちゃんが助け船を出します。

「お医者さんと一緒に病院で働いて、病気を治すお手伝いをする人だって」

「かんごしさんじゃなくて、りん？」

「りんしょうけんさぎし、ね」

花陽がゆっくりと発音して教えてあげます。それにしても、麟太郎さんはそういうお仕事をしていたのですか。

「ロックミュージシャンの息子が臨床検査技師たぁな。立派なもんだ。おめぇに似なくて良かったじゃねぇか」

「まったくですよ。親を反面教師にしてくれました」

我が家もそうですが、親と子というのは本当に不思議なものです。それぞれに血を分けた肉親なのに反発しあうこともあれば、響き合うこともあれば、干渉し合わないこともあります。本当に人それぞれ、千差万別なのですよね。

ですから、昨今は子育てで悩む親御さんも多いと聞きますが、悩まなくていいのだとわたしは思います。ただ思い合って、一緒にいる間は見守っていく。振り返ればそれだけで充分な気がしますね。

「麟太郎くんよ」

「はい」

「隣の曽孫の花陽は今年高校三年生でよ、来年医大を受験するんだ。現役の病院関係者なら、ちょいと道は違うだろうが何かアドバイスがあったらしといてくれや」

「わかりました」

麟太郎さんにっこり笑って、花陽を見ます。花陽もちょっと含羞《はにか》んだように微笑みました。

「もう志望校は決めているの？」

「あ」

花陽がちょっと困ったように下を向いてしまいました。麟太郎さんは、あれ？　という顔で皆を見回しましたね。そうなのですよ。その話は先日していて、途中になっていたのですよね。

「それがなぁ、まだなんだ。早いうちに決めた方がいいってアドバイス貰ってな。話していたんだけどよ」

麟太郎さん、何かを理解したように、うん、と頷きます。

「僕の友人でも医学部受験したのは多くて、やっぱり皆志望校を絞り込むのにはかなり悩んでいました。その多くはお金ですよね」

その通り、と、勘一も頷きます。

「えーと」

麟太郎さん、少し迷いましたね。

「いきなりこんな話するのもなんだと思うんですが」

ボンさんの顔を見ました。ボンさんもひょいと肩を竦《すく》めましたよ。

「別にいいってことよ。ボンの息子なら身内も同然。何か有用な話ならどんどんしてくれ」

「はい。じゃあ、花陽ちゃん」

「はい」

花陽は麟太郎さんを見ます。

「まず、自分の希望を全部出して、それに見合う大学を決める。もちろん偏差値の問題は大きいけどね。花陽ちゃんの希望は？　授業料の問題は抜きにして考えて、何よりも自分にとってのいちばん大きな理由を挙げた方がいいんだ」

花陽は、真剣な顔で聞いていましたね。

「それだ花陽」

勘一はポン、と座卓を叩きました。

「おめぇは普段はポンポンものを言うくせに、肝心の志望校はなんか口を濁してたよな」

そうそう、と藍子も頷きますね。

「いい機会だわ。麟太郎さんありがとう。ナイスタイミング。花陽、本音を言って」

花陽も、うん、と大きく頷きました。

「私ね、都内の医大に行きたいの」

都内ですか。麟太郎さんも少し考えました。都内なら、といろいろ考えたのでしょう。

「その理由はね。家から通いたいの。どうしてかっていうと、地方の大学に六年間も行っちゃうと、ほら、家《うち》は老人が多いし。何かあったときに間に合わないかもって考えたら、それがすごく嫌で」

最後は下を向いて小声になっちゃいましたね。

そういうことでしたか。勘一とかずみちゃん、我南人も顔を見合わせましたね。それぞれに苦笑いします。

「そういうこったか。まぁそりゃあしょうがねぇ。六年間のうちになら、ぽっくり逝くかもしれねぇ人間が三人もいるもんな。死ぬ気はねぇけどよ」

「ありがとね、花陽ちゃん。心配してもらって」

「僕も死なないけどねぇえ、でも確かに家にいたいっていう花陽の気持ちもわかるねぇえ」

そうですね。嬉しいじゃありませんか。

「でもね、そうなると今のところ偏差値も考えるとどうしても私立しかなくて」

「よし、決まった！」

勘一がパン！　と手を打ちました。

「さっそくのアドバイス助かったぜ麟太郎。花陽、金の心配なんかいらねぇ。おめぇは家から、皆と一緒に暮らして医大に通う。その条件に合う私立を受ける！　それで決定だ。いいな？」

花陽が恥ずかしそうな表情で首を捻りますけど、いいんじゃないですか。花陽も本音を言えてすっきりしたでしょう。

確かに私大の医学部の授業料はとんでもなく高額で大変ですけれど、それは後から親たちが考えることです。

今は、はっきり目標を決めて勉強することですよね。

晩ご飯が済み、ボンさんと麟太郎さんがお帰りになって、かんなちゃん鈴花ちゃんが眠ると皆がそれぞれ順番にお風呂に入って、静かに一日の終わりの時間が流れていきます。

かんなちゃん鈴花ちゃんは今日は研人の部屋で寝ているようです。毎日のように眠る場所が変わる二人なので、あちこちの部屋に二人の布団があるのですよ。玉三郎とノラも二人についてきて、布団の上で丸まっています。

研人は宵っぱりですしギターを弾きますから、二人が部屋で眠ると静かに勉強でもしなきゃならないと言ってますが、どうぞ学校の勉強もしてくださいね。本当に少しは何とかしないとまた亜美さんの眉間に皺が寄りますよ。

その亜美さんとすずみさんは、〈藤島ハウス〉の藍子の部屋で、なんとかというアメリカのテレビドラマを観ています。最近三人でハマってしまったとかで、毎晩一話を皆で観るのを楽しみにしているのですよ。花陽はもちろん部屋でお勉強、かずみちゃんも自分の部屋でのんびりですね。マードックさんはアトリエで作業をしているのでしょう。

居間には人がいません。アキとサチは自分たちの座布団の上で寝息を立てています。ポコとベンジャミンも縁側でのんびりとしています。

いつも賑やかな我が家ですが、こうして本当に静かな夜もあるのですよ。

そして大人の男性陣は、近所の小料理居酒屋〈はる〉さんで、軽くお酒を飲んでいます。板前のコウさんからいい地酒が入りましたという電話があったのですよね。それほど深酒はしない堀田家の男たちですが、美味しい酒の肴《さかな》と地酒と聞くと、週に一、二度ぐらいはこうして軽く一杯やりに来ます。

〈はる〉さんのおかみさんである真奈美《まなみ》さんは、藍子や紺や青とは幼馴染みです。我が家から道なりに歩いて二、三分ほどの三丁目の角のひとつ左。元々は魚屋さんを営んでいた勝明《かつあき》さんと春美《はるみ》さんで開いたお店なのですが、お二人とももう鬼籍に入られました。娘である真奈美さんが後を継ぎ、コウさんとの間にできた一人息子の真幸《まさゆき》ちゃんは今年の夏で二歳になりますよ。

「はい、筍を鳥のつくねと合わせてみました。生姜《しょうが》が利いていますので何もつけずにそのままどうぞ」

金髪にした短髪がすっかりトレードマークになったコウさんが、皆に配ります。京都の老舗料亭で花板候補だったコウさんは、本当に美味しいものをいつも作ってくれます。ここに来ると食べられないこの身体がうらめしくなりますよ。

「慶子《けいこ》さんは上?」

青が訊くと、真奈美さんが頷きます。慶子さんとは青の産みの親であり、大女優の池沢百合枝さんのここでのお名前。池沢さんがほぼ仕事を引退して、ここを手伝うようになってもう二年が過ぎますかね。

「真幸がご機嫌斜めで」

真奈美さん、済まなそうな顔を見せます。真幸ちゃんも、もう歩き回って眼が離せなくなってくる頃ですよね。コウさんと二人でお店を切り盛りしている真奈美さん、ベビーシッターをしてくれる池沢さんがいて本当に助かっているといつも言っています。

「そういえばさ」

青が何かにやにやして言います。

「何だよ気持ち悪い笑い方しやがって」

「いや、花陽がさ。何かしおらしかったなーって」

あぁ、と、紺も少し笑みを見せました。

「麟太郎くんだろ」

「そうそう」

勘一が右眼を細くしましたよ。

「なんでぇ麟太郎と花陽がどうしたって」

「じいちゃん気づかなかった？　麟太郎くんといろいろ話していたときの花陽の態度。なーんか妙に女らしくなっててさ」

「馬鹿言うない。一目惚れでもしたってか」

一目惚れかどうかはともかく、実はわたしも青と同じように思っていました。女性陣もきっと気づいていたはずですよ。

「麟太郎くんって、ボンさんの息子の？」

真奈美さんです。

「そうだねぇえ。ここには来てたよねぇ」

「何度か来てますよ。好青年ですよね。花陽ちゃんと初めて会ったんですか？」

コウさんが言います。夕ご飯のときのことを話しますと、真奈美さんゆっくり頷き微笑みました。

「わかるわー」

「何がわかるんでぇ」

「麟太郎くん、きっと花陽ちゃんの好みのタイプよ。何ていうか、藤島さんから商売人の損得勘定根性を抜いて、ただ誠実さが前面に出た感じ」

「なんだよそりゃ。花陽は勉強でそれどころじゃないって自分で言ってるだろうが。それに、そら、イギリスに行ったあいつらよ」

「恭一《きょういち》くんと凌一《りょういち》くんは、ただの友達だよ。それは間違いない」

「イギリスにまで離れちゃったのはまずかったよねあの二人は。さすがに恋になる前の段階で遠距離は無理だね」

昔からですが、青は恋愛事になると話を盛り上げますよね。下町のプレイボーイと異名を取っていた頃の血が騒ぐのでしょうか。

「適当なこと言ってんじゃねぇよ」

勘一が煙草を取って火を点けます。

「まぁしかし、良さそうな男だったってのは確かにそうだな。親父のボンも昔っから人柄が良かったからな」

「麟太郎ならぁ、花陽の恋のお相手には僕はいいと思うなぁあ。真奈美ちゃんの言うとおり、彼はねぇ本当に誠実な男だよぉお。いま彼女もいないしねぇ」

そうですね。花陽のことはともかくとしても、きちんとした若者でしたよ。

「それはそうと、あの小宮仲子さんの日記の紛失っていう話は奇妙だね」

紺が言います。何の話？　と訊いてくる真奈美さんに、紺が佳奈さんと修平さんから聞いた話を教えてあげました。真奈美さんは親戚か家族みたいなものですからね。隠す必要などまったくありません。

「おもしろそうな話ね。堀田家のルーツなら私も知りたい」

「見たかったねぇえ、堀田家の家系図ぅ。僕ねぇ前から不思議に思ってたんだぁ」

「何をでぇ」

「堀田達吉さんは江戸の頃は棒手振であさり売りしてたって言うけど、町人の場合は名字を名乗れなかったって言うよねぇ。明治になって〈堀田〉って名乗ったとしたら、最初から堀田だったのかどうかなぁって」

「それは確かにな。親父もいろいろ調べたけど結局わからなかったからな」

そう言って勘一も頷きます。

「とんだところから我が家のルーツが知れるかもしれねぇよな。おい、紺よ」

「うん」

「おめぇは〈蜷川女子大学〉に伝手はねぇのかい。それと、佳奈ちゃんと一緒にその資料を見てたのはテレビ局と原作漫画の出版社の編集者だったって言ってたよな。出版社の編集者ならおめぇも少しは知り合いがいるだろ」

そうだね、と紺が頷きます。

「明日にでも大学と出版社の方に当たってみるよ。関係者を見つけて、見学と紛失の経緯と状況を詳しく教えてほしいって」

「僕もぉ、確認してみるねぇえ」

「おめぇはどこに伝手があるんでぇ」

我南人が肩を竦めます。

「親父はぁ、僕が芸能界の人間だってことを常に忘れてるねぇえ。テレビ局なら知り合いがたくさんいるんだよぉ。それにぃ、池沢百合枝もいるんだよぉお」

「おう、そうだったな」

そういえばそうでした。我南人はともかくも、もしも池沢さんがテレビ局に顔を出せば、それはもう慌てて上の方々が飛んできますよね。

「〈呪いの目録〉を探してるっていう男はどうする？」

青です。

「〈呪いの目録〉がどうかしたの？」

真奈美さんが訊いてきます。もちろん真奈美さんもコウさんも知っていますからね。

青が岩男さんの話を聞かせました。

「これはまた厄介な話になりそうですね」

　コウさんが言います。

「まぁ、向こうが出てこないことにはどうしようもこうしようもねぇな。そいつを探して古株の古本屋を回ってるってんなら、〈岩書院〉に顔出さねぇはずがねぇからよ。そこんところで正体を調べるしかねぇな」

「あれは、今さら手に入れてもしょうがないのにね。せいぜい出版社に持ち込んでアンソロジー組んでもらうぐらいしか使い道がないのに」

　青が言うと、勘一も頷きますね。

「それにしたってよ。今時文豪の本を出したところで大した稼ぎにはならねぇよ」

「僕の自伝出した方が売れるねぇえ」

「何が目的なのかなぁ」

　青が言うと、紺が何かを思いついたように少し考え込みました。

「目的か」

「うん？」

「〈呪いの目録〉の内容を、古書店の古株の皆さんが迂闊に話すはずないよね？」

　紺が勘一に訊きます。

「言わねぇだろうな。目録の内容や、事件の経緯を知ってる連中なんかほんの数人だ。

その他の皆にしたって〈呪いの目録〉ってぇ呼び名を知ってるぐらいで、それがどんなもんかは噂《うわさ》に尾ひれが付いてよ。やれ、それを眼にしたら死ぬとか、持っていたら幽霊に取《と》り憑《つ》かれるとか、そんなくだらねぇ話ぐらいしかしねぇだろうよ」

そうだよね、と、紺が頷きます。

この顔は何かに気づいた顔ですよね。

「要するに単なる噂話しか知らないはずだよね」

「何か思いついたのかよ」

「いや、〈呪いの目録〉をさ、そういう〈噂〉を耳にしただけで古書店を探し回るような人はどんな人かなって、ちょっと考えてさ」

「どんな奴って、マニアックな古書好きなんじゃないの？」

青が訊くと、紺がにやっと笑います。

「明日調べてみて、何かわかったらすぐに教えるよ」

小さい頃から勘が鋭くて、昔から何事か騒ぎが起こると解決への筋道を考えつくのはいつも紺ですが、もったいぶるのが悪い癖ですよね。それとも、推理小説の探偵のやり方を踏襲でもしているのでしょうかね。

いずれにしても、何かがわかるまで待つしかありませんね。

三

一日過ぎて、今日は日曜日です。

世間様はお休みでも、サービス業を営む皆さんたちにとっては忙しい一日ですよね。カフェはやはり平日よりは日曜日の方がお客さんがお店にいらっしゃるのですが、古本屋はさして変わりません。そもそも古本屋に来られるお客さんがそんなにたくさんはいませんからね。

それでも午前中はいつもより店内はお客様で賑わい、お昼頃にはぱったりと客足が途絶えます。カフェでもお昼ご飯を食べる人は平日よりも少なく、割合とのんびりした空気が漂います。

午前中から裏の小夜ちゃんの家にお邪魔して遊んでいるかんなちゃん鈴花ちゃんは、今日は向こうでお昼ご飯をいただくとか。日曜日はお互いの家で、三人でお昼ご飯を一緒に食べることが多いのです。年は少し離れていますが、亜美さんとすずみさん、玲井奈ちゃんはママ友として、お互い持ちつ持たれつ良い関係を築けていますよ。

我が家の居間では交代でお昼ご飯の時間ですね。

家訓に〈**食事は家族揃って賑やかに行うべし**〉とはあるものの、さすがに営業中のお昼はそうはいきません。皆がバラバラに食べますから、簡単にできるものをいつも作ります。今日は牛丼のようですね。大きな鍋で煮込んでおけば、順に適当に自分の好きな分だけよそって食べられますので、我が家のお昼にはよく出るメニューです。

我南人と紺と青、亜美さんとかずみちゃんが先に食べているようですね。カフェは藍子とマードックさんの夫婦コンビがやっています。

勘一が、「旦那さん先に食べてください」とすずみさんに言われて立ち上がったところに古本屋の電話が鳴りました。出ようとしたすずみさんを右掌《みぎて》で制して、勘一が受話器を取ります。

「はい、〈東京バンドワゴン〉でございますが。おう、岩男か。どうした」

岩男さんからの電話ですか。ひょっとして来ましたかね。勘一の眉が少し上がりましたよ。

「おっ、来たか。うん。うん。よーしわかった。ありがとよ」

大きく頷いて勘一電話を切ります。聞いていたすずみさんが勢い込んで訊きました。

「旦那さんひょっとして、あの〈呪いの目録〉の件ですか？」

「おうよ」

煙草に火を点けて、壁の掛け時計を見ます。もう何十年も使っている古い振子時計ですよ。

「岩男の店に現れたそうだぜ。そして、もうすぐうちに来るぜ」

「え、うちを教えちゃったんですか？」

すずみさんが眼を丸くします。

「放っておいたって寝覚めが悪いだろうよ。まだ皆には言ってなかったけどな。紺と我南人がいろいろ調べてきてなんとなしには摑《つか》んだんで、昨日の夜に岩男に言っといたんだ。その田口って男が来たら、〈呪いの目録〉は〈東京バンドワゴン〉という古本屋にあるから行ってみろって教えてくれってな」

「そうだったんですか」

「十分ほど前にタクシーに乗ったっていうから、もう着くんじゃねぇか」

「じゃどうしましょうか！　私隠れてカメラでも用意して待ってますか!?」

どうしてそんなに張り切るんですかすずみさん。勘一が苦笑いします。

「んなことしなくていいだろうよ。岩男の話じゃあ気色《けしき》は悪くない男だって言うから、危ねぇことにはならねぇだろうさ。おい、聞こえたか！」

勘一が居間に声を掛けると、我南人と紺が丼を持ちながら頷きました。

「聞こえたよじいちゃん」

「いつ来ても大丈夫だねぇぇ」

余裕を感じますね。いつの間に打ち合わせしたんでしょう。

そのときです。庭の裏の方から大きな声がしました。

「ハジメ！」

我南人に紺に青、亜美さんかずみちゃんに、勘一もすずみさんも思わず庭に眼を向けました。今の声は、夏樹さんですよね。

「何やってんだ！　お前！」

「夏樹!?」

皆が一斉にピン！　と来たようで縁側に向かいます。

確かに夏樹さんは〈ハジメ！〉と叫びましたよね。それは、先日玲井奈ちゃんが言っていた、この辺をうろついていたという、夏樹さんの昔の悪い仲間の名前ではありませんか。

皆が縁側から庭を見ましたが、あれ？　と、きょろきょろしました。

確かに裏の玲井奈ちゃん家《ち》の裏玄関のところに、夏樹さんの姿が見えます。玲井奈ちゃんもいますし、かんなちゃん鈴花ちゃん、小夜ちゃんもいますよ。どうやらお昼ご飯が終わって我が家に皆で来るところだったのでしょうか。

でも、皆が空を見上げています。

「空ぁ？」

我南人が言って皆が空を見上げます。良い天気ですね。青空に白い雲が薄く伸び、春らしいポカポカした陽気です。わたしも見上げましたが、そこには飛行機もありません。

「ハジメ！　何やってんだ！　降りろ！」

降りろ、ですか？　それでようやく皆が気づいて、視線を空から下へ落とします。我が家の蔵の屋根の上ですよ。そこに、若い男の人の姿がありました。何ですか、皆の視線に気づいたせいなのか、とても慌てている様子ですよ。そんなに慌てては危険ですと思ったその時です。

「あぶなーい！」

「あぶなーい！」

「あぶなーい！」

かんなちゃん鈴花ちゃん小夜ちゃんの可愛い声がトリプルで響きました。ハジメさんという方、足を滑らせて蔵の屋根から滑り落ちました。

「大丈夫かおい！」

お医者さんであるかずみちゃんがいて良かったですね。そして落ちたところが植え込みのところで幸運でした。もちろん、若いから反射神経も運動神経も良かったんでしょう。見たところでは大きな怪我《けが》は一切ありません。

「痛い！」

かずみちゃんに足を押さえられて、ハジメさんが声を上げました。かずみちゃん、にやりと笑います。

「そんな情けない声出すんじゃないよ若いのが」

「どう、かずみちゃん。救急車呼ぶ？」

藍子が訊きました。

「大丈夫だね。ただの打ち身だよ。足は折れてもいなきゃヒビも入っていないだろうさ。まぁ多少足首を捻ってるかもしれないから、気になるなら自分で病院に行きな。お尻が痛いのもただの打ち身！　我慢してりゃ三日で治るよ」

ぺしん、とかずみちゃん笑って足を叩きます。ハジメさん、ジーンズに黒いジャケット、髪の毛は長めで顔が半分隠れていますよ。ピアスやら手首にじゃらじゃらとブレスレットやら、確かに普通の勤め人には見えませんね。

唇を尖《とが》らせていましたが、ゆっくりと足を確かめるようにして折り畳むと正座しました。

「どうも、お騒がせしてすいませんでした」

殊勝な様子に、おや、と、勘一も皆も少しばかり首を捻りました。どうも玲井奈ちゃんの言っていた様子とは少し違うようですね。

「まぁとにかくよ」

勘一がどうしてまた蔵の屋根に登っていたのか事情を聞こうとしたときに、古本屋の戸の土鈴の音がしました。お客様のようですね。

「ごめんください。すみません」

男性の声がしました。その声に、何故かハジメさんが反応しました。驚いたように顔を上げましたよ。古本屋の方を覗き込むように立て膝になりました。

「ご主人にお会いしたいのですが」

すずみさんにそう言うのが聞こえます。

「はいよ」

勘一が少し声を大きくしてそう返事するのと、ハジメさんが声を上げるのが同時でした。

「田口さん!?」

「なにぃ?」

勘一が思わず声を出して驚きました。声が聞こえたのか、お客様もこちらを覗き込んで驚いた顔を見せます。

「ハジメくん!?　何でここに!?」

お知り合いなんですか?

何が起こっているのかはさっぱりわかりませんが、事情を聞くために子供たちにはマードックさんのアトリエでお絵描きしてもらおうと、玲井奈ちゃんに連れていってもらいました。カフェは藍子と亜美さんとかずみちゃん、古本屋はすずみさんにお任せして、勘一に紺と青、我南人に夏樹さんが座卓を囲みました。

田口さんとハジメさん、並んで座ります。二人してこれはどうしたもんか、という顔をしていますね。

「さて、と。まずはそちらから片づけちまおうか。田口さんだったね」

お客様はやはりあの〈呪いの目録〉のことを訊き回っていた〈田口幹人〉さんですね。

「はい、そうです」

田口さん、少し背筋を伸ばします。

「何だか妙にとっちらかっちまったが、まずはご挨拶だね。〈東京バンドワゴン〉の堀田勘一でございます」

「どうも、初めまして」

「こちらこそだ。で、何やらうちの〈呪いの目録〉のことを知りたくて、あんたはいろいろと訊き回っていたようだがね」

「わかっていたのですか?」

田口さん、少し驚きましたね。

「古書業界も狭い業界でね。ましてや自慢じゃねぇが我が家は古株も古株。ちょいと古本屋街でおかしなことをすると、その噂がすぐに入ってくるのよ。いや、別に怒ってるわけじゃねぇよ？　あんたは悪いことをしてたわけでもないしな。だから謝ったり恐縮したりする必要はないからよ」

「はぁ」

「ただよ」

勘一、にやりと笑います。

「うちはどうも捻くれ者の集まりでね。痛くもねぇ腹ぁ探られるとどうもこそばゆくなっちまってさ。ついついくすぐってるのは一体どこのどいつだってさっさと調べちまう。田口さん、あんたの眼の前の金髪は俺の息子の我南人ってんだけど、知ってるかい？」

「息子さんだったんですか!?」

田口さんも我南人さんも眼を丸くしましたね。

「もちろん、我南人さんのことは存じ上げていましたけど、まさか、こちらの息子さんだったとは」

「初めましてだねぇえ。それでさぁ、田口くんぅ。僕ねぇ調べちゃったんだぁ」

「何を、でしょうか？」

「君がぁ、今度の朝のドラマの原作漫画である『さやかなり』の作者倉見ちずるさんの今の担当としてぇ、女優折原美世と一緒に〈蜷川女子大学〉に行ってたことをさぁ。テレビ局の関係者に確かめちゃったぁ」

そうですか、その場にいたのですね田口さん。また眼を丸くしましたよ。

「その、通りです。私もいました」

「じゃあぁ、折原美世はぁうちの親戚だってそこで知ったんじゃないのぉ？　君、〈堀田達吉〉の名前を知ったんだよねぇ。そして、折原美世ちゃんがぁうちの名前をつい出しちゃったのを聞いていたんだよねぇえ？」

田口さん、思わずといった感じで唇を結びました。そして、小さく頷きましたね。驚くばかりで声も出ないのでしょうか。ハジメさんは何が何やらといった風情で、心配そうに田口さんを見ています。

「そしてもう一人よ。我南人の隣はその息子で、俺にしてみれば孫の堀田紺よ。畑はまるで違うが、あんたんところの出版社に大いにお世話になってるよな。名前ぐらいは知らねぇかい？」

「知ってます」

もう驚くことに疲れたようですね。田口さん、大きく肩を落としました。

「著作は拝見させていただいております。お世話になっております」

「こちらこそ、お世話になっています。それで、田口さん。僕も担当編集者を通してあなたのことを確認しました。確かに田口幹人さんという編集者がマンガ編集部にいて、倉見ちずるさんのデビュー前からの担当者であるということを。そして今、新しい連載マンガの準備をしていて、もちろん内容などは教えてもらえませんが、何となくですが、僕の家が古本屋ということもあってね。それが題材にあるんじゃないかという感触は摑んだんですよ」

「ということでよ」

勘一です。

「あんたは、漫画編集者の田口幹人さんで、そして、倉見ちずるさんは担当している漫画家さんと。ここまでわかりゃあ、何であんたが〈呪いの目録〉のことを探っていたかは大体察しがつくってもんだ。田口さんよ」

「はい」

「あんた、その新しい連載漫画のネタになると思って、どっかから聞きつけた〈呪いの目録〉を持っているという古本屋を探していたんだな？」

「はい、その通りです」

そういうことだったのですね。

「で、そのあんたを知っているこの夏樹の昔の友人、ハジメくんよ」

「あ、はい」

「あんたは？　見たところ編集者じゃあねぇし。何者だい」

「オレは、アシスタントです。倉見ちずるさんの。石渡元《いしわたりはじめ》です」

漫画家さんのアシスタントさんでしたか。立派なご職業じゃありませんか。でも、それで格好は昔のまんまでも良かったってことですか。玲井奈ちゃんはそこで誤解してしまったようですね。

成程そうだったのか、と、勘一頷きます。

「で、察するにハジメくんはよ、うちの裏に昔の仲間だった夏樹が住んでることはまるで知らなかったってことだな」

「そうです。びっくりしました」

「俺もです」

夏樹さんが言います。

「マンガ家さんのアシスタントをしてるなんて。でも」

夏樹さん、ずっと黙って難しい顔をしていたのですが、急に嬉しそうに笑みを見せました。

ね。

「良かったなオマエ。やりたいことできたみたいだな。オマエ、前からマンガ、上手《うま》かったもんな」

ハジメさんも少し含羞んだように笑みを見せました。

「おう。オマエもな」

玲井奈ちゃんから昔の悪い仲間と聞いていましたし、まったく縁が切れたと言っていましたけれど、この二人の間には以前から友情のようなものがあったのでしょう。そういうものが伝わってきました。

その様子に勘一もにこりと笑いましたよ。

「ま、悪友との再会で旧交を温めるのは後からゆっくりやってもらうとしてよ。まずは簡単そうなわかんねぇことを片づけちまおうかい。ハジメくんよ。何でお前さん蔵の屋根に登っていたんだ？」

「あ、や」

慌ててますね。この辺はヤンチャな若者の部分がまだ残っているのですね。

「実は、オレも、倉見さんや田口さんから〈呪いの目録〉ってのがあるって聞いて、それで何とかそれを見つけてやろうと思って」

「ほう」

「ハジメくんも？」

田口さんはまったく知らなかったのですね。ハジメさん、難しい顔をして、ちょっと頭を掻きました。

「アシって言っても、オレはまだ全然下手クソで、背景なんかも描けなくて、何の戦力にもなってないんすよ。でも、倉見さんは、仕事少ないのにオレを使ってくれて一人前にしようとしてくれて、田口さんもオレを信用してくれて、オレ」

顔を上げて夏樹さんを見ましたね。

「夏樹に訊いてくれたらわかるけど、マジろくでもねぇ男で。でも、オレの描くキャラには光るものがあるって。作る話にもセンスがあるから、きっといいマンガ家になれるからガンバレって倉見さんも田口さんも言ってくれて。そんな倉見さんが苦しんでいるのに、何にもできねぇから、せめてそいつを、〈呪いの目録〉ってのを見つけてやろうって」

たどたどしい言い方ですが、ハジメさんなりの真剣さが伝わってきました。何とか力になりたいと、真摯《しんし》に思っているのですね。

「それで、何日か前にここを知って」

「どうやってここを知ったの？」

紺です。

「じいちゃん、いや、祖父、からです」

「お祖父さん？」

「オレ、じいちゃんと暮らしてるんです。で、じいちゃんはものすごい古本好きで、都内のあちこちに出掛けてるんすよ。それで、オレが訊いたら〈呪いの目録〉っていう名前だけは知ってて、それは〈東京バンドワゴン〉にあるらしいって」

「そりゃあお祖父さんはぁあ、かなりの古本好きだねぇえ」

「でも、かなり、あの、気難しい人がやってるところだって聞いたんで、どうやって行けば〈呪いの目録〉なんか手にいれられるかなんて考えて、今日こそ入ろうと思って、でもちょっと様子見ようと思って周りをうろついたら、立派な蔵にハシゴがかかっていて」

「梯子ぉ？」

「あ、そうか、梯子片づけるの忘れてたんだ」

紺がぽん、と手を打ちました。屋根の修繕をしたときですね。

「なんか、昔の悪いクセっていうか、探り入れるのにちょうどいいとか変なこと思っちゃって、登り始めたら」

ばつが悪そうに夏樹さんを見ました。

「ちょうどそこに、俺が見つけて声を掛けたんだ」

それで反射的に登り切ってしまって、さらに慌てて滑り落ちてしまったんですね。思わず皆が苦笑いしましたね。

「そういうことかい。まぁお前さんの、その漫画家さんや田口さんに対する真剣な気持ちは伝わってきたからよ。勝手に蔵の屋根に登ったのはお咎《とが》めなしの花ってことにしとくさ。それで、だ。田口さんよ」

「はい」

勘一、にんまりと笑います。

「ただのアシスタントがこれだけ入れ込んでんだ。そしてあんたもわざわざあちこち尋ね回ってる。余程の思い入れか、もしくは新作にかける覚悟みてぇなもんが、その漫画家さんにも、あんたにもあって、やってるってこったな」

「それは」

田口さん、口ごもり、少し何かを考えるように下を向きました。

「いや、別に無理に話せと言ってるわけじゃねぇよ？〈呪いの目録〉はありますかと訊かれりゃあ、そう呼ばれているものは確かにございますと答える。見せてくださいと言われたら、申し訳ねぇが見せられねぇし内容も教えられませんねと答える。そうなると、もうあんたはすごすご帰るしかないってことになっちまうんだ。だけど、まぁよ」

小さく息を吐いて、勘一続けます。

「俺はよ、ご覧の通りただのしがねぇ古本屋の親父だけどよ。その昔は小説家さんと付き合いを持って、編集者の皆さんがどんな思いでどんな熱を持って、その本を作ってきたかをこの眼で見てきたもんさ。同じ編集でも小説と漫画の違いはあれど、〈良い物語を編む〉ってところは同じ者同士じゃねぇか？　だから、その気持ちってのは、理解できるつもりだぜ？」

顔を上げて、田口さんが勘一を見て、小さく頷きました。

「僕は、マンガ編集者として、失格した男なんです」

大きな溜息とともに、田口さんが言いました。勘一の眉がひょいと上がりました。

「どういうこったい」

田口さん、唇を引き結びます。

何か、相当の思いがあるようですね。

「もう十五年も前になります。僕はある新人を潰してしまったんです」

「潰した？」

「才能あるマンガ家に出会えました。絶対に何十万部何百万部と売れるマンガを、作品を残せる人だと思いました。たとえ売れずともマンガの世界に大きな足跡を残すと確信しました。そして、僕も若かったですから、これは編集者としても名を上げるチャンスだとも思いました」

ふむ、と、勘一も皆も頷きます。そのようなお話はありますよね。

「僕のその思いに、彼女も信頼を寄せてくれました。昼夜を分かたずに打ち合わせをして、彼女が持ってきたネームを検討して、ひとコマひとコマ絵と台詞《せりふ》を討論して、ときには大声でケンカもしました。彼女を泣かせてしまうこともありました。でも、それもこれも全部彼女の持っている才能をとことん信じきってのことでした。絶対に彼女ならやってくれると。そして彼女も応えてくれて、作品を描いてくれました。けれども」

言葉を切って、田口さん、唇を嚙《か》みしめます。

「そうやって、二人で文字通り、精魂込めて作り上げたマンガは、日の目を見ませんでした」

「どうしてだい。おもしろくなかったってのは、ねぇ話だよな?」

「違います。彼女が描き上げたマンガは紛れもなく傑作でした」

言い淀《よど》みました。何か、余程の事情があったのでしょうか。

「世情と、いろんなもののタイミングが悪かったというのはいいわけで、完全に僕の編集者としての力不足です」

編集者である田口さんの、力不足ですか。勘一が少し唇をへの字にして何かを考えるふうに天井を見上げます。

「察するところ」

青ですね。話が漫画だけに口を出したくなったのでしょう。

「似たような内容のマンガが同時に同じ編集部で扱われたとか、ですか。そしてその人のものが、田口さんが新人編集者だった故に弾《はじ》き出された」

田口さんは、唇を嚙みしめるだけで否定も肯定もしませんね。

「そりゃあねぇだろうよ」

勘一です。

「漫画編集に詳しいわけじゃねぇけどよ。誌面の連載ってのはどこでもしっかり編集部で打ち合わせて内容が被《かぶ》らねぇようにするもんだろ。それは小説だって漫画だって同じよ。だから」

田口さんの顔を見ます。

「漫画の内容で負けたんじゃねぇ。新人編集者だったお前さんの力じゃあどうにもならねぇ横槍《よこやり》が入ったんだろうさ。いろんな意味でな。違うか？」

静かな溜息が聞こえました。田口さんですね。

顔を上げ、勘一を見ます。

「彼女が描いたものは、決して派手で目立つ作品ではありませんでした。マンガというのは、化け物です。たとえ物語の内容が薄くとも、とんでもなく時を得た、しかも派手で瞬発力のあるマンガが何よりも優先されることはままあることです。そしてそれが時代を作ってきたことも、ある意味では間違いのないところなんです」

ふむ、と、勘一も青も頷きますね。わたしはそれほど詳しいわけではありませんが、漫画というものがどのようにこの日本で生まれ育ってきたかは大方理解しています。ですから、田口さんの仰ることもわかりますよ。

「売れそうなマンガ、と、良いマンガ、を天秤《てんびん》にかければ、営利企業として商売を優先させるべきなのはわかってます。ましてやそれが別のジャンルで大流行しているものであれば、それをマンガにするのであれば当たるのは確実。そんなことは、百も承知でした。でも！」

少し、田口さんの声に力がこもりました。

「先程堀田さんが仰った通り、編集者が〈良い物語〉を生み出すんだ、という思いを、編集者としての良心を失ってしまっては、マンガという文化は衰退するんです！　僕は何よりもそれを大事にしていたはずなのに、そこを、僕は、押し切れなかったんです。負けてしまったんです。彼女は置いとけ、いつか載せてやる。代わりにこっちをやれ。これはお前のためだ、売れるもので稼いでおかないと、売れそうもない良いものは出せないだろと言われて」

悔しそうに、情けなさそうに、田口さんが自分の腿を拳で一度叩きました。その拳が少し震えます。

「その理屈を出されたら、そこでケンカをしたって負け戦があたりまえ。仮に自分が編集部を飛び出したってその人のためになるはずもない。そこの編集部で、編集者で居続けることが、いつか必ずその人を世に出す手段だった。だから、田口さんには、どうしようもなかった。そういうことですね？」

青が優しい声で言います。我が家でいちばん漫画や、その周辺の事情に詳しいのは青ですよね。

「大体、そのような、ことです」

田口さんが言葉を濁しながら肩を落とします。

勘一は腕組みしながら、田口さんの様子をじっと見ています。

「結果として僕は担当を一時外され他のマンガ家を担当しました。彼女もわかってはくれたものの、抜け殻のようになっていました。でも、そのすぐ後、彼女は作画の力量を買われて原作付きマンガを描きました。彼女の素晴らしい画力もあり、そこそこの結果は残しましたが、それだけでした。それで、終わってしまったんです」

「終わったっていうのは、どういうこったい」

田口さんも、そしてハジメさんも眼を伏せましたね。

「彼女は、原作付きのマンガを描けるような器用なタイプじゃありません。自分の作った話を自分の絵で描く。それがもっとも彼女を輝かせるスタイルなんです。それでも、僕のためにやってくれたんです。僕といつか必ず二人で一緒にマンガを作るために、描くために、自分を殺して新しい担当の意のままに、何もかもそいつの言う通りにして、原作者の言うことを全部聞いて、ロボットのようになって、自分の感性を押し殺して、ただ美しい絵を描き続けることだけを考えて描き続けたんです。その結果、連載中に彼女は、心を病み、自殺を考えるほどになりました」

「そこまでかい」

勘一が言って、顔を顰めます。

「自分の感性が、〈このコマはこうだ〉と言っている。でも、担当編集者と原作者から〈ここはこうしろ〉と言われて直す。マンガが大好きなのに、絵を描くことが大好きなのに、自分の意ではないものがどんどんできあがっていく。大好きなマンガが、愛せないマンガとして世に出る。しかも、自分の名前で。それが、どんな思いを生むかは、マンガ家しか理解できないものかもしれません。彼女は、そのマンガが終わる頃には、ペンを握ることさえ怖くなってしまったんです。ようやく、もう一度マンガを描こうと思えるようになってくれるまで何年も、十年近くも時を必要としました」

十年は、短くありません。

その漫画家さんが抱えた心の傷は、それほどまでに深いものだったのでしょう。そしてそれは同じ創作に向かう人間にしか理解できないものなのかもしれません。

「田口くぅうん」

ここまでずっとほとんど何も喋《しゃべ》らずに、じっと話を聞いていた我南人が急にニコニコして、大きな声で田口さんを呼びました。いいえ、本人にすると大きな声ではなく普通の地声なんですよね。

「はい」

「その漫画家さんがぁあ、〈倉見ちずる〉さんだったんだねぇえ。そしてぇ、その意に沿わない作品が『さやかなり』だったんだねぇえ？」

「そうなんです」

我南人が、ぽん、と両手を座卓の上に置き、田口さんに向かって少し滑らせました。背筋を伸ばして、優しい笑みで田口さんを見つめます。

まさかあれでしょうか。ここででしょうか。

「LOVEだねぇ」

あぁ、やっぱりですね。

「僕はぁロックンローラーだけどぉ、わかるよぉ。君と倉見さんはぁ、その長い年月の間ずっと一緒に戦ってきたんだぁ。編集者と漫画家ってだけじゃない、心の中で止まり続けることのない漫画へのLOVE SONGを互いに歌い合うぅ、応援し合う、戦友になってたってことじゃないのかなぁあ？」

田口さん、唇を引き締め、ほんの少し躊躇《ためら》うような表情も見せましたが、我南人を正面から見ましたね。

「はい、そうです」

少し、言葉に力を込めて田口さんは言いました。

「我南人さんの言葉を借りるなら、男と女という意味ではなく、確かに僕たちはマンガ家と編集者として、マンガへの愛を歌い続けています。これまでも、これからも」

我南人は、うんうん、と頷きながら両腕を広げます。

「それはぁ、決してぇ、負け犬同士で傷を嘗《な》め合うようなものじゃないんだよねぇ。二人でまた歩き出すためのぉ、新しいLOVE SONGだったんだぁあ」

勝手に断言したようにも思いましたが、田口さん、大きく頷きましたね。

「そういうふうに、感じています。彼女は、自分の意に沿わなかった作品がドラマの原作に使われることに心をまた痛めました。自分の本当の作品じゃないもので大きく名前がクローズアップされることが死ぬほど悔しい、そう言いました。そして本当の、本物の自分の作品を世に出して、あの頃の自分を超えると決心したんです。ペンを握ったんです。だから、今度こそ、今度こそ僕は、たとえ会社を、編集部を裏切っても決して彼女を裏切らないと決めたんです。彼女の本当の才能を世に出すためには何でもしようと心に決めました。それで」

「倉見さんが噂に聞いて、ピンと来て創作意欲を掻き立てられた〈呪いの目録〉を何としても手に入れようとしたってわけだね」

青です。勘一も頷いて続けました。

「〈呪いの目録〉ってぇ名前だけで古本屋の古株に訊き回ったけど、名前だけで皆が口を閉ざしてよ。でも、うっかり者が『教えたら堀田さんに殺される』てぇ物騒な冗談を言ったそうだな？　それで〈堀田〉という名前だけは知った、その様子からしてこりゃあ只事《ただごと》じゃない。絶対にとんでもない素材になるとさらに確信したってぇわけだな？」

「そうなんです」

「そして、『さやかなり』の主演になった佳奈ちゃんと一緒に〈蜷川女子大学〉に行ったときに、佳奈ちゃんが〈堀田達吉〉に反応して、〈東京バンドワゴン〉という古本屋の主人が〈堀田〉という名前だって知り、〈岩書院〉で確かめて、間違いなくここだ！と、確信して、やってきたんですね」

紺が言い、全てその通りです、と、田口さんが言います。これでどうやら全部が繋がったようです。

そういうことだったんですね。確かに〈呪いの目録〉などという物騒な名前は、漫画家さんには創作意欲を掻き立てられるものかもしれません。でも、もう呪いはないんですよね。全部、秋実さんが持っていってくれました。

ですから、門外不出なんていうものでもありません。見せるだけならいくらでも見せられますよ。

「おい、紺」

「はいよ」

勘一に言われて、紺が立ち上がって仏間に置いてあったものを持ってきて、座卓に置きます。

古ぼけた桐箱《きりばこ》です。田口さんもハジメさんもこれは、という顔で見ます。蓋を開けると、そこに収まっていたのは本当に古ぼけた目録と、その手書き原稿です。原稿は以前に、先代の草平がパトロンをしていた女優の奈良勢津子《ならせつこ》さんにお返しいただいたものですよ。

「こいつがな、お探しの〈呪いの目録〉さ。残念だけどなぁ、そんなおもしろおかしく漫画にできるようなネタじゃあねぇんだよなぁ」

「つまらないって言うと怒られるけど、よくある話だよ」

青がかいつまんで、この目録にまつわる話を田口さんとハジメさんに教えました。じっと聞いていたお二人も、なるほどそういうことだったのか、と納得してくれたようですね。

「確かに、日本文学の近代史のひとつとして、これを巡って興味深い事件があったようですね」

「でも、マンガの大ネタとしてはちょっと使えないでしょ？」

青が言うと田口さんも少し苦笑いします。

「確かに、メインとしては扱えないかもしれませんが、しかし古本屋を舞台にしたエピソードとしては充分すぎるほどです。それに、そのエピソードをおもしろいものに昇華させるのは、マンガ家の才能です」

そうかもしれませんね。勘一が、目録を持ちゆっくりと捲ります。今ではたった一冊の貴重な、時代の証人ですね。

「田口さんよ」

「はい」

「俺とあんたはさ、古本屋と編集者という違いはあれどよ。根っこのところじゃあ、おんなじじゃねぇのかい。いいもんを、世に残したい。素晴らしいもんを、もっと世に広めたいってな。お互いに、人様の褌《ふんどし》で相撲を取るしかないしがねぇ商売かもしれねぇけどよ、そう思ってやっているんじゃねぇのかな」

少し考え、田口さんが大きく頷きます。

「確かに、その通りです。一冊の本に、素晴らしい著作に対する情熱は、編集者でも古本屋さんでも同じだと思っています」

「もしあんたがそうしたいんならさ。今度よ、ゆっくりとその倉見さんと一緒にうちに来なよ。漫画にできるような大したおもしろいネタはねぇけどよ、古本屋の店主の与太話でいいんだったらいくらでも喜んで聞かせてやるからよ」

勘一、にっこり笑います。

「ありがとうございます！」

田口さん、思わず頭を下げてしまいましたね。ハジメさんも慌ててそれに倣いました。

「あぁ、ハジメくんとやらはよ。この後ゆっくり夏樹ん家で茶でも飲めばいいさ。小夜ちゃんっていう可愛い夏樹の娘がいるぜぇ」

「あ！　マジ!?　さっきのやっぱりオマエのガキだったの!?」

知らなかったのですね。皆が大笑いしました。

「ところで田口さんよ。〈蜷川女子大学〉にあった小宮仲子さんのその日記ってのが紛失したって話を聞いたんだけどよ。お前さん何か知らないかい」

「え？　紛失ですか？」

田口さん、慌てて自分の鞄《かばん》を開けます。

「ここにあります。僕が借りたんです。ちゃんと正式に許可を取って持ち出したんですよ」

「あ？　あるのかよ」

見ればきちんとケースに入った古びたノートが数冊ですね。

「今となってはお恥ずかしい話ですけど、これはひょっとしたら〈呪いの目録〉との取引材料に使えるんじゃないかと思って、原則持ち出し禁止のところ、強引にですけど借りてきました。でも、ちゃんと許可は取っています」

そうでしたか。じゃあその強引さが、佳奈さんに伝わったときにはどこかで情報が捻《ねじ》くれたんでしょうね。

「話に出た〈堀田達吉〉の文字があるのは、このページです」

田口さんがその箇所を開きます。皆が一斉に覗き込みましたよ。

「お、確かに〈堀田達吉殿〉って書いてあるな」

「資金を融通してもらったんだね。それから、根回しの部分かな？　他にもいろんな人の名前が書いてあるね」

「確かにぃ、家系図みたいに書いてあるねぇえ」

わたしも失礼して皆の頭の上から覗き込みました。どういう目的なのかはわかりませんが、間違いなく〈堀田達吉〉のところから家系図が二代分ほど遡って書かれているようです。でも、完全にぐしゃぐしゃと万年筆で消されています。

紺がノートをそっと持ち上げて陽の光に透かしていましたが、首を横に振りましたね。

「駄目だね。丁寧に潰してあって全然読めない。凄《すご》い光学顕微鏡でも持ち出さなきゃ無理じゃないかな」

「スペクトル分析器使うとかさ」

青が言います。それは何ですかね。

「まぁ、そこまで大げさにするこたぁねぇやな。こいつが何かのきっかけになるかもしれないってだけで収穫だ」

こっそりですけど、内緒ですけど、紺がコピーと精密な写真を撮らせてもらいました。決してどこにも出しませんので、身内の情報としてこれぐらいは勘弁してもらいましょうか。

＊

春の朧《おぼろ》の月が縁側からよく見えています。

夜中にアキが何やらうろうろし出したと思ったら、用足しに外へ連れて行ってほしかったのですね。紺が呼び出されてサチも一緒に外に連れていきました。アキとサチはそういうときだけ、わざわざ二階の紺の部屋まで歩いて行って呼び出しますよね。何故なのでしょうか。きっと紺ならすぐにわかってくれると思っているのでしょうかね。

かんなちゃん鈴花ちゃんは、今日は鈴花ちゃんの、青とすずみさんの部屋で寝ています。皆も自分の部屋でそれぞれに寝ているか、勉強しているかですね。

紺がアキとサチと一緒に戻ってきました。二匹とも満足した顔で、自分の座布団のところでくるりと回りながら、丸まって横になります。寝るときのいつもの定位置ですよ。

紺が仏間に来て、おりんを鳴らします。話ができますかね。

「ばあちゃん」

「はい、お疲れ様。最近、アキとサチはよく夜中に出たがるね」

「そうだね。もうそろそろ中年だからかな」

「ハジメさんは、夏樹さんのところに泊まっていくとか言ってましたよね」

「そう。話ではね、夏樹くんとハジメくんは少し気が弱いもの同士でよくツルんでいたらしいよ」

「そう見えたね。あの二人は本当に悪いことができるような男の子じゃないのはよくわかりますよ」

「しばらく離れちゃったけど、お互いにやることができた今の状況で再会できて、本当に良かったってさ。酒が入ったら少し涙ぐむぐらい喜んでたよ」

「嬉しいことじゃないか。あの目録がいいきっかけになったもんだね。こうなると〈呪いの目録〉も秋実さんの言う通りに呪いは消えて、〈幸せの目録〉と呼んであげた方がいいかもしれないね。いつかマードックさんが言ってたみたいにさ」

「あ、そうだね。これからもなんだかんだで縁を繋いでくれるかもしれないし。じいちゃんに言っておくよ」

「そうしてくださいな」

「じいちゃん、すっかりその気になってさ。倉見さんに話すとしたら、マンガにするとしたらどんな話がいいもんかなって考えてたよ」

「あれだよ、勘違いしないように、紺と青でうまく仕切ってくださいな。あの人は意外とそういうので調子に乗りますからね」

「そうしておくよ。あれ？　聞こえなくなったかな」

そのようですね。紺が微笑んで頷いて、またおりんを鳴らして手を合わせてくれました。

はい、今日もお疲れ様でした。

ゆっくり休んでまた明日も頑張りましょうね。


漫画家さん、小説家さん、そして編集者さん。

一冊の本を生み出すために歩き続ける人たち。たとえ好きでやっている商売だとしても、それを生きる糧にするのならばいろいろな問題が降り掛かるものです。皆が好き勝手にやって稼いでいけるのならばそんなに楽なことはありませんが、違いますよね。

産みの苦しみ、引かなければならないこと、立ち止まらなければ進めなくなること、どう頑張っても曲げざるを得ないこと、失意のうちに立ち上がれなくなること。それはもう、上手く行くことの方が少ないぐらいです。

それだけに、精魂込めた物語が完成したときの喜びはひとしおです。

たとえそれが世に認められなかったとしても、作り上げた者たちだけに与えられる美しくも小さな花はいつまでもいつまでも胸の奥で咲き続けて、また次の花を咲かそうと種を残してくれます。

思えばわたしたち古本屋は花屋さんのようです。作家さんと編集者さんがそれぞれに土を耕し、種を蒔《ま》き、本という立派な花を咲かせたものの中から少しだけこちらにいただいて、一本一本の花に水をやり、また愛情を込めて丁寧にお店に並べます。

何週間、何ヶ月、何年に何十年。長い長い月日をかけて、努力をして、愛情を込めて、そうやって世に出た一冊の本でも、埋もれてしまうことは多くあります。

それを、わたしたちはまた皆さんにお届けします。

こんなに素敵な商売はないと、わたしも勘一も、皆がそう思っているのですよ。

夏 チャーリング・クロス街の夜は更けて

一

　七月に入ってすぐに梅雨が明けまして、今年はまた随分あっさり梅雨が去ったもんだと皆が時候の挨拶のように口にしていました。

　青空にさんさんと輝くお陽様は、正しく夏の景色でとてもありがたいのですが、これがまた急に蒸し暑さを増しましたよね。まだ夏休み前だというのに夏本番のようなうだるような暑さが続いています。

　暑い暑い、と口にすると「夏は暑いからいいんじゃねぇか」と勘一はすぐに言い返しますが、痩せ我慢もいい加減にしないと、もう命にかかわりますからね。老いて身体の温度の調節が上手くできなくなり、室内でも熱中症になるご老体が多いそうですから、気をつけてほしいものです。

何せ勘一がクーラー嫌いで居間には頑として取り付けようとしないものですから、いつもの年のように夏を涼しく過ごす支度が我が家では始まります。風鈴に葦簀《よしず》に団扇、扇風機に打ち水。居間で使う皆の座布団を藺草《いぐさ》にしたり、夏を涼しくする昔ながらの工夫はたくさんあります。

そうは言いましても、カフェでお客様に暑い思いはさせたくありませんのでクーラーが動いていますし、暑い中でも勉強に集中したい花陽の部屋や、火を使う台所にも新たに取り付けました。その冷気が少しは巡っていきますから、文明の利器でそれなりに家の中は涼しく過ごせているのですよね。

この時期になると玉三郎、ノラ、ポコ、ベンジャミンの猫たちと、犬のアキとサチはカフェか台所に集まってきますので、その様子はまるで流行《はや》りの猫カフェです。犬もいますけれど。

そしてもっと小さい頃から、夏バテなど無縁だったかんなちゃん鈴花ちゃんは、今年の夏も元気です。

生まれたときから家に猫や犬がいますから、動物は何でも大好きなかんなちゃん鈴花ちゃんですが、同じように虫もまるで嫌わないんですよね。

梅雨の時期には庭で紫陽花《あじさい》についていたかたつむりを手にして本当に喜んでいました し、トンボやキリギリスやカナブンなど、こんな街中にも現れる虫たちを追いかけ回して、捕まえています。お母さんである亜美さんとすずみさんはそれなりに虫を嫌がるのですが、いつまで遊び相手にしていますかね。

そんな七月の初めの堀田家です。

相変わらず朝からかんなちゃん鈴花ちゃんは走り回って、その後を玉三郎とノラが追いかけます。研人の部屋へ駆け込んでベッドにダイビングして起こすのもいつもの光景。可愛い妹と従妹《いとこ》を、まったく分け隔てなく可愛がる研人ですが、すっかり高校生らしくなって、やってくる夏休みを楽しみにしています。

何でもこの夏にはライブハウスでのライブをたくさん予定しているんだとか。

小学校からの仲間であるドラムの甘利《あまり》くんとベースの渡辺《わたなべ》くんとのバンドは、名前を〈TOKYO BANDWAGON〉というんだそうです。研人にしてみると家の屋号をそのまま使っただけでしょうが、勘一もわたしもかずみちゃんも苦笑いしてしまいました。

その昔、勘一とわたしとかずみちゃんは、マリアさんとジョーさん、十郎さんも一緒に、ある事情でその名を使い一時ジャズ・バンドを組みました。巡り巡って研人がその名前でバンドをやるとは、人生おもしろいですよね。

そうそう、楽しみと言えば、勘一も楽しみにしていることがあります。

この夏にはまた一人可愛らしい赤ちゃんが誕生する予定なのですよ。

三鷹《みたか》さんと永坂《ながさか》さんの子供です。

藤島さんとは大学の同期で一緒に会社を立ち上げ、今は別々の会社ですがほぼ兄弟会社のようにして頑張っているお二人。社長さんと取締役の夫婦ですよ。

もっとも永坂さん、今は三鷹さんなのですがそのままでいいと永坂さんで通していますが、妊娠が判明してからは休職して、赤ちゃんを無事に出産することだけに専念しています。暑い夏の出産は大変と聞きますが、今は環境の良い産婦人科がたくさんあるそうですからね。いつ生まれて我が家に見せにやってきてくれるか、楽しみですよ。

今日もかずみちゃんと藍子、亜美さんすずみさんで朝ご飯の支度です。夏は食中毒や夏バテにならないようにいろいろと考えなければならないことが増えますね。冷蔵庫に置いておくものにしても、安心はできませんからお母さんたちは大変です。

縁側の戸は全部開けると、いい風が通り抜けます。我が家は本当に風の通りが良くて助かっていますよね。

毎朝のように勘一が自分で新聞を取りに行き、上座に座り込んでおもむろに広げて読み始めます。我南人も同じようにその向かい側に座り、iPad を操作しています。話によると、SNSをやっているとそのチェックだけで結構な時間が取られるようですね。

紺に青、マードックさんに研人と花陽も揃って、さて今朝の席順はどうなるんだと待っています。

「きょうはかんなちーむとすずかちーむにわかれます」

かんなちゃんと鈴花ちゃんが、二人で座卓の向かい合わせに立ってそう言いました。

「かんなちーむになるひとはこっち！」

かんなちゃんは縁側を背中にする方で元気に手を上げました。

「すずかちーむはこっちにきてね」

鈴花ちゃんはお店側で手を上げます。さて、これはどうしますか。大人たちは顔を見合わせ、じゃあ、と、紺と青はそれぞれ自分たちの娘の隣に座りました。

「だめです」

「駄目なの？」

「こうたいしてください」

なるほどそういうチーム分けか、と、紺と青は入れ替わり、マードックさんは少し迷ってかんなちゃんチームに座り、花陽もかんなちゃんチーム、研人は鈴花ちゃんチームですね。この後で女性陣が座れば納得ですか。

五穀米のご飯におみおつけ。具は豆腐にネギとシンプルですね。夏野菜の茄子《なす》とトマトとブロッコリーにささみを加えたマリネ風サラダに、ハムエッグ。こちらは茄子とささげに辛味噌《からみそ》を掛けたものですが、かんなちゃん鈴花ちゃんには好物のちくわに胡瓜を詰め、マヨネーズを添えたものがあります。肉ジャガは昨夜の残り物ですね。焼海苔に胡麻豆腐に、おこうこは柚子《ゆず》大根。

皆が揃って座ったところで「いただきます」です。

「あのね、なつやすみに、ぜったいにカブトムシとるからね」

「すずかはクワガタとりたいなぁ。ミヤマクワガタがいい」

「今朝起きたらね、口内炎できてたの。マリネが滲《し》みるー」

「そういえばぁ、光平《こうへい》くんが帰って来たってねぇ。今度遊びに来るそうだよぉお」

「辛味噌はもう少し辛くてもよかったかしら」

「うーん、お母さんもすずみちゃんも虫はコワイなぁ。お父さんたちと一緒だね」

「夏休み中だけ金髪にするっていうのはどうかな？　学校始まる前に戻すから」

「いや、こんなもんじゃねぇか？　旨いよこれは」

「カブトムシか。最近はどこに行ったらいるかな。研人は井の頭公園で捕まえたよな？」

「口内炎かい。食事はちゃんとしているんだから、寝不足とか気をつけなさい。あと、ストレスだね。勉強根詰めすぎちゃ駄目だよ」

「がなとじいちゃん、らいぶわすれないでよ」

「けんとにぃもだよ。やるんだからね」

「いいねぇ研人ぉ。でもぉ、休み中でも見つかったらまずいんじゃないのぉお？」

「ミヤマクワガタって、見つけるのがかなり難しいクワガタだよね？」

「あ、捕った捕った。一回だけね。あそこはそんなにいなかったよ」

「きっとこの間噛んじゃったところだと思う」

「忘れないよー。ちゃんと明後日《あさって》やるからね」

「あなたはね、バンドでカッコつける前に少しは成績を上げる努力をし・な・さ・い」

「おい、マヨネーズ取ってくれマヨネーズ」

「きぬたこうえんでとれたって、ともだちがいってましたよ。ぼく、いっしょにいってもいいですよ」

「ミヤマクワガタなんか俺は三十年の人生で一度も見たことないよ」

「けんとにぃのきんぱつぃいよ！」

「あかでもいいよ！　あかいかみがすきだなすずかは」

「はい、旦那さんマヨネーズです」

「せめてウイッグで我慢したら？　私の友達でそういうの持ってる人いるから借りてあげる」

「検索したらきっと出てくるよ。〈都内〉〈カブトムシ〉とかで」

「旦那さん！　どうして肉ジャガにマヨネーズなんですか！」

もう何をしようと驚きもしませんが、よくもまぁ思いつきますね。

「旨いんだぜ？　マヨネーズは卵だろうが。肉とじゃがいもに合うだろ？」

本当に美味しそうに食べるのですよね。確かに何となく合わないことはないような気もしますが、せめてオーブンで焼いてみるとか、もう一手間掛けられませんかね。

「おおじいちゃん、むしかごとむしとりあみがいるよね」

かんなちゃんです。

「おう、そうだなぁいるなぁ。研人とか使ったのはねぇのか」

「あるかなぁ。あったとしてもきっと大きすぎるよね」

「おおきくてもいいよ。いっぱいつかまえるから。じゅっぴきぐらいがさーっ！　って」

十匹もカブトムシを捕まえてきたら、きっとお母さんたちが眩暈《めまい》を起こしますよ。そういえば研人が小さい頃、カブトムシを飼っている水槽を見て亜美さんがいつも溜息をついていました。

「昔はぁ、この辺りでもたくさん虫が捕れたねぇ。僕も虫取り好きだったたからぁ。かんなちゃんも鈴花ちゃんも血を引いたかなぁ」

そうですね。我南人が本当に小さい頃には、よくお寺の境内に入り込んで虫をさんざん捕っていました。今もお寺さんは自由に入ることができますが、昔みたいに木に登ったりはあまりできなくなりました。あぁそれでも研人が小さい頃も、少しは境内に入って虫取りしても笑って許してくれましたかね。

「まぁ休みに入ったらよ。いい場所探して連れていってやればいいさ。どこぞにピクニックに行ってもいいんじゃねぇか？」

お休みがあまり取れない商売ですから、交代でどこかへ連れていきます。藍子や紺や青はもちろん、花陽や研人が小さい頃もそうでしたからね。

「でも二人はライブも楽しみだろ。子供たちどんな反応するかな」

紺が言います。

研人のバンドのライブの話じゃありませんね。実は我南人と研人が、かんなちゃん鈴花ちゃんの幼稚園のお母さんたちに頼まれて、幼稚園でライブをするのですよね。

「もうね、オレはめっちゃ張り切ってやるよ。幼稚園児全員十年後はオレのファンにしちゃう勢いだよ」

何だろうと張り切って頑張ることはいいことです。もちろん、子供たちが一緒になって楽しく歌えるような歌ばかりです。何でも幼稚園のお母さん方に我南人のファンと、驚くことに研人のファンもいるそうなんですよ。

朝ご飯が終われば、皆でそれぞれに仕事や学校へ出掛ける準備をします。花陽と研人は学校へ、かんなちゃん鈴花ちゃんは、いつものようにカフェでひとしきり愛嬌《あいきょう》を振りまいてから幼稚園へ。皆さん、しっかり勉強して、遊んできてくださいね。

「はい、おじいちゃんお茶です」

「おう。ありがとな」

藍子が熱いお茶を勘一に持ってきました。ここで、いつもタイミングを見計らうように入ってくるのが祐円さんですよね。

「ほい、おはようさん。朝から暑いねー」

「おはようございます！　祐円さん」

どうやら今日はカフェの入口から入ってきたようですが、何ですかその格好は。まるであれですね、裸の大将ですか。

でも、あれですよね。昔ながらのランニングとパンツではなく、少し悪めの若者が着るような渋い色のそれですよね。しかも丸眼鏡のサングラスですか。藍子に亜美さん、ホールにいた青も眼を丸くしましたね。

「えーと、どうしようか亜美ちゃん。康円さんに電話した方がいい？」

「そうしましょうか」

二人で笑いながら言いますが、わたしもそう言いたいです。

「何言ってんだよ。熱いコーヒーね」

サングラスをおでこにひょいと載せて、祐円さんが古本屋へと向かいます。

「ほい、おはようさん」

「頭茄で上がって水がなくなったんじゃねぇかおい」

「河童《かっぱ》じゃないよラッパーだよってな。格好良いだろう」

勘一が眼を剝《む》きましたよ。

「どうせ孫のお下がりなんだろ？　何も言わなくていいから黙ってコーヒー飲んで帰れ」

「言われなくたってのんびりしたら帰るけどよ」

「はい、祐円さん。コーヒーです」

すずみさんがホットコーヒーを持ってきてくれました。

「おっ、すずみちゃん。何だか近頃大人の女の色香が出てきたんじゃないの？　三十路の女はいいねぇ」

「まだ、に・じゅう・きゅう・歳です」

祐円さんはいくら言っても駄目ですね。女性に年齢の冗談は通じませんから。すずみさんの平手打ちはマッハと噂されるぐらい速いんだそうですよ。

「そういや勘さん」

「おう」

「あれだって？　秋の神保町の祭りに参加するのを決めたそうじゃないか。聞いたぜ岩男によ」

あぁ、と勘一渋い顔をして頷きます。

「どういう風の吹き回しだい。眼の黒いうちは絶対に参加しねぇって言ってたのにな」

「まぁなぁ」

煙草に火を点けて、勘一はふぅ、と紫煙を流します。

「お互いよ、いつまで生きてんだかって年になってるじゃねぇか。お蔭さんで頭も身体もよく回って元気だわな」

「まったくだ。同級生なんかほとんど全員死んじまったぜ。生きててもボケちまって誰が誰だかわかんないのばっかだ」

祐円さんは元神主のくせにそういうブラックジョークをよく言います。むしろ神主だからなんでしょうかね。

「まぁそれもこれもよ、どっかの神様の思し召《おぼめ》しってんなら、生きてるうちに次の世代への橋渡しってもんをしとかなきゃならねぇかなってな」

勘一が言います。そうだったのですね。

「そんな殊勝なこと考えたのかい珍しいな」

「てやんでぇ。俺ぁいつも世のため人のためって殊勝な心掛けだぜ」

「大丈夫ですよ！」

毎日のことで嫌にならないかと心配しますが、二人の老人の朝のどうでもいい会話を聞きながら、古本の片づけものをしていたすずみさんが笑顔で言います。

「何がだい？」

「旦那さんも祐円さんも、次の世代が死んでも生きていそうな気がしますから、橋渡しどころかたっぷり時間かけて長い橋を架けられますよ」

皆で笑いました。違いありませんね。

「しかし、祭りに何を持ってくんだい。まさか蔵ん中の大事なものは持ってかないだろ」

「あたりまえよ。岩男の奴がな、〈東京バンドワゴン〉のために〈古本会館〉のいちばんのホールを空けるっていうからよ。まぁ滅多に拝めないもんを少しは持ってくさ」

楽しみですね。もちろん、ちゃんと販売もやって利益を上げないと拙《まず》いですからね。

＊

ジリジリとお天道《てんと》さまはアスファルトを焼いて、蟬《せみ》の声もここぞとばかりに聞こえています。きっと商売をなさっているところはどこでも、早めの夏本番とばかりに精を出していることでしょう。

カフェでも製氷機がフル稼働しています。それほど大きくないので夏本番の時期には氷屋さんから買わないと間に合わないことが多いですよね。

幼稚園から帰ってきたかんなちゃん鈴花ちゃんが、小夜ちゃんと玲井奈ちゃん、そしてかずみちゃんも一緒に近くのショッピングセンターへ出掛けていきました。日常の買い物は近所の商店街で何もかも済ませてしまいますが、ああいう施設には子供の遊ぶところがたくさんあるのですよね。そして何より涼しいのです。

「こんにちは」

古本屋で小さな声がしました。いつの間にか戸が開いて、どなたかが入ってきていました。たまにいらっしゃるのですが、静かに静かに戸を開くので土鈴が鳴らないときもあるのです。知らない間に人がいるので驚くときがありますよ。

「おう、いらっしゃい」

漫画家の倉見ちずるさんですね。本当に小さくて細い方なんです。うっかりすると小学生に間違われることもあるとか。この身体のどこに徹夜で漫画を描き続けるようなパワーがあるのか本当に不思議ですよ。

春頃に我が家の目録を巡っていろいろとありまして、漫画編集者の田口さんと一緒に我が家にやってきて、勘一にあれこれ我が家の商売である古本屋の古い時代の話を取材していきました。すっかり気に入ってもらえたようで、倉見さんお一人でも何度もいらっしゃいましたよね。

その取材の結果、昭和初期の古本屋の若旦那と警察官の二人がコンビを組んで、不可思議な事件を追ったり、人々に降り掛かる災いを取り除いたりする楽しい漫画が生まれました。連載を始めたところお蔭様で大評判になっています。取材協力で名前を出していいでしょうかとお願いされましたが、そこは勘一断っています。

「暑い、ですね」

倉見さん、大丈夫ですか？　汗びっしょりですし、何か重いものを持ってますすよ。ふらふらしてませんか？

「おいおい、まぁ座りなよ。冷たいもんでも飲んでさ」

「ありがとう、ございます。これ、実家から送ってきた、メロンで。たくさんあるので、ちょっとお裾分けしようと、思って」

メロンですか。それで重そうにしていたのですね。倉見さんの仕事場は意外と近くて、ここから一駅なのです。実家って言いましたが、聞いていませんでしたけど倉見さんのところは農家さんなのでしょうかね。

勘一が受け取って手にしましたけど、美味しそうな立派なメロンですよ。

「こりゃあありがたいけどさ。わざわざこんなお天道さんが高いときに、重いもんを持って出歩かなくたってよ」

「そう、ですよね」

倉見さん、力なく笑います。

「なんかもう、あれなんです。ちょっと気分転換しようかな、って思って出てきたら、すごい暑くて、死ぬな、と思いました」

「ひょっとして、ただメロンを持っていこうと思っただけなのかい？　他の用事はなくてよ」

「そう、です。でも、本当に、暑いですね」

勘一も苦笑するしかありません。

田口さんも言っていましたが、倉見さん、ものすごく天然ボケと言うんですか、常識では考えられない行動によく出るそうですよ。メロンはありがたくいただいて、カフェでゆっくり涼んでいってもらいましょう。

「おーい、藍子。メロン貰ったぞ。倉見さんだ」

勘一に呼ばれてカフェから藍子が顔を出します。

「あら、いらっしゃい」

「こんにち、は。藍子さん、あ、お時間あったら、また」

何も言わずに藍子はこくん、と頷きました。藍子と倉見さんは同じ絵を描くもの同士、何かと話が合うようなんですよ。倉見さん、藍子の絵の描き方がすごいと言って、よく画材や画法について嬉しそうに話を聞いていました。マードックさんも絵描きですから、三人でアトリエにこもって話に花を咲かせる晩もあります。良いご縁ができて良かったですよね。

でも、何でしたら、お帰りの際には田口さんか、アシスタントのハジメさんを呼んだ方がいいですよね。このまま帰すのは心配です。

そろそろ夕暮れ。

昼の陽差しもほんの少しだけ弱まり、色が付いてきたかなと思う頃。勘一は居間でお茶を飲んでいます。お客さんがいないのでのんびりとしているのですね。紺はいつものようにパソコンで何やら執筆中。朝から出掛けていた我南人は先程戻ってきて、汗をかいたとシャワーを浴び、まだ濡れた髪のまま縁側で扇風機に当たっています。

カフェには亜美さんと青、古本屋はすずみさん、藍子がそろそろ晩ご飯の下準備と台所に入っていったときです。今晩のデザートには、倉見さんにいただいたメロンが出ますよね。

裏の、正確には自宅の表玄関なんですが、そこが勢い良く開く音がしました。

「ほったさん！」

大きな声に皆が一斉に顔を向けました。マードックさんですね。随分慌てた様子の声がしてどたどたと廊下を走って居間に駆け込んできました。アトリエで作業をしていたはずですが、何事があったんでしょう。

こんなに慌てているマードックさんも珍しいですね。あぁ藍子もびっくりした顔で台所から来ました。

「どうしたの?」

「どしたい。そんなに慌てて」

「ええっと、ですね!」

マードックさん、手には何かメモのようなものを持っていますね。

「『confession《コンフェッション》』、あります?」

「あぁ?」

「えーと、えいごで『confession』、にほんごでは、えーと」

「落ち着けマードック。座れ。麦茶でも飲め」

「あ、はい」

マードックさん、藍子が持ってきた麦茶を貰って一気に飲み干します。額に汗をかいていますよ。

「〈confession〉たぁ、自白とか告解とかいう意味だろ?」

そうですね。勘一は英語ができますから、それぐらいはわかります。紺も藍子も頷いていますね。

「落ち着いたか?」

「はい、あのですね。England《イングランド》のともだちから、mail《メール》がはいって、それでMacで、chat《チャット》で、ちょくせつはなしていたんです。ほんとうに、ひさしぶりの、ゆうじんなんです。かれから、れんらくがはいったんです」

うむ、それはわかった、と、勘一と紺も頷きます。藍子がマードックさんの隣に座って、落ち着いてね、と、肩に手をやっています。あぁ、何事かと青もすずみさんも居間に顔を出しましたね。

「そのゆうじん、えーと、せいふかんけいのしごとをしているんです」

「政府関係？」

それはお堅い職業ですね。そういうお友達がいるんですね。

「藍子も知ってるの？」

紺が訊くと、藍子は首を横に振りました。

「あいこさんは、しりません。ぼくの、おさななじみと、いってもいいおとこなんです。でも、せいふかんけいのしごとについてからは、あまりれんらくがとれなくなったんですが、いいやつなんです。そのおとこは、ぼくが、あいこさんとけっこんして、にほんでくらしているのしってます。おいわいもくれました。ここが〈Tokyo Bandwagon〉というなまえの、ふるほんやさんなのも、ぜんぶしってます」

マードックさんはもう日本で暮らし始めて二十年近く。日本語はほぼペラペラなのですが、発音をきちんとしようとするのでどうしても喋りがゆっくりになります。

皆がひとつひとつ頷きながら、辛抱強く聞いていますね。

「そのかれが、いま、いってきたんです。〈Tokyo Bandwagon〉にはAlex Warner《アレックス・ワーナー》というじんぶつのかいたほん、しかばんの『confession』があるか、と。いや、まちがいなく、もうなんじゅうねんもまえから、そこにあるはずだ、と。そして、いまもあるのなら、すぐにそこから、にげろ、と」

「逃げろ?」

「逃げろ?」

「逃げろ?」

皆が口々に同じ言葉を繰り返してしまいましたね。

逃げるんですか?

何からどこへ逃げるんでしょう。皆がそれぞれに顔を見合わせ、一体マードックさんは何を言っているのか、何のことやらと、ぽかんとしたり首を捻ったりしています。

しかばん、と言いましたね。

それはきっと本の〈私家版〉のことですよね。そして〈私家版〉とは俗に言う自費出版の本のことです。今の日本の現状ではそれは商業出版として本屋さんに並ぶスタイルもあるのですが、何十年も昔の外国の私家版であれば、それは本当に知人に配るだけのスタイルのものでしょう。

アレックス・ワーナーさん、という方が書いた『confession』というタイトルの〈私家版〉がうちにあるのでしょうか。

勘一が首を傾げながら眼を細めます。

「まだまったくわからねぇけど、逃げろってのは随分と剣呑《けんのん》で穏やかじゃねぇなマードック」

「はい」

「じゃあ、いいから英語で喋れよ。その方が詳しくきちんと筋道立てて説明できるだろ。何より手っ取り早くていいや」

『すみません。じゃ、英語で喋ります。友人が言うには、〈アレックス・ワーナー〉というその私家版の著者は、その昔に今でいうイギリスの秘密情報部にいた男なんだそうです』

秘密情報部ですか？

『イギリスの秘密情報部というと、かのジェームズ・ボンド００７のＭＩ６で名高いＳＩＳ、つまりシークレット・インテリジェンス・サービスのことであるな？　アレックス・ワーナー氏は、そこに在籍していた人物というわけなのだな』

勘一です。もちろん英語で話しています。

勘一の英語は古めかしい正統派のキングズ・イングリッシュですからね。どうしても何となく堅苦しくなってきます。英語で話すことなどはほとんどありませんが、発音もなかなかどうして達者なもので、まだ錆《さ》びついてはいないようですね。

『そうです。ただし〈アレックス・ワーナー〉はその前身の軍事情報部の所属でした。そして彼は情報部を引退後「コンフェッション」という小説を書いて、私家版として百冊を作り、友人に配ったとか。その内容はいわゆるミステリーで、夫が妻を完全犯罪で殺したことを告白するような形式のストーリーだとか。実際にアレックス・ワーナーさんの奥さんはそれ以前に死んでいたので、まさか本当に〈告解〉なのかと、本を配られた親しい友人たちは相当に驚いたそうです。もちろん、元の職場である情報部の中にいる友人たちも』

なるほど、と、皆が頷きます。マードックさんわかりやすくゆっくり喋っていますから、全員がちゃんと理解できていますよ。すずみさんと藍子はややこしくなるとちょっと聞き取りは怪しいのですが、ほぼ全員が英語ができると、こういうときは楽でいいですね。

『それは確かに、大騒ぎになるであろうな。しかし、まさかその内容が本当だったわけではあるまい。推察するに、その効果も狙っての、大掛かりなブラックジョークの類だったのではあるまいか?』

『その通りです堀田さん。事実、奥さんの死は病死で間違いなかったそうです。しかし、非常に出来が良かったので商業出版の話もたくさん舞い込んだと、当時の記録にはあるそうです。ところが、つい最近になってその私家版の百冊のうちの一冊だけ、違う内容の本であることが判明したんです。彼は九十九冊はそのミステリーの内容で印刷して、一冊だけはまったく違う内容の本にしたんです。どんな内容かは言えないそうですが、まさしく「コンフェッション」で、彼が情報部時代に手に入れた、英国王室のとんでもないスキャンダルを記したものだったとか』

『なんと、英国王室の』

皆も驚きます。なんですか、随分と映画めいた話になってきましたよ。

「そしてですね」

マードックさん、重要な部分を話し終わったのか、日本語に戻りました。

「そのもんだいの、いっさつを、にほんじんがEnglandからにほんへ、もちかえったことが、つい、このあいだ、はんめいしたんです」

「ほう。で?」

「そのにほんじんのなまえが、〈ほったそうへい〉なんです!」

「なにをぅ!?　親父かよ!」

びっくりです。堀田草平。

勘一の父親であり、〈東京バンドワゴン〉の二代目であり、わたしの義父ですよ。

「ひいじいちゃんはイギリスに留学していたって話していたよね?」

紺が言って、勘一が頷きます。

「おうよ。確か、一九一九年からだな。大正の八年だって言ってたぜ」

「じいちゃんは生まれてないよね」

青が言います。もちろんですよ。

「あたりまえだ馬鹿野郎。親父が二十歳の頃だぞ。ケンブリッジ大学に入学してな。ちゃんと卒業したはずだ」

「そうなると、話は通じるね。その当時はまだ〈三宮達吉〉だった堀田達吉の威光があって、政財界には親しい人がたくさんいたんでしょう？」

「そう聞いてるな。親父は向こうでも上流階級の連中とたくさん付き合いがあったそうだな」

「じゃあぁ、草平じいちゃんはぁ、その元秘密情報部の人とぉ、お付き合いがあってもおかしくはなかったんだねぇえ」

我南人が言って、成程、と、皆が頷きます。突拍子もない話ではあるものの、確かに辻褄《つじつま》は合いますね。

「なんだかよぉ、前にもそんなことがあったよなおい」

勘一が顰め面をします。

「あのときはアメリカよ、おじいちゃん。〈稲妻のジョー〉さんが手に入れた元ＣＩＡ

長官の日記だったわよね」

藍子です。

「そうそう、ブックエージェントのハリー・リードさんですよね！　お元気でしょうか」

すずみさんが言いました。そうでしたね。結局あれは我南人のギターの中に隠されていたんですよ。

「ややこしい歴史を持つ国はやることがめんどくさいなおい。まぁいい。そこまではわかった。親父がその本をどういう理由かはわかんねぇがイギリスから日本に持ってきて、蔵ん中にしまい込んだはずだって言うんだな？　青、わかるか」

「何となくそのタイトルには覚えはあるよね。待ってて」

青がノートパソコンを開いて、我が家の蔵書リストを検索しています。

「あー、確かにあるね。でもこれはあれだよじいちゃん。〈手を付けちゃいけないリスト〉の本だよ。ここに中身は出てこない」

勘一が、むぅ、と唸ります。

「地下の本ってこったな。こりゃあスキャンダル本ってのも本当らしいな」

そういうことですね。

我が家の蔵には、数年前までは紺や青も知らなかった、勘一から我南人にだけその存在を受け継がれた秘密の地下室があります。そこには、絶対に表に出してはいけない書類や国宝級の古文書、古典籍を眠らせてあるのですよね。

いつでしたか、大手新聞社の記者さんや文化庁のお役人さんに嗅ぎ回られたときには、木島《きじま》さんに助けられました。

そのときに、紺や青にも全部話して、そして昨年、それらのデジタルアーカイブも作りました。けれども、やり方はわたしにはわかりませんが、パソコンに出てくるのはそこにある、ということだけで、中身の詳細は出てこないようになっているようですよ。安全のためにですね。

「まぁその『コンフェッション』って私家版の、ただ一冊の特別版が蔵にあることは間違いないやな。そいつは後で確認するとしてだな、その友達がよ、逃げろって言うのは何だ？」

勘一が訊くと、マードックさん、心配そうに顔を歪《ゆが》めます。

「もうＭＩ６のにんげんが、その『confession』をだっかんしに、にほんにむかったそうなんです。たとえがいこくであろうと、かれらはてかげんなどしない。ましてや、ほんのなかみをしられているなら、えいこくおうしつのひみつをまもるためなら、ようしゃはしないからと」

「００７が店にやってくるってか！」

００７は来ないでしょうけどね。架空の人物ですから。でも、きっと皆の頭の中では今、かの007のテーマソングが聞こえているはずですね。

「もし、しかばんをおいてにげたなら、かれらはかってにいえのなかをさがして、もちかえる。それがいちばんあんぜんだと。てにいれたら、ほったけのにんげんを、にほんじゅうさがしまわるようなことはしないはずだから、とりあえず、いえからはなれろ、にげろって、いうんです」

　そういう話なのですか。皆が顔を見合わせました。

「そのマードックちゃんのぉ、友達っていうのは、信用できるぅ？　名前はなんていうのぉ？」

「なまえ、いえません。かれとやくそくしているんです。かれがせいふかんけいしゃであることをしっているにんげんは、みんな、そのことは、いえないようになっているんです。だから、ぼくがこうしてれんらくをうけたことも、じつは、ばれたら、とってもかれにとっては、まずいことなんです。それでも、ぼくの、にほんのかぞくをまもるためにって、じぶんのみを、きけんにさらしても、れんらくをくれたんです」

「日本で言うと、公安とかSPみたいなものだね。彼らも家族や親戚には公務員って言うだけで、本当の身分を隠している場合が多いよね」

　青です。確かにそんなような話は聞いたことがありますね。キナ臭い話になってしまいますが、この平和な日本においても国家クラスの情報を扱う人々は〈普通の生活を営む〉ことを装うだけでも大変だとか。ましてやイギリスという国のことを考えるなら、想像もつかないほどですね。

「マードックさん、そもそも堀田草平さんがその私家版を持ち帰ったっていうのは、どこから判明したんですか？」

すずみさんが訊きます。

「それは、わかりません。そこまではきかされていません」

「その友達とはもう一度直接話せる？」

紺が訊くと、マードックさんは首を横に振りました。

「むりです。れんらくきたときも、ほんとうに、びっくりしましたから。このaddress《アドレス》はもうにどとつかえない、じぶんも、もうにどとれんらくできない、といってました」

うーん、と皆が唸ります。

「いたずらとは思えないねぇぇ」

珍しく我南人が真面目な顔をして言いました。

「確かにね。何より〈堀田草平〉の名前を知っていたんだから。あなたが教えたわけじゃないでしょう？」

藍子です。

「もちろん、ひいおじいさんのなまえ、おしえたおぼえなんか、ありません」

「でも、逃げろって言われても、ですよね？」

すずみさんが勘一に向かって言います。勘一も大きく頷きました。

「わけもわからねぇのに尻尾巻いて逃げられるかってなもんだ。その心配してくれたマードックの友人とやらには悪いけどよ。いくらイギリスの秘密情報部ったって、こちとら犯罪者でもねぇのにいきなり日本でドンパチするわけにゃあいかねぇだろうよ」

「ま、そうだよね」

青も頷きます。

「そんなことした日には国際問題だよ。とりあえず、蔵の中で確認する？　その『コンフェッション』っていうの」

「おう、そうするか」

勘一頷いてから、少し何かを考えました。

「念のためだな。ちょいと一本電話するから紺と青で探しといてくれ。おい、我南人」

「なぁにぃ」

「おめぇ、新《しん》の字《じ》んとこ行って上手いこと話しといてくれ」

我南人が勘一を見てから、頷きます。

「オッケー。わかったよぉお」

そのまま我南人はひょういといつものように店から外へ出て行きます。新ちゃんのところへ行ったのでしょうか。あれで何がわかったんでしょうかね。新ちゃんに何を話すのでしょう。

「マードックはよ。いつまた友達から連絡が来るかもわかんねぇだろ。万が一ってこともあるから、部屋で待ってろや」

「わかりました」

「後は、まぁ出たとこ勝負だ。皆普通にやってろ」

藍子もすずみさんも頷きます。もちろん、まだ何も起こっていませんから、普通にしているしかないですね。

勘一がどこかに電話してから蔵にやってきました。もう紺と青は秘密の地下室から、何かを持ってきて作業台の上に置いていましたね。さすがに石造りの蔵の中は、暑い夏でもひんやりとした空気が漂います。むしろ開けた扉から熱い外の空気が流れ込みます。

「あったか」

「これだね」

紺が言います。

「アレックス・ワーナー、『コンフェッション』」

確かに表紙にそう書いてある本です。焦茶色の革表紙の洋装幀ですね。大きさは今の日本の四六判と変わらないでしょうか。

「いい本だな。割れも染みもねぇし造りもいい。少し手入れすりゃあ見栄えももっと良くなるな」

勘一が白手袋をして、本を持ち言います。

「いつ頃の本だ？」

「奥付によると、一九一五年だね」

「一九一五年。すると親父が留学する四年前か。およそ百年前の本ってこったな。おい青、百年前にイギリスに秘密情報部はあったのか」

「あいよ、ちょっと待って。えーとその頃ちょうど、さっきマードックさんも言ってた前身の組織から変わっていくって感じかな。Wikipediaによると第一次世界大戦のときに整備されて、今の組織になったのは第二次世界大戦の前だね」

「なるほどな。相当古い情報部員っていうか、アレックス・ワーナーさんは元祖007みたいな人だったわけだな」

「そういうことだね。その頃の英国王室となると、えーと、青、ヴィクトリア女王とかその辺の頃じゃないのか？」

よく知っていますね。紺はその辺も詳しいのですか。

青がノートパソコンで検索していますね。

「あーいや、少し時期が違ってるかな。ヴィクトリア女王の退位が一九〇一年だから、その後はエドワード七世と次はジョージ五世だ。ジョージ五世の退位が一九三六年」

ふむ、と、言いながら勘一、本をそっと開きます。

「するってぇと、この中に書かれていることなんざぁやれ産業革命だ労働党だって、もう歴史の中の出来事ばっかりだろうよ。エドワード七世は〈ピースメーカー〉なんて呼ばれたよな。今さら００７が必死になって取り戻そうとするような王室のスキャンダルなんかあるのかよ」

「それは、読んでみなきゃわからないね。表に出てこなかったいろいろなものかもしれないし」

紺が本をそっと捲りながら言います。結構な厚さがありますよ。古い英語表現もあるでしょうから、いくら英語がわかるとはいえ読み終えるにはそれなりに時間が掛かりますね。

勘一が顰め面で腕を組んで何か考えています。

「今、何時だ」

「六時半だね」

「イギリスとの時差はサマータイムだと八時間だったたな。ってことは、向こうはまだ午前中ってこったな」

「そうなるね。午前十時半ぐらいかな」

「ロンドン・東京間に直行便はあるのか」

ありますよね。以前にもマードックさんや藍子や、花陽や研人がそれで行きましたよ。

「何便かあるよ」

「よし、紺、青、ちょいと耳貸せ」

何でしょう、三人で額を寄せ合いこそこそと話しています。何を言ったのか聞こえませんでした。

二

明けて翌日です。

今日も朝から晴天ですね。

とんだ騒ぎになった昨日ですが、007さんは現れませんでしたね。

かんなちゃん鈴花ちゃんが寝てから夜中に勘一が皆に話したところでは、新ちゃんには堀田家の周りでおかしな気色の男がいないかどうか、探ってもらっていたそうです。

我南人の幼馴染みの新ちゃん、篠原新一郎《しのはらしんいちろう》さんは、建設会社の二代目で社長さんです。

屈強な男の人をたくさん雇っていますので、今までもちょっと荒っぽいことが起きたときには、助けてもらっていましたよね。その新ちゃんも実は、学生時代はオリンピック代表選手候補になるほどの柔道の使い手ですよ。我南人と同じようにもう六十半ばなのですが、まだまだ迫力ある体つきに衰えはありません。

でも、朝になるまで何もなかったみたいなので、杞憂《きゆう》に終わったようですね。何も知らないかんなちゃん鈴花ちゃんと、花陽と研人がそれぞれに幼稚園や学校に行くまでは、大人たちの間にちょっとした緊張感が流れていましたね。紺は少し寝不足のようであくびばかりしていましたが、どうしましたか。

それでも、何事もなく皆が出掛けていって、ちょっとホッとした空気になりました。

「おはようございます」

花陽と研人が学校へ出掛けていったそのすぐ後に、古本屋の戸が開きました。元刑事で古本屋の常連、茅野《かやの》さんです。現役時代から我が家に足しげく通うようになってもう二十年近くですか。現役を退いた今は、活発な奥様とのんびり暮らしています。

「おう、おはようさん」

帳場に座っていた勘一が手を上げます。

茅野さん、相変わらずお洒落《しゃれ》なスタイルです。頭には良い感じに飴色になったパナマ帽、白い麻の開襟シャツに、赤のサスペンダーで吊《つ》ったクリーム色のコットンパンツ。茶色の革靴は見事な型抜きがされていて南国風ですね。暑い夏にはぴったりの装いです。

現役の頃もこの格好ですから、とても刑事には見えなかったですよね。

「済まんね茅野さん。毎度面倒なことを頼んじまって」

勘一が言います。何を頼んだのでしょうか。

「いやぁ、とんでもない。暇でしょうがない老人に仕事を頼んでくれてありがたいってものです」

「茅野さんおはようございます。何か冷たいものを」

亜美さんが顔を出しました。

「あぁ、すみませんね。では冷たい紅茶をいただけますか」

茅野さん、帽子をひょいと取って丸椅子に座り、腿の上に置きます。

「それでですね、ご主人」

「おう」

茅野さんの表情が引き締まります。

「やはり予想の通りでしたよ。さっきホテルを出て、近くのカフェでモーニングを食べていました。あの調子ならたぶんもう間もなくここに来ると思います」

勘一も右の眉を上げました。

「やっぱりな。ホテルに泊まっていたのかい」

「この近くの何でもないビジネスホテルですよ。歩いて来られるところですね。フロントに名前を確認したところ、ジョン・スミスって日本語で書いてありましたが、まぁ偽名でしょうよ」

亜美さんがアイスティーを持ってきました。

「偽名って、昨日の件ですかおじいちゃん」

「おうよ。ちょいと皆に言っとけ。もうすぐ007さんが来るかもしれねぇぞってな」

亜美さん、きゅっと唇を引き締め、素早く動きましたね。もう辞めて随分経つとはいえ、元は国際線のスチュワーデス。スチュワーデスさんは保安要員ですからね。いざというときの訓練はたくさんするものなのですよ。

それにしても、勘一は茅野さんに頼んでいたのですね。おそらくは家の近くのホテルにそれらしい外国人が宿泊していないかどうか調べてほしいという類のことでしょう。そして元刑事とはいえ、すぐに目星を付けられるとはさすが茅野さんです。

「茅野さんがそう言うからには、素人じゃあなかったってことだな？」

「違いますね」

茅野さん、大きく頷きます。

「外国人だろうが日本人だろうが、その手の職業に就いている者は身に纏《まと》うもんが違います。同じ穴の狢《むじな》同士、すぐにわかりますよ。そのジョン・スミスなる人物は一般人じゃありません。もしここに来なかったら、私は昔の同僚にすぐ電話しますよ。テロリストが来てるかもしれないぞってね」

「それほどの男かい」

厄介だな、と、勘一が頷いたところで、からん、と土鈴が鳴りました。そこに現れたのは、男性ですね。さほど背は高くありませんが、仕立ての良さそうな紺色のサマースーツを着こなしていらっしゃいます。

茶色の短めの髪の毛に眼の色も黒っぽいですが、顔つきは明らかに彫りの深い外国の方ですね。

「いらっしゃい」

勘一が声を掛けます。茅野さんがすかさず勘一に目配せをしました。

「こんにちは」

その方、にっこりと微笑んで礼儀正しく頭を下げました。とても親しみやすい笑顔の方ですよ。ちょっと見は日本人っぽくもありますね。

「堀田勘一さんですか？」

「さようで。店主の堀田勘一でございますが、どちらさんで？」

茅野さんが、すっと立ち上がって壁際の本棚の方へ下がっていきました。男性の方はそれを眼で少し追いましたね。

「私は、イギリス人で、アダム・ブレナンと言います」

アダムさんですか。それにしても日本語がお上手ですね。マードックさんよりもはるかに聞き取りやすい発音です。

「アダムさんね。こりゃどうもご丁寧に。何かご入り用ですかい？　イギリスの古本をお探しなら、それ、向こうの棚にありますがね。お探しの本の書名がわかるなら、検索して探せますぜ」

「ありがとうございます。実は、私が探しているのはこの本なのです」

アダムさんが、スーツの内ポケットに手を入れました。何ですか007とばかり聞いていますから、うっかり拳銃でも出てくるのかと身構えてしまいましたけど、アダムさんが出したのは一枚のカードですね。それを、すっ、と勘一の方に向けて、文机の上に置きました。勘一が手に取って、それを眺めます。

そこには、〈Alex Warner『confession』〉と、書いてありました。勘一の眼が細くなりました。

どうやら間違いなく、このアダムさんがイギリスの秘密情報部の方なのですね。けれども、マードックさんのお友達が言っていたのとは違い、紳士的ですよね。

勘一、唇をへの字にしました。

「アダムさん、だったたね」

「はい」

「日本語がえらく上手な様子だが、こっちの専門家ってことなのかい？　〈蛇の道は蛇〉ってぇ日本の諺《ことわざ》の意味はわかるかい？」

アダムさん、愛嬌のある顔で微笑みました。

「わかりますよ。十二分に」

「じゃあ、余計なことは省いちまってさ。どうしてこの本が欲しいのかを、正直に教えてくれないかね」

勘一も、対抗したのか精一杯の愛嬌のある笑顔を見せました。アダムさん、微笑んだまま一度肩を竦めて見せました。外国の方はそういう仕草が似合いますよね。

「そちらの男性は、日本の捜査機関の方でしょうか？」

茅野さんを見てアダムさんは言います。茅野さん、ちょっと唇を曲げて、パナマ帽をひょいと片手で動かします。

「ま、似たようなものですが、既に引退したただの老人です」

「そうですか」

アダムさん、勘一に向き直ります。いつの間にか、居間の方では我南人に紺に青にマードックさん、そしてカフェの方からは藍子に亜美さん、すずみさんにかずみちゃんが、こちらの様子に聞き耳を立てていますよ。カフェにお客さんはいないのでしょうかね。それとも察してお引き取り願いましたか。

「あなたを朝、ホテルの近くで見かけたときからひょっとしたらと思っていたのです。そしてこちらに来てあなたがいらっしゃったので確信しました。こちらの堀田さんは、どういうわけかはさっぱりわかりませんが、私の訪問理由を察していると」

「そういうこってすな、アダムさん」

「さすが、〈宝蔵〉を守る者たちですね。私どもも堀田達吉、草平、そして勘一さんと続く堀田家のことはある程度は調べさせていただきました。申し遅れましたが、私はイギリスはSIS、早い話が情報部の人間です。ただし、日本の皆さんにもお馴染みの007のような者ではありません。私は連絡課ですから、要はただの事務員ですよ」

「ただの事務員にしては、隙のない身のこなしですな」

茅野さんが言います。その茅野さんも身動きひとつしませんね。じっと動かないでいるのも、相当の訓練がいるのですよ。老いたりとはいえさすが元刑事というところでしょうか。

「多少はね。訓練はいたします」

「成程ね。要するにアダムさんは、単純にこいつを引き取りに来たっていうだけかい」

「いいえとんでもない！　ちゃんと、購入しに来た客ですよ」

「買うってかい」

「もちろんです。その本は経緯はともかく今はこの〈東京バンドワゴン〉の所蔵品です。

いくら元はイギリス人のもので、そして政府機関とはいえ、ただでくれとは言えないでしょう。日本円の言い値で買います。いくらで売ってくれますか？　何でしたら、一緒にこの店にある古本を全部買い取っても結構ですよ。もちろん、それも言い値で結構です。これは、私たちの精一杯の誠意の証《あかし》です」

「言い値だぁ？　全部買い取るだとぉ？」

あぁ、いけませんよそんなことを言っては。

アダムさん、堀田家のことを調べたと言っていましたが、店主の性格までは未調査だったのではないでしょうか。

「ふざけんなこのすっとこどっこい!!」

やってしまいました。

棚も震えるほどの店中に響き渡る大声です。アダムさん、思わず一メートルも後ろに跳びましたよ。茅野さんはわかっていたのか耳を塞いでいましたね。

「いいかその小さい耳の穴かっぽじってよっく聞きやがれ！　痩せても枯れてもこの堀田勘一、古本の川で産湯を使って古本の山で眠って育った筋金入りの江戸っ子だぁ！　この店にあるこいつらはな！　隅から隅まで本一冊紙一枚衣魚《しみ》の一匹に至るまで全部俺の兄弟みてぇなもんだ。その兄弟を言うに事欠いて言い値で買い取るから値段を言えだぁ？　丸ごと買うだとぉ？　いいかこの御為《おため》ごかし野郎。本当の古本てぇのはなぁ、魂があるのよ。そいつが収まるときに収まるべき人間の掌に自分で勝手に入っていくもんなんだ！　それは日本もイギリスもおんなじよ。それすらわからねぇてめぇらみたいな連中に売る本はここには一冊もねぇ！　ただの一冊もだ！」

後ろの方でやっと大声の啖呵《たんか》が収まったかと皆が息を吐きました。茅野さんも耳に当てた手を下ろしましたね。

アダムさん、大きな眼を丸くしてずっと固まったままでしたが、ようやく我に返ったようです。

「そうですか。私はですね堀田さん。この通り日本が好きなイギリス人です。わざわざ政府筋を通して、一般の善良な市民の方々を不安に陥れるようなことは、できればしたくありません。わかりますよね？」

勘一、アダムさんを睨みつけました。

「腹芸なんか使わずにはっきり言ってみろよ。その上手な日本語でよ」

「強硬手段で本を手に入れることは簡単だと言っているのです。素直に、この本さえ渡してくれれば、何も問題はありません。ご家族の安全も保証します。私は一週間滞在し、毎日一回顔を出しますから、その間にぜひよい返事を聞かせてください。ではこれで」

アダムさん、くるりと踵《きびす》を返しましたが、その足がぴたりと止まってしまいました。

顔が、驚愕《きょうがく》に歪みました。

わたしはさっきから気づいていたのですが、古本屋の入口の向こうには、新ちゃんが腕組みして仁王立ちしているのですよ。しかも、新ちゃんに負けないぐらい屈強な建設業の男性の方々もその後ろに十人ばかり控えて、こちらを睨みつけています。皆さん、スコップやら、つるはしやらを担いでいるんですよ。

これは、かなり怖いです。

「おいアダムさんよ。あんたが強硬手段を使えるってんなら、こっちも使えるんだよ。あの連中は気が荒いぜぇ。あんたも工事中のビルの基礎何十メートル地下のコンクリの中に眠りたくはねぇだろよ。知ってるか？　そいつは日本のヤクザの常套《じょうとう》手段で完全犯罪だぜ」

アダムさん、ぎょっとした様子で思わず勘一を振り返りました。大嘘ですよね。新ちゃんはヤクザなんかじゃありませんし、後ろの皆さんも新ちゃんの会社の気の好い社員の方ばかりですよ。今は顔を怖くするために相当表情筋に無理させてますよね。

「いいから戻ってきて座れ。訊きてぇことはまだあるんだ。素直に喋ってくれれば何にもしねぇからよ」

それにしても勘一、これは英国政府にケンカを売っているようなものなんですよね。どうするのでしょうか。

どうやら気を利かせた藍子がカフェを一時休憩中にしたようです。お客さんのいないカフェの真ん中のテーブルにアダムさんを座らせました。もちろん、ちゃんとアイスコーヒーをお出ししましたよ。

その周りのテーブルに、我南人、紺、青、茅野さんが座っています。新ちゃんも会社の皆さんもその周りに座って取り囲みます。皆さん仕事は大丈夫ですか。まだ無理に怖い顔をしたままですが、そろそろいつもの普通の顔に戻してもいいと思いますよ。すみませんね本当に。

勘一はアダムさんの正面に座りました。

「さて、まずはよ。そもそもの発端を聞こうか。このアレックスさんの私家版『コンフェッション』の一冊によ、大層な秘密が隠されているってのはどうして発覚したんでぇ。随分と長いこと誰にも知られなかったんだろうが」

アダムさん、もうすっかり諦めているようですね。ゆったりと椅子に座って、アイスコーヒーを飲みました。

「簡単です。ロンドンはチャーリング・クロス街に、〈ヘンリー・ブックス〉という古書店があります。ここと同じように非常に歴史ある古書店で、創立百五十年ですよ。ご存じですか？」

紺が声を上げました。

「伝統ある古書店ですからね。名前は知っていますよ。何度か洋書を注文したことはあります」

アダムさん、こっくりと頷きます。

「話が早くて助かります。その店主のアーヴィン・パーカー氏は、アレックス・ワーナー氏の孫なんです。年齢は八十歳ですから、本当にここと似たような感じですね。ただし、向こうは家族運には恵まれずこんなに子供や孫には囲まれてはいませんが」

確かに勘一と同じような年齢ですね。

「そのアーヴィンさんは、祖父さんのアレックスさんが遺《のこ》した何かを持っていたってことか？」

「単純な話です。手記と草稿ですよ。『コンフェッション』のね」

なるほど草稿ですか。確かにそれは本を書いたのなら、あって然《しか》るべきですね。

「アーヴィン・パーカー氏は、実はつい最近になって糖尿病で入院しましてね。年齢も年齢ですし、古本屋稼業も明確な跡取りがいないということで、すっかり弱気になりました。ここらが潮時かと倉庫に眠る古いものを整理していたんですよ。そこで、祖父のアレックスの手記と『コンフェッション』の草稿を発見したんです。当然、草稿は二種類ですね」

皆が真剣な表情で聞きながら、うん、と頷きます。

でも新ちゃんの会社の皆さんは経緯を何も知りませんよね。とりあえず怖い顔を保ちながら頷いておくのですね。

「手記には何もかもが書いてありました。これは大変なことだとアーヴィン・パーカー氏は驚きました。このまま何もかも秘密として眠らせておくべきかとも思いましたが、気になるのはただ一冊、秘密を暴露した私家版『コンフェッション』の行方です。手記にはケンブリッジ大学の日本人留学生〈ソウヘイ・ホッタ〉なる男性に渡したとあるが、それだけで他には何も情報がありません。アーヴィン氏は自分が死んだ後、この〈ソウヘイ・ホッタ〉もしくはその子孫に『コンフェッション』のせいで、何かとんでもない迷惑が掛かるような事態になっては英国紳士の名折れだと思い、ある人物に調査をお願いしたんです。〈ソウヘイ・ホッタ〉なる人は一体何者で、子孫はどこにいるか調べてほしいと。ところがですね」

「そのある人物ってのが、運悪くお前さんたちの仲間だったってことだな？　アーヴィンさんは知らないで何もかも話しちまったんだろ」

アダムさん、その通りです、と苦笑しました。

「我々も慌てましたね。まさか百年も昔のたかが私家版でこんなにも大げさに動かなければならないのかと。幸い、堀田草平氏の留学の記録はケンブリッジ大学に残っていましたから、そこから〈東京バンドワゴン〉さんに辿《たど》り着くのは実に簡単でしたよ。何せ

〈東京バンドワゴン〉は、失礼ながら一介の古本屋でありながら、日本の文化庁から宮内庁にまで保持するべき〈ある秘密情報〉を保存させているような古書店ですからね。調査を始めて本当に驚きました」

勘一が顔を顰めました。さすがイギリスの秘密情報部です。我が家の秘密は何もかも調べ上げられているってことですね。

でも、勘一の気性までは調べられなかったのですね。

「それで、全部かい」

「全部ですよ。何もかも、曝《さら》け出しました。そもそも我々は本を手に入れられたらそれでいいんですから。隠すことは何もありません」

「〈ヘンリー・ブックス〉の方はどうなるんでぇ。英国政府から何かお咎めはあるんじゃねぇのか」

アダムさん、唇を歪めます。

「何もありませんよ。『コンフェッション』の中身を表沙汰にしなければね。もちろんこれは堀田勘一さんにも忠告しておきますよ。いくら遠い日本にいるからといって、『コンフェッション』の中身を知り、それを表沙汰にしようとしたり、公表しようとしたら、我々も黙ってはいませんせん」

「脅しかよ。００７の」

「脅しじゃありません。忠告です」

アダムさん、アイスコーヒーを飲み干し、ゆっくりと立ち上がります。

「もういいでしょう。これ以上話すことは本当に何もありません。もう一度言いますが、私はすぐ近くのホテルに一週間滞在して、毎日一度顔を出します。その間に、ぜひよい返事を聞かせてください。つまり、『コンフェッション』を渡してください。それで、オールオーバーです」

ゆっくりと歩を進め、アダムさんがカフェを出ていきます。

「おやじさん。いいんですか？」

新ちゃんが言って勘一を見ましたが、勘一はただゆっくり頷きました。

「もういいぜ新の字。おう、皆忙しいところ悪かったな！　俺の奢《おご》りだから好きなもん飲み食いして涼んでよ、また仕事頑張ってくれや」

ようやく皆さん、普通の顔に戻りました。やれやれと声が上がって店が賑やかになりました。本当に済みませんでしたこんな真似させて。

三

カフェで新ちゃんの会社の皆さんがわいわいと賑やかです。藍子と亜美さん、かずみちゃんがお相手してくれています。すずみさんも加わって、一応さっき聞いたことは内緒にしといてくださいね、と、お願いしていますね。皆さん顔馴染みの方ばかりですから、こちらが言うのは本当に失礼ですけど、我が家の騒動に巻き込まれるのも慣れっこですものね。以前は夏樹さんや木島さんを捕まえることもしてもらいましたっけ。

居間では、勘一に我南人、紺と青にマードックさん。そして茅野さんに新ちゃんが揃って、座卓の上に置いた本を見つめていました。

開け放った縁側から熱い風が吹き込んで葦簀を揺らします。風鈴がちりん、と鳴りました。今、何か眠そうな声で鳴いた猫はベンジャミンでしたか。男たちが雁首《がんくび》揃えているので何事かとアキとサチが皆の周りをうろうろしていますね。

相当にごたごたしましたが、まだ午前中。子供たちは誰も帰ってきませんから落ち着いて話ができます。

「こいつがそうなんですか」

新ちゃんが難しい顔をして言います。アレックス・ワーナーさんの『コンフェッション』ですね。

勘一が、大きく頷いたかと思うと、パン！　と自分の腿の辺りを叩きました。

「おい！　ロンドンに行くぞ。すぐにだ！」

「え？」

茅野さん、新ちゃんが驚いて眼を丸くしましたね。

「ロンドンってご主人」

紺と青が、何かわかっていたかのように渋い顔をします。我南人はただ頷きました。

マードックさんも首を捻って考え込みましたね。

「直接こいつをよ、〈ヘンリー・ブックス〉のアーヴィンさんに返してやろうじゃねぇか。元はと言やぁアーヴィンさんがよ、縁もゆかりもない遠い日本にいる俺らのことを心配してくれたんだろう？　同じ古いもんをずっと守ってきた古本屋同士だ。同業者だ。祖父さんの遺産ともいうべきこの本を一度拝ませてやんねぇと、そして俺らはこの通り無事ですからご安心くださいってよ、直接会ってやんなきゃ、アーヴィンさんだって死んでも死に切れねぇだろうよ。そいつが男の仁義、矜恃《きょうじ》ってもんじゃねぇのか？」

確かに筋は通っていますが、今すぐロンドンにですか。

「まぁあ、行こうと思えばぁ、すぐにでも行けるねぇえ」

我南人が言います。

「親父がぁ、アメリカにぃ、淑子《よしこ》さんのお墓参りにいつ行ってもいいようにぃ、パスポートは家族全員更新しているしねぇ」

マードックさんが頷きました。

「しゅくはくは、ぼくのじっかにとまれます。おやもよろこびます」

紺は、少し息を吐いて頷きました。

「確かにね。飛行機代は何とかなるよ。ちょうど本の印税が入ったばかりだからそれを使えば」

「行ってやろうじゃねぇか。ロンドンはチャーリング・クロス街によ。００７が出てきて拳銃ぶっ放してもしおっ死んだらそこまでだったってことよ。この年になって今さら何を怖がるってんだよ。最期にイギリスのスパイどもの鼻の穴に指二本突っ込んで振り回してやるぜおい」

この顔は、本気です。もうこうなったら誰も勘一を止められません。

「しょうがないですね」

新ちゃんが、ポンと座卓を叩きます。

「おやじさん、留守中は任せてくださいよ。あのアダムってのが来たところで残った女性陣には指一本触れさせませんから」

「腕が鳴りますな」

茅野さんです。

「暇を持て余した退職刑事はごまんといます。他にも秘密情報部の仲間がくるようなら、妨害でも何でもしてやります。なに、どうせ退職しているんだから全員やりたい放題ですよ」

「おう、済まねぇな新の字、茅野さん。この通り、留守は頼むぜ」

勘一が頭を下げました。


そうなると、もちろん女性陣にもきちんと言わなければなりません。

勘一がとにかく行ってくるから留守中頼むと言うと、藍子に亜美さん、すずみさんにかずみちゃん、皆で一度顔を見合わせました。

藍子が溜息をついて、小さく頷きます。

「そう言うんじゃないかなって思ってました」

思ってましたか。さすが、初孫ですね。

「すぐ準備しなきゃね。下着は少しでいいわよね。長くなるようなら向こうで洗って。それから研人がきっと文句を言うだろうから、ちゃんと説明してね」

亜美さんが紺に言います。確かにそうですね。この場に研人がいなくてよかったですよ。絶対に一緒に行くと言い出して聞かないですよ。

「旦那さんの荷物は皆に振り分けましょう。なるべく身軽にしないと長旅は辛《つら》いです」

すずみさんです。三人とも、少しも動じず慌てないのはさすがというか、見事なものです。

「かんなちゃん鈴花ちゃんは任せておきな。あの子たちはお父さんがしばらくいなくたって淋しがったりしないから」

「それはそれでこっちが淋しいけどね」

かずみちゃんに、紺と青が笑います。

「済まんな皆。留守中よろしく頼む。とは言ってもよ、青」

「うん？」

「いくら新の字と茅野さんが守ってくれるって言ってもよ。家ん中に男が研人一人じゃあ申し訳ねぇ。おめぇ残ってくれよ」

「俺だけ？」

青が不満そうに言います。

「しょうがねぇだろう。我が家でいざというとき頼りになって若いのはお前だけだ。まさか紺を残して荒事に対応できると思うか？」

「思わないね」

青の即答に紺が苦笑いします。その通りですね。荒事なんか、そんなことになってしまっては大変ですけど、転ばぬ先の杖ですか。

「マードックは向こうの案内に必要だし、そのお友達ってのがまた絡んでくるかもしれねぇ。我南人もロンドンは慣れてやがる。紺はいなくてもいいが、マードックだけで俺と我南人二人を引率したり首に鈴付けたりするのは、ちょいと無理だろうよ」

自分のことはよくわかっているのですね。マードックさんもそのとおりですと頷きました。

「藍子ぉ」

「はい」

我南人が、藍子を見ます。真面目な顔をしていますよ。

「万が一の時のためにぃ、準備だけはしておいてねぇぇ」

「お父さん、そんな」

「いや」

我南人が何か言おうとした女性陣に向かって両手を広げました。

「こういうことはぁ、口にした方がいいんだぁ。覚悟ってもんができるんだねぇぇ。僕も親父も高齢者だからぁ、向こうで何もかも平和的に終わったとしてもぉ旅行中何があるかわからないからねぇぇ」

確かにそうです。わたしたちの若い頃でも、洋行となると命がけの部分もありました。出掛ける側も、見送る側も、これが今生の別れになるかもしれないと思い、覚悟を決めたものです。今と昔を比べるのは無意味だとは思いますが、覚悟という点だけは、今の時代に足りないものかもしれません。

「わかりました」

藍子の言葉に、亜美さんもすずみさんも頷きます。かずみちゃんは言うまでもないですね。

「よし、そうとなりゃすぐに行くぜ！」

勘一が立ち上がります。

こういうときに便利なのは、そもそもは旅行添乗員という仕事をしていた青がいることです。あっという間にイギリスはロンドンへの全ての手配を進め、念のためにと向こうにいるガイドの連絡先や何もかもを用意します。

さて、わたしはどうしましょうか。

イギリスなど行ったことはありませんが、行けばこっちへはあっという間に帰ってこられますし、また戻るのもすぐです。乗り物に関しては、空席さえあればわたしは乗り込むことができるのですが、青の話では飛行機は満席にはならないと言ってましたね。それであれば大丈夫でしょう。ついていって飛行機に乗り込むことはできると思います。

そういえば、海外へ飛ぶ飛行機には乗務員の休憩するスペースがあると言いますね。それなら満席でも平気ですね。

とにかくわたし一人が座れるところがあれば大丈夫ですから。

便利な世の中ですね。遠く離れた異国の地に、飛行機だけで着いてしまうんですから。まったく知りませんでしたが、今は羽田から直接ロンドンのヒースロー空港へ着くのですね。そして、半日という長い時間乗っていたのに、ヒースロー空港に着いたときは、出発したその日の夕方前ですから不思議な気分です。四、五時間しか経っていないことになっています。

＊

時差というのは理屈ではわかっていても、感覚的にはっきりしません。わたしが慣れていないからでしょうか。世界中を飛び回るようなビジネスマンの方は、こういう感覚があたりまえになっているのでしょう。

ロンドンの夏は寒い、というのを昔どなたかから聞いたことがありましたが、今はそうでもないのでしょうか。わたしはもう暑さ寒さを感じない身体になっているのですが、飛行機を降りた勘一が「けっこう暑いな」と言ってましたね。

勘一、飛行機に乗ったのはもちろん初めてではありませんが、こんなに長い間機内で過ごすのは何十年ぶりです。あれはまだ三十代の頃でしたよね。長い移動時間に紺が心配していたのですが、本人は極めて元気です。飛行機の中でも普段と変わらずケロッとしていましたね。大したものです。

ヒースロー空港はさすがにきれいな空港ですが、わりとそっけない雰囲気ですね。イギリスはどこでもそうなのでしょうか。高い天井を支えるアーチは、どこかの体育館で見たような感じです。

「タクシーで行こうねぇぇ」

我南人が言います。

「それが、いいですね。ゆうがたなので、こんでいるかもしれないですけど、いちじかんぐらいでつくはずですよ」

マードックさんが言いました。ここから古書店〈ヘンリー・ブックス〉があるというロンドンのチャーリング・クロス街へは、車だと道が混んだときで一時間ですか。それならば、ちょうど羽田から東京駅辺りへ向かうぐらいの感じでしょうかね。

「じいちゃん大丈夫？　疲れてない？」

紺が言います。

「平気だってよ。気ぃ張ってるからな。倒れるとすりゃあ、なんもかも終わって帰る途中だから心配すんな」

多少疲れてはいるようですが、声には張りがありますね。平気だと思いますよ。空港の外へ向かいながら、マードックさんがどこかへ電話しています。

「だいじょうぶです。〈Henry Books《ヘンリー・ブックス》〉さん、あいています。でんわにでたのは、

Irvine《アーヴィン》さんでした」

「こっちの身分は言わなかっただろうな？　何せ007が相手だぜ。盗聴なんかお手のもんだろ」

「はい、ただあいてるかどうかだけ、かくにんしました」

ここからタクシーに乗るのですね。ロンドンのタクシーは黒くて丸っこくて、可愛らしい形をしています。昔の日本車もこういう形のものが多かったと思うのですが、今は全然違います。わたしは今の車よりこういう方が好きですね。

さて、これは何人乗りなんでしょう。狭そうにも見えるのですが、わたしも乗れますかね。

あら、珍しいですね。向かい合って座れる形になるのですね。勘一が乗って我南人が乗ってマードックさんが乗り込んだら、紺が本当に小さな声で言いました。

「ばあちゃん来てるなら前に」

そうですね、助手席が空いてるから大丈夫ですね。ちょっと失礼しましょう。運転手さん、まるでタワシのようなお髭《ひげ》の紳士です。ニコニコして愛想の良い方みたいです。これも何かで見た気がしますが、運転席と後ろの席はプラスチックの板で仕切られています。この辺はやっぱり外国なのですね。

「大丈夫。今のところ何も起きていないって」

紺がメールを見ながら言いました。青から紺にメールが入っているんでしょう。向こうは十二時間以上経っているのですから、おおよそ夜の十二時ぐらいですか。きっと研人はロンドンに行きたかったとぷんぷん怒っていますよ。

「かんなも鈴花ちゃんも元気だってさ。大じいちゃんとじいちゃんが旅行に行ったなら、お土産は絶対に買ってくるって喜んでるってさ」

「おう、任せとけって返信しておけ。何がいいかな。マードック考えておいてくれよ」

「わかりました」

タクシーは空港を出て走っていきます。東京のようにビルディングが建ち並んでいるわけではなく、空が高いですね。ロンドンは曇りばっかりとも聞きましたが、今日は青空だったようです。時刻はそろそろ四時過ぎ。ほんの少しばかり夕暮れの色が感じられています。周りは何もなく、緑があって、いいドライブですよ。

「けっこう気持ちの好いところじゃやねぇか。なぁマードック」

「そうですよ。みなさん、London《ロンドン》というと、だいとかい、みたいなimage《イメージ》もつようですけど、すこしはしれば、すぐに、いなかなんです」

三十分ほども走ると市街地に入っていきました。

石造りやレンガ造りの建物が眼に付いてきます。ヨーロッパは石の文化と聞いたことがありますが本当なんですよね。そして、古い古い建物をそのまま大事にして今も使っています。

「あれは、Victoria & Albert Museum《ヴィクトリア・アンド・アルバート・ミュージアム》ですね」

マードックさんが指差します。玄関周りの装飾が立派な建物ですよ。まるでお城のようですね。

「あと、じゅっぷんもすると、Charing Cross Road《チャーリング・クロス・ロード》です。もうすぐですよ」

そこが、ウェリントン・アーチ、そこがバッキンガム宮殿と、マードックさんがまるで観光案内のように教えてくれます。そういえば母国に帰ってきたマードックさんを見るのは初めてですけれど、やはりちょっと雰囲気が変わりますね。

自分の生まれた国を遠く離れて暮らす人たちは、きっとどこか同じものを抱えて生きているのではないでしょうか。

セント・ジェームズ・パークという緑豊かな公園沿いの道を走っていくと、イギリス国旗が道路沿いではためいています。ユニオン・ジャックですね。

「ここの道路は何でこんなに国旗が並んでるんだ？　日本でいう皇居周りみたいなもんなのか？」

勘一が訊きました。

「そうですね。ここはThe《ザ・》 Mall《モル》というんですよ。ぎしきようにつくられたどうろなので、こっかのぎょうじをするときは、ここをとおって、Buckingham《バッキンガム》きゅうでんにいくんです。だから、いつもここには、こっきがならんでいます」

「なるほどね」

きれいな通りですね。日本に来られた外国人の方は、皇居の辺りなどを散策して同じような感想を抱くのでしょうか。

「そろそろ、つきます」

マードックさんが運転手さんに言って、タクシーが停《と》まりました。

ここが、チャーリング・クロス街ですか。

「ほぉ、こいつぁ見事なもんだな」

勘一も感心したように言って、頷きます。その顔に笑みが浮かんでいますよ。古めかしい建物が並ぶ小さな通りです。道路にチャーリング・クロス・ロードとペンキか何かで書いてありますね。

褐色のレンガ造りのような建物には小さな窓がたくさん並んでいます。その一階に、お店がたくさんありますよ。これは全部古本屋さんなのでしょうか。違うものもあるようです。あら、反対側の通りには漢字の看板もあります。あぁ、あれはたぶん中華料理屋さんですね。

「見事だが、やっぱ数じゃあ神田神保町には敵わねぇみたいだな」

勘一がにやりと笑って言いました。

「そりゃあ、神保町は世界最大級の古本屋街だからねぇえ」

「でも、空気は同じだね」

紺が言います。確かにそんな気がします。

「ちげぇねぇな。古いもんが集まって、それを大事にする連中が集まって、何となく香ってくる空気だな」

「あそこが、〈Henry Books〉ですね」

マードックさんが指差しました。ビルの角から二番目、小さな間口のお店です。二メートルもないのではないでしょうか。木枠で象《かたど》られた入口は深い緑色に塗られていますが、何度も何度も塗り替えた雰囲気が感じられます。大きな窓ガラスは、真ん中が磨《す》りガラスになっていて、そこに〈Henry Books〉と、古めかしい書体の銀色の文字で書かれています。

「よし、行くぜ」

勘一が、緑色の細長いドアをゆっくりと押します。すぐに三段ほど下りる階段がありますから、店内は少し下がっているのですね。木の階段には緑色の絨毯が張られていますが、これも年月に磨り減った様子がはっきり見て取れます。

壁は漆喰《しっくい》でしょうか。並ぶ本棚はやはり全部深緑色、天井から吊り下がるペンダントライトは乳白色の傘。大きなテーブルには版画や絵画も並んでいます。こちらの古書店ではアート作品も取り扱っているのですね。

広さは、〈東京バンドワゴン〉とそれほど変わらないでしょうか。あぁでも店の左奥には階段がありますね。二階もお店ならば我が家の倍近い面積がありそうです。

お客様もいらっしゃるようですね。男性の方が二人、じっくりと本棚を見たり、本を取り出し開いて中身を吟味しているようです。天井の方から足音がしましたから、やはり上にもお店があってお客様がいるようです。

いいですね。国は違えど古書店の香りは同じです。何から何まで古き良き香りが漂っています。

勘一も紺も、来た目的を忘れてすっかり見入っています。

店の奥に、小さな部屋があります。やはり深緑色の木製の壁に大きなガラス窓。古めかしい机の上にはたくさんの古書や書類。奥の壁は全部本棚になっていて、革装幀の本がずらりと並んでいます。

そこで、何やら書類仕事をしているらしい大柄の男性が、ここのご主人でしょうか。アーヴィン・パーカーさんでしょうかね。店員さんは他にいらっしゃらないんでしょうか。小部屋のドアは大きく開いていますから、少し声を掛けるだけで聞こえるでしょうけど。

勘一が、大きく頷きました。

「よし、おい、紺。あれ出してくれよ」

「あいよ」

紺がたすき掛けにしていた鞄の中から、一冊の本を取り出しました。お店の本と間違われないように我が家の紙袋に入っていますね。おそらく『コンフェッション』なのでしょう。勘一がそれを小脇に挟み、店の奥へと歩きます。ようやく目的を思い出しましたかね。小部屋の前に立ち、コンコン、と、ドアの端をノックします。

大柄の男性が顔を上げます。少し太めのお身体で、白い薄手のシャツに蝶《ちょう》ネクタイ。焦茶色のサスペンダーに濃紺のズボン。白髪は豊かになびいていまして、銀縁眼鏡の奥の瞳は青いです。

『申し訳ないが、こちらのご主人でいらっしゃるかな?』

勘一、英語で話しかけます。

『さようでございます。いらっしゃいませ。何かお探しの本がございますか?』

やはりアーヴィンさんですね。立ち上がって、ゆっくり動きます。

『申し訳ありませんね。只今私一人の時間でして』

『いやなに。すると、貴方《あなた》がミスター・アーヴィン・パーカーで間違いございませんかな?』

『そうです。アーヴィン・パーカーですが、あなたは?』

『申し遅れました。私、日本からまいりました堀田勘一と申します。貴方と同じ古書店を営むものです』

アーヴィンさんの青い眼が、一度瞬きをしました。

『ホッタ？　まさかそれは』

その眼が大きくなりました。勘一がゆっくりと頷きました。

『貴方の祖父であるアレックス・ワーナー氏がその昔に、ただ一冊の私家版「コンフェッション」を託した日本人、堀田草平の息子の、堀田勘一と申します。どうぞお見知り置きを』

『おお！』

腕を広げ、顔に大きな笑みを浮かべます。その広げた腕で勘一の手を取って嬉しそうに振ります。

『お会いできて光栄です』

『こちらこそ！　まさかご子息に会えるとは！　しかも同じ古書店店主とは！』

アーヴィンさん、本当に嬉しそうです。良かったですよ歓迎してもらえて。でも、すぐに真顔になりました。

『いやしかし、何故ここが？　いやここに？　どうして知ったのですか？』

『何、至極簡単なことです。これだけで理由がわかります』

勘一が握手の手を離し、脇に抱えた袋を手にします。

『これが、「コンフェッション」です。貴方にきちんとお話しするために、お持ちしたのですよ』

アーヴィンさんの眼が紙袋に吸い寄せられるように止まりました。

そのときです。

「じいちゃん！」

紺の大きな声が響いたかと思ったら、勘一がぴたりと動かなくなりました。それと同時に、アーヴィンさんも思わず横を見ました。

勘一のすぐ真向かいに、さっきまで本棚を眺めていた男性が立っています。いつの間に移動したんでしょうか。わたしはまるで気づきませんでした。

『動かないように。カンイチ・ホッタさん』

スーツ姿の男性です。黒縁眼鏡に細面、日本でいう七三分けのような髪形。ビジネスマンのような雰囲気ですよ。

胸の辺りに、右手を当てています。それは何の仕草なんでしょうか。

『どなたかね、と、訊くのは野暮というものか。私の顔も名前も知っているとは、秘密情報部の方だと察するが、当たっているかね』

勘一が静かに言います。すぐ近くのアーヴィンさんがそれを聞いて眼を丸くしました。

『アーヴィンさん。あなたも動かないようにしてください。こんな街中の古本屋で、いくら我々がSISだとはいえ武器などを出したくはありません』

出したくない、ということは、拳銃などを持っているということでしょうか。その右手はそういう仕草なんでしょうか。

『東京にいるアダム・ブレナン氏から、もう既に連絡は入っているという理解でいいのかね？』

勘一が訊きました。男性はにっこりと微笑みます。

『その通りです。出し抜いたつもりかもしれませんが、我々が標的から眼を離すはずがありません。とはいえ、驚きました。まさか間髪入れずにロンドンに向かうとは予想だにしませんでしたので、飛行機に乗るのを止められませんでした。そのお年では考えられない行動力には感服します』

『お褒めに与《あずか》り光栄だね。天下の英国秘密情報部に褒められたと、孫子の代まで自慢できるというものです』

勘一、にやりと笑います。

『おい、誰だか知らないが、やめてくれないか』

アーヴィンさんです。

『このカンイチ・ホッタさんには、彼には何の関係もないことだろう？　彼は事情を知り、ただ私に本を持ってきてくれただけだ。本がこうして戻ってきたんだから、それでいいんじゃないのか？』

『その通りですアーヴィンさん。カンイチ・ホッタさんが今ここで、その手に持っている本を私に渡してくれれば、それで終わり。無事に日本に帰ることができますよ。もっとも、中身を読んだかどうかを確認して、もし知ったのなら決して口外しないという誓約をしてもらいます。納得できないなら拘束してでもね』

『それはいいがねミスター？　人にものを頼むときには名乗らないというのが、昨今のイギリス的儀礼なのかね？』

勘一が、眼を細めて言います。

『これは失礼した。私はメルヴィン・マコーリーです』

『マコーリーさんか。よろしい。では、まずひとつ教えておこう。我々は誰一人本の中身を読んでいない。従って誓約をする必要はない。これでいいかな？』

マコーリーさん、じっと勘一を見てから、小さく顎を動かしました。

『まずは信用しておきましょう』

『よろしい。では、これが君たちがお求めの「コンフェッション」だ。受け取りたまえ』

本が入った紙袋を、マコーリーさんに差し出します。マコーリーさんがにっこり微笑んでそれを右手で受け取った瞬間です。

マコーリーさんの身体が宙に舞いました。

その次の瞬間にくるりと回転して、そのまま床に叩きつけられ、ドスン！　という鈍い大きな音が店中に響き渡り、辺りの本棚が揺れましたよ。床に転がったマコーリーさんの上に、古本がばらばらと落ちてきました。

やってしまったのです。

腕を取っての背負い投げ。

見たのは何十年ぶりですが、まったく衰えを感じさせない見事なものですね。マコーリーさん大丈夫でしょうか。あぁ、身体を起こしました。でもすぐには起き上がれませんか。そうですよね。思い切り床にお尻から叩きつけられましたよね。

「ふざけんなよ唐変木が！」

日本語ですよ勘一。

「こちとらなぁ、脅されて命令されんのがゲジゲジより嫌いな性分でなぁ！」

ですから、日本語で言ってもわかりませんよきっと。怒っているのは充分伝わるとは思いますが。

勘一、ふん、と、一声発して身体をぽんぽんと払い、落ちてしまった紙袋を取りました。

『こちらの話が済むまで、そこで大人しく待っていたまえ』

マコーリーさん、顔を歪め腰の辺りを擦《さす》りながら勘一を睨み、ゆっくり立ち上がります。

『そうはいかないな』

その右手がまた胸に移動しましたが。

『物騒だなぁ』

階段から声がしました。皆がそっちを見ます。

下りてきたのは、金髪の長髪に紫色のサテンのジャケット、細身の黒いジーンズに黒いサングラス。

まぁ、キースさんじゃありませんか。

我南人がにっこり笑ってキースさんに手を振りましたよ。また呼び出してしまったんですか？　しかもこの店で待っているように言ったのですかこの男は。世界的なミュージシャンの方に。

『あなたは！』

マコーリーさん、眼をひんむくようにして驚きます。アーヴィンさんもですよ。勘一は唇をへの字にして渋い顔で我南人を見ましたね。

キースさん、サングラスを外してニヤリと笑い、そのまま階段に腰掛けました。

『はるばる日本から来てくれたお客さんをもてなすには、ちょーっとここは狭いんじゃないかなー。なぁ、どう思う？』

ただ階段に座ってるだけなのに絵になるのは、さすが世界的ロックスターですね。ものすごい貫禄ですよ。

『なぁ、マコーリーさん？　だっけ？　俺のこと知ってる？』

『もちろんです』

『俺ね、堀田家とはさ友達なんだ。特にそこの我南人とはね、マブダチなんだよ。それも知ってる？』

マコーリーさん、本当に驚いていますね。やっぱり我が家の細々とした事情までは調べてなかったのですね。

『俺にはなーんも力はないけどさ。堀田の皆さんをさ、きっちりもてなして、東京に帰してあげたいんだけど、いいかな？　いいよね？　いいよな？　後から文句言ったり、堀田家の皆になーんかあったりしたら、俺、本当にかなりすっごく怒っちゃうけど、世間に向かって全部言っちゃうけど、どうかな？』

どうかな、と言われ、マコーリーさん顔を巡らせます。ものすごく困った顔をしていますよ。勘一、ひょいとキースさんに向かって手を軽く上げて、微笑みました。

『感謝するよキースくん。さて、どうやらマコーリーくんは話が終わるまで待ってくれるようです。アーヴィンさん』

『はい』

『もう、何もかもおわかりでしょう。つまり、こういうことです。私は彼らが店にやってきたことで、我が家に眠っていたこの本を巡る物語を初めて知り、そうして貴方の事情も知った上で、彼らに本を渡さずに、ある思いを胸にして自分でここまで来たのです』

アーヴィンさん、頷きます。

『しかし、その思いをお話しする前に、あなたの憂いを解いておきましょう。貴方はもしも自分が病で、あるいは神に召される時期がやって来て死んだ後、堀田草平の子孫に「コンフェッション」のせいで迷惑がかかるような事態になっては申し訳ないと思ったそうですね？』

『その通りですね。そして実際にこのように迷惑をかけてしまったようです』

勘一、いいや、と首を横に振りました。

『ご安心ください。私どもも古書店だと言いましたね？　創業は一八八五年。こちらには及ばないが約百三十年を誇り、私で三代目です。その名は〈東京バンドワゴン〉です』

『〈東京バンドワゴン〉』

『我が家は堀田草平の前の世代から〈古いものを守り通す〉のが家業と定め、表に出すことのないものを蔵の奥深くに眠らせてあります。それは日本国家をも慌てさせるようなものもたくさん含みます』

アーヴィンさん、なんと、と、声を上げました。

『従って、今さら英国王室のスキャンダルを記した本が一冊増えたところで我が家にとっては痛くも痒くもありません。むしろ、喜んで貴方のお祖父様の秘密「コンフェッションン」を末代まで眠らせることをお約束しますよ。ですから、貴方は、何も心配することはありません』

勘一がにっこりと笑います。

アーヴィンさんが考えを巡らせるように頷き、そして、ふぅ、と息を吐き微笑みました。

『SISを出し抜いた行動力、先程の勘一さんのジュードー、そしてあなた方と共に現れた世界的ロックスターのキースさん。これらのことを考え合わせれば、その言葉を疑うものは何ひとつありませんな。しかし、それでは、そこにあるのは』

アーヴィンさんが、勘一の手を指差します。勘一が頷いて、袋から取り出したのは、確かに『コンフェッション』ですね。

『これは、偽物です』

『偽物？』

『彼らの眼を欺くために、そして万が一のためにと作ったのですよ。しかしこの通り、体裁は本物と同じ時代のものを使い、完璧にそっくりにしてあります。いかんせん一晩で作らせたので中身はこれこの通り、現代の紙でただの白紙ですがね。作ったのは私の孫で、そこに控えている紺です』

紺が、頭を軽く下げて挨拶します。これを作っていたので寝不足だったのですね。アーヴィンさん、本を手に取り装幀《そうてい》をじっくりと見ています。

『素晴らしい装本技術です。ただの古書店ではなくこういう技術も継承しているとは驚きました。ますます安心しましたよ』

ありがとうございます、と勘一、頭を下げた後に、まだ腰を擦っているマコーリーさんを見ました。

『というわけだマコーリーくん。君にしてみれば私に投げられ損になってしまって申し訳ないが、本物の「コンフェッション」は日本の我が家の蔵に眠ったままだ。そしてこの堀田勘一、「コンフェッション」が未来永劫《えいごう》そこで眠り続けることをお約束しよう。帰って、そう上司に報告していただけると有り難いが如何《いかが》かな？』

マコーリーさん、腰を擦り、ぐるりと見回してから、溜息をつきました。

『そうせざるを得ないようですね。本がここにないのなら、意味がありません』

入口に向かって歩き出します。

『しかしホッタさん。あなたに投げられたのは個人的には忘れませんからね』

「おう、また相手してやる。東京で待ってるからいつでも来いや」

勘一が笑って言いました。何度も言いますけど、日本語で言ってますよ。マコーリーさん、腰を擦りながらお店を出て行きました。

『さて、アーヴィンさん。貴方は病で潮時だと考えたそうですが、本当にここを閉めるおつもりですか？　それはあまりにももったいない。こんなにも素晴らしい古書店をこのまま消してしまうなどとは。私は八十五歳ですよ。貴方はそれよりも若く、見たところは健康そうにも思えるのだが』

アーヴィンさん、大きく頷きました。

『そのつもりだったのですが、この騒ぎですっかり古書店主としての血が騒ぎ出しました。ましてや、私より高齢の勘一さんがこんなにもお元気なのに、糖尿病だ何だと俯《うつむ》いてはいられませんね。できる限り、頑張ってみますよ』

勘一とアーヴィンさん、がっちりと握手して笑い合います。それを見てキースさんも我南人も紺もマードックさんも、笑顔で頷いています。

ところで、ずっと気になっていたのですが、お店の中には、もうお一方いらっしゃいますよね。

その方も騒がずにずっと成り行きを見ていらしたので、てっきりマコーリーさんのお仲間かと思ったのですが、マコーリーさんが出て行ってもそのままです。外へ出て行きません。

皆もその方の存在に気づき、視線を向けました。

『キースくん、あちらは君のマネージャーか何かのお方ですかな？』

勘一が訊くと、キースさんは首を横に振りました。

『いいや？　てっきり俺は情報部の人間かと思ったけど？』

『私はただのお客かと思っていて、騒がせて迷惑かけて申し訳ないと思っていたのですが、違うのでしょうかね？』

アーヴィンさんです。

皆さんの注目を浴びてしまった紳士ですが、なかなか恰幅《かっぷく》の良い方ですね。年の頃なら四十かそこらでしょうか。髪の毛は栗色でさっぱりしていて、ジーンズにポロシャツとラフな格好です。

唇をへの字にして、どこか居心地が悪そうですね。

『まさか、ひょっとして』

マードックさんです。

『おっとマードック。呼ぶなよ。絶対に名前を呼ぶなよ』

『えーと、いや、やっぱりそうなのか!?　お前なのか？　太っちゃって全然わからなかったぞ！』

その方、頭を搔きました。

「ひょっとしてマードック。おめぇの友達か？　連絡してきてくれたっていう政府関係の？」

　勘一が言います。

「そうなんです。ぼくの、その、れんらくしてきてくれた、ともだちです。かおをみるのは、じゅうなんねんぶりです。むかしは、すごい、ほそかったのに」

『何て言ったかはわかるぞ。ストレスだよ。っていうか何だよマードックこの展開は！　スピーディ過ぎるだろ！』

『何が？』

『お前のピンチだと思って、わざわざ休み取って、減俸覚悟で単独で助けに来てやったのに、俺はただ立ってただけで、まるで馬鹿みたいじゃないか。すごいな堀田家は！　お前どれだけ熱い家に婿に行ったんだよ』

『婿じゃないよ。そしてどうして僕たちが来るってわかったんだい』

　お友達、にやりと笑います。

『こう見えても、そういうのをすぐに摑めるぐらいの位置の政府の要職に就いているってことさ。さっきのマコーリーなんかすぐにクビにできるぐらいの。そんなことしないけどな。出世にかかわるんで。俺は出世第一の人間なんだ。ということで皆さん、私の顔は忘れてください。こんな男はここにいなかったことにしてください。マードックまたな。今度会うときは俺が退職したときだ』

さっ、と手を振って店を出ようとしますね。

『いやいや、お待ちください』

勘一です。横を通りすぎようとしたのでがっちりと腕を摑みました。

『貴方のお蔭で我々は助かったようなものです。命の恩人とも言うべき人をこのまま帰しては』

『いやもうほんとその気持ちだけで充分ですのでホッタさん。それではいつまでもお元気で』

『いやならばせめてお名前だけでも』

勘一ががっちり摑んでいますよね。その方、はあぁと溜息をつきました。

『J・B』

『うん？』

J・Bですか？　イニシャルがJ・Bというんですね。

『だからといってジェームズ・ボンドではないですからね。そう言われるのが嫌で名前は教えないんです。では本当にこれで！』

勘一の手を振りほどき、さっと出ていってしまいました。身体のわりには身軽ですね。

やっぱり鍛えたりしているんでしょうか。

「おいマードック。何笑ってんだよ」

そうですね。マードックさん、J・Bさんが出て行くのを見送って、堪《こら》え切れないように笑いました。

「あいつが、なまえおしえたくない、ほんとうのひみつはですね。そうやってゆうめいなひとと、おなじなまえで、いわれるからなんです。Bond《ボンド》ではなくて」

紺が首を傾げました。

「ジェームズ・ボンドじゃなくてJ・Bだと、ファンクの帝王ジェームス・ブラウンとか？」

「ないしょですよ。こっそりおしえます。みょうじのBは、Bean《ビーン》です」

「ミスター・ビーンかよ！」

皆が笑いました。

なるほど、政府の要職の方がミスター・ビーンと呼ばれるのはちょっと困るかもしれませんね。

＊

せっかくロンドンまで行ったのだからゆっくりと観光してくるかと思いきや、その日にマードックさんのご実家に泊めていただいただけですぐに帰ると勘一は言い出しました。何もかも終わったんだから、さっさと店に戻るというのですよね。どこまでも落ち着かない人で困ります。

お店の方はわたしが様子を見に行ってきますからいいですよ、と、伝えられればいいのですが、そうもいきません。

でも、本当に何の問題もなかったですよ。アダムさんが現れることもなく、皆元気で留守を守っていました。きっとアダムさんにもすぐ連絡が入ったんでしょう。その後も現れなかったということは、勘一が言った、蔵に眠らせるというのを、ビーンさんが信じて手を回してくれたのかもしれません。

わたしは、一度行ったところであればいつでもすぐに行ける身体ですので、これでロンドンへはいつでも行けるようになりました。ちょっと嬉しいですね。そのうちに、観光気分でちょっとうろうろしてこようと思いますよ。

あら、でもひょっとしてわたしは空港に行けるんですから、そのまま好きな飛行機に乗って世界中どこへでも行けるのではないでしょうか。今気づきましたよ。今度試してみましょうか。

行ったと思ったらあっという間に帰ってきた勘一に我南人、紺とマードックさんを、皆が笑顔で迎えました。藍子と亜美さんは夫の無事な様子にホッとしたのか、少し瞳が潤んでいましたよ。後で紺とマードックさんは、優しくお疲れ様と言ってあげてくださいね。

大人たちと花陽、研人へのお土産はお酒と紅茶でいいとして、かんなちゃん鈴花ちゃんには熊のパディントンのぬいぐるみを買ってきました。二人とも絵本でよく知っています。可愛いぬいぐるみに大喜びしていました。

＊

夏の虫の声が響いてくる居間には誰もいません。夜になると網戸だけ閉めますから虫は入ってきませんよ。

暑く寝苦しい夏の夜。焚《た》いた蚊取り線香の煙がゆっくりと漂っています。

かんなちゃん鈴花ちゃんと一緒です。猫の玉三郎とノラは、パディントンを抱きしめて眠るかんなちゃん鈴花ちゃんと一緒です。ポコとベンジャミンは台所の床で寝ていますし、犬のアキとサチは縁側で寝そべっています。

紺がそっと歩いてやってきても、アキとサチはちょっと眼を開けて見ただけでそのままです。

紺が仏間に入ってきました。座布団に座っておりんを鳴らします。話ができますかね。

「ばあちゃん」

「はい、本当にお疲れ様だったね。相当疲れただろう」

「さすがにね。まさか四十になってから弾丸ツアーをするとは思わなかったよ。ばあちゃんも来てたんだよね？」

「しっかり同行させてもらいました。楽しかったですよ」

「もうこれでいつでもロンドンに行けるんだよね。羨ましいなぁ」

「あなたはどうせ勘一譲りの出不精でしょう。家にいるのが楽しい子じゃありませんか」

「そうだけどね。それにしてもじいちゃんは本当に鉄人だね。ケロッとしてスコッチウイスキー飲んでぐうすか眠っているよ。あの調子なら本当に百歳まで生きるね」

「あの人の体力は昔から底なしだったからね。まぁそれにしても紺も青も、また厄介な重いものを引き継がなきゃならなくなったね」

「何てことないよ。重い荷物だって持たなきゃ重くない。僕らはただここに居て座って見守っていればいいんだからさ。今までと何も変わらないし、変わったらまたそのときに考えればいいだけだよ」

「あぁ、そうだね。その考え方でいいね。ところであの本にはどんなスキャンダルが書いてあったんだい。お前は読んだのかい？」

「ざっとなんだけど、どうもエドワード七世の大学時代に関するものだね。ケンブリッジに通っていたんだけど、いろいろやらかしていたみたいで、まぁそれが発表されると系図に人が増えちゃうような」

「よくあるといえばあるものだね」

「ばあちゃんもいつまでも、あれ、終わったかな？」

聞こえなくなったようですね。紺が苦笑して、またおりんを鳴らして手を合わせてくれます。はい、お疲れ様でした。あなたもけっこうスコッチウイスキーを飲んでいましたよね。ゆっくり寝て、また明日もよろしくお願いしますね。


人の思いは、それはたぶんとても小さなものなのですが、ときに時代を超えて残っていくものですよね。

アレックスさんが義父草平にどんな思いで本を託し、そして草平がどういう思いでそれを託されたのかは結局わかりませんでしたが、その思いがこうして時を超えて、国を超えた新しい出会いを我が家に連れてきてくれました。勘一もきっと古本屋稼業への思いを強くしたのではないでしょうか。

思いは、繋がります。願いは、叶《かな》います。

繋がらない思いもあるでしょうし、叶わない願いもありますが、それはそのままその人の人生となって、いつか違う誰かの力になるかもしれません。

物語がそうですよね。

誰かが紡いだ物語に託した思いが、遠く離れた何の縁もゆかりもない人の力になって、人生を彩るということがたくさんあるはずです。あの本を読んで僕は医者になったとか、宇宙飛行士になったとかありますよね。もっとささやかなものでも、あの物語のお蔭で涙が乾いたとか、笑えたとか、気が晴れたとか、たくさんありますよ。

そういうものを、守っていく。大切にしていく。

ちっぽけな古本屋でも、できることがあるものですよ。

秋　本を継ぐもの味なもの

一

遅咲きの我が家の庭の秋海棠《しゅうかいどう》は、この秋には随分と早くに花を付けました。

でも、そういえばと考えると、ここ数年は遅咲きではなく晩夏とも言うべき時期に咲くこともありますよね。誰が植えたわけではない、おそらくは風が種を運んだ秋桜《コスモス》も一緒に花を咲かせて、冷たさを感じさせる秋の風にゆらりゆらりと揺れています。

天高く馬肥ゆる秋ですね。

秋になるといろんなものが美味しく感じられるのは、やはり夏の暑さが落ち着いて、身も心もゆったりとして食べ物を食べられるからでしょうか。ご飯が美味しく食べられると本当に幸せな気持ちになりますよね。痩せたいからと言ってご飯を抜いたりするのはよろしくないとわたしは思うのですがどうでしょうか。

我が家の辺りのご近所さんは、皆小さい庭ながら、秋になれば実を結ぶ木もそここに植えられています。

栗の木に、柿の木、そして団栗《どんぐり》に銀杏《ぎんなん》。無花果《いちじく》や葡萄《ぶどう》を植えられていたお宅もありましたね。たくさん実をつけた年にはお互いにお裾分けなどして、秋の味覚を存分に楽しんだこともよくあります。

ご近所さんとはいえ、代替わりして息子さん娘さんが家の主《あるじ》になったりすると、そういうお付き合いが減ってきたりすることもありますが、ご縁があって古い家に引っ越してこられた若い方が、どうやってこの木を手入れしていけばいいのか教えてもらえますか、と訊きに来ることもあります。

秋の庭というのは、そういう繋がりの場にもなっていきますよ。もっと以前は落ち葉を集めて落ち葉焚きをしていると自然と皆が集まってきて、そこで焼き芋などをしたものですが、今は防火上できないところも多いのですよね。仕方のないこととはいえ、少し淋しくも感じます。

元気一杯の若猫、玉三郎とノラも、寒くなってくると炬燵《こたつ》へと変わる我が家の居間の座卓から離れようとしなくなりました。古株のポコとベンジャミンなどは、店にあるオイルヒーターの近くで眠ったりします。

寒くなっても元気な犬のアキとサチは、庭に出て、葉を散らす桜の木の周りで遊んでいます。散歩に連れていくのは大体男性陣の役目なのですが、かんなちゃん鈴花ちゃんも家にいるときは一緒に行きたがります。

金木犀《きんもくせい》の香りが漂い出す町を、しっかりと厚着をして犬を連れて歩く二人がまた可愛らしいのですよね。アキとサチも、かんなちゃん鈴花ちゃんがリードを持っているときには、振り返ったり傍に寄ったりしてゆっくり歩いていますから、ちゃんとわかっているのですよね。賢くて優しい犬たちですよ。

そんな十月初めの堀田家です。

我が家のアイドルであるかんなちゃん鈴花ちゃんは、誕生日が来れば五歳です。本当に、月並みですが月日の経つのは早いものです。ついこの間生まれたばかりのような気がするのですが、五歳ですよ。

来年には年長さんになり、再来年には小学生。勘一が大騒ぎして羽織袴姿で卒園式や入学式に駆けつけるのが今から眼に浮かぶようですね。

そして、また一人アイドルが生まれましたよね。

IT企業〈S&E〉の社長さんと取締役であり、藤島さんの親友、三鷹さんと永坂さん夫妻に赤ちゃんが生まれました。最後まで男か女かを知らずに産んだのですが、なんと、可愛らしい女の子でした。

名前を、愛といいます。

そう〈あいちゃん〉なのです。三鷹愛ちゃん。実にシンプルで可愛らしい名前でいいと思うのですが、まさかうちの我南人のあの台詞に感化されたわけではないだろうか、と皆が一瞬心配しましたよ。そしてそれを確認する前に、我南人が「LOVEだねぇ」と本人を前にして言ってしまいました。まさしくLOVEなのですが、でも、可愛らしいですから良いですよね。でもLOVEちゃんとは呼ばないようにと、女性陣が釘を刺しておきました。

まだ三ヶ月も経っておらず、ようやく首が据わってきた頃ですが、美人の永坂さんによく似て目鼻立ちの整ったきれいな女の子なんですよ。真奈美さんなどはもう本当に可愛いと言って、ぜひうちの真幸の嫁にと今から言っていました。

その真幸ちゃんも二歳になって、だんだんやんちゃになってきましたよ。眼を離すとあっちに進みこっちで転んでと本当に元気です。でも、お顔は真奈美さんに似たのかとても愛嬌のある優しい顔立ちになってきました。離乳食も終わって大人と同じものをたくさん食べています。お父さんであるコウさんも、ようやく自分の腕を振るったものを食べてもらえると張り切っていました。

老舗料亭で花板候補だったコウさんの息子ですし、真奈美さんも元々はお店を一人で切り盛りしていた料理上手です。真幸ちゃんは、これからどんどん舌が肥えていきそうですよね。とんでもないグルメな子供になってしまったらどうしましょうか。

小さな子供たちの笑顔がどんどん周りに増えてくるのを見るのは、本当に楽しいですね。そして子供たちがいつでも笑顔でいられるような暮らしを、大人たちは作っていかなければなりません。

いつものように、朝から堀田家は賑やかです。

かんなちゃん鈴花ちゃんは、玉三郎とノラを引き連れて研人のベッドにダイビングして起こします。近頃の研人は大人になってきたせいでしょうかね。かんなちゃん鈴花ちゃんが飛び込んで来る前に気配を察して眼が覚めるようになってきたとか。ダメージが減ってきたと喜んでいました。

台所では藍子に亜美さん、すずみさんにかずみちゃんで朝ご飯の支度です。居間の真ん中に鎮座まします欅の一枚板の座卓には、炬燵用の布団が被せられました。まだ少し早いですから炬燵の火はありませんが、勘一が言うには花陽のためだとか。受験生なんだから風邪を引かないようにとの配慮ですが、まぁいいでしょうね。

自分で新聞を取ってくるのが習慣になっていた勘一なのですが、最近はかんなちゃん鈴花ちゃんが取ってくるようになりました。勘一が上座に座る頃にはもう置いてあるのです。少しでもたくさん歩くためにとやっていたのですが、これはしょうがないですね。

毎日散歩してもっと歩いてもらいましょう。

今日も「おはようございます」と、藤島さんがマードックさんと一緒に〈藤島ハウス〉から来ました。高級そうなスーツ姿ですから、これから会社に向かうのですね。それにしてもやはりそういう格好が似合いますね。三十過ぎてますますいい男になってきたのではないでしょうか。

「きょうはですね、じぶんたちですきなばしょにすわってくださいね」

「かんなとすずかは、おおじいちゃんのとなりにすわります」

あら、これは新しいパターンですね。

好きな場所と言われると、何となく位置は決まってしまいます。もちろん、藍子とマードックさんと花陽が並び、紺と亜美さんと研人、青とすずみさんが並びます。かずみちゃんはよっこいしょ、と、我南人の隣に座りました。藤島さんが迷うといけないと思ったのか、花陽がこちらへどうぞ、と隣を空けました。そういうところにちゃんと気を遣える女の子になりましたね花陽は。

今日の朝ご飯は、白いご飯におみおつけは玉葱にさつまいもに人参と具沢山ですね。きのこと昨日の残り物の焼鮭が入ったオムレツにベーコン、これも昨夜の残り物のカボチャの煮物、真っ黒の胡麻豆腐に焼海苔にひき割り納豆、おこうこは黄色いたくわん。自家製のヨーグルトには葡萄と梨が入っています。

皆が揃ったところで「いただきます」です。

「あしたのあさはパンがたべたいな」

「ジャムぬってたべたいね。リンゴジャム」

「藤島、お前少し痩せたんじゃねぇか？　気のせいか？」

「そういえばお母さん、ハンドクリームもうすぐなくなる。今日にもなくなると思う」

「かずみちゃん、どうしたのぉお？　お尻痛いのかいぃ？」

「あ、さつまいも溶けちゃいましたね。煮すぎましたね」

「オムレツはひょっとしたら醬油の方が美味しいかもしれないから、一口食べてから決めてね」

「じゃあ、明日はパンにしようね。後で買ってこなきゃ」

「乙女に向かって朝っぱらからお尻なんて言うんじゃないよ。何だか寝てる間につったかね。少しばかりひっつれてるのさ」

「じいちゃん、あれもう言っていいの？　皆には」

「いや、痩せたつもりはないんですが、そう見えますか？」

「あれがいいのよね？　何だっけ、柑橘系《かんきつけい》の香りの」

「イチゴジャムもたべたい」

「チョコレートもいいな」

「僕はこれぐらいの方が好きだな」

「しゃけがはいった omelette《オムレット》って、ぼくははじめてたべるかも、しれません」

「いいよぉお、決定だからねぇ」

「引き締まったんじゃないの？　ジムでも通い出した？」

「何を言うの？　またライブでもやるの？」

「おい、メープルシロップ残ってたよな。持ってきてくれや」

「そう、銀色のチューブの。名前何だっけ？　いっつも忘れるよね」

「最近ちょっと忙しくて、食事抜くことも多かったからかもしれませんね」

「じいちゃんがね、来年の一月の特別音楽番組に出るよ。オレの歌も唄うよ。全部で六曲やるんだけど、そのうち三曲オレの」

「はい、旦那さんメープルシロップです。オムレツにかけるんですか？　かけすぎ注意ですよ」

「テレビでるのがなとじいちゃん」

「いいなー、すずかもでたい」

「すごいじゃないですかけんとくん。もうすっかり musician《ミュージシャン》ですよね」

「旦那さん！　カボチャの煮物にですか！　意表突き過ぎですよ！」

わたしもてっきりオムレツにかと思って、まぁそれならしょうがないかと思っていたのですが、まさかカボチャの煮物にかけるとは。

「おかしくねぇだろ？　パンプキンのお菓子にメープルシロップとかってどっかにあるんじゃねぇのか？」

ないことはないでしょうが。そして確かに甘くなって美味しいかもしれませんが、カロリーのとりすぎでいつ糖尿病になってもおかしくないですよねこの人は。

「しかしあれだね、藤島さん」

青です。

「そうやってさ、忙しくてご飯も食べられないって動いても平気なのは二十代までで、三十過ぎるとどんどん身体にダメージ溜まるって言うよ」

「あぁ、確かに。このところ唇荒れたり胃が荒れたりしょっちゅうだよ」

勘一、甘いカボチャの煮物をごくんと飲み込み笑います。

「まぁおめぇに家庭を持てってハッパかけるのはもう飽きたから言わねぇけどよ」

言わないいんですか。言ってあげた方がいいと思いますよ。

「せめて優秀な家政婦さんとか雇ってよ。食事から日頃の栄養管理に関しては任せた方がいいかもしれねぇな」

「それは、実は考えたんですよね。家の掃除も洗濯も炊事も嫌いではないんですが、最近はどんどん億劫《おっくう》になってきて」

「私で良ければ行ってやって、バイト代と家賃を相殺してもらいたいけど。まだまだかんなちゃん鈴花ちゃんの世話で忙しいからねぇ」

かずみちゃんが言って皆で笑いました。確かに、かずみちゃんなら優秀な家政婦さんもできそうです。何と言ってもお医者様ですから、健康管理もしてくれますよね。


朝ご飯が終わり、花陽に研人とマードックさんの学校組は学校へ、かんなちゃんと鈴花ちゃんの幼稚園組は幼稚園へ。そして、家業の皆はそれぞれの仕事へ。いつものことですが、皆がそれぞれに動いててきぱきと物事が進んでいきますね。

藤島さんも花陽たちと出掛けると思ったのですが、まだ居間で我南人と一緒にお話をしながらお茶を飲んでいますね。今日は少しゆっくり出掛けるのでしょうか。

「まだいいのか。行かなくて」

トイレに行って帰ってきた勘一が、帳場に向かう前に藤島さんに言います。

「ええ、ちょっと子供たちが出掛けてから、お伝えしておこうと思ったことがあって」

「俺にか？」

何だいどうした、と、勘一が座ります。

「実は、父が入院をしまして」

「そうかい。そりゃあ心配だな」

勘一が少しばかり顔を顰めます。他人事《ひとごと》ではありませんからね。

「どこが悪いのぉ？」

我南人が訊きます。

「昔から心臓が少しばかり弱くて、今までも入退院を繰り返してきたのですが、もうそれなりの年齢ですから何かあったときに手遅れになるといけないと言うので、今回はいよいよかと」

まぁ、そうでしたか。それは本当に心配ですね。

「覚悟はもうしていますのでいいのですが、いざそのときには、弥生さんのこともあってまたいろいろとご相談というか、ここに来て愚痴をこぼすことになるかもしれません」

「あぁ、なるほどな」

勘一、皆まで言うなと頷きます。

「まぁそんときゃあこちらもきちんと伺わせてもらうし、弥生さんの件もな。できるだけお互いの良いようにしなきゃな。俺も頭捻らせてもらうさ」

ありがとうございます、と、藤島さんが頭を下げ、我南人も頷いていました。藤島さんのお父さんは、現代日本の三大書家と呼ばれるほどの大家〈藤三〉さんです。奥さんは後妻の弥生さんですが、藤島さんとは五歳しか違わないのですよね。親戚の数もそれなりに多いと言いますから、そのときには藤島さんは息子としていろいろ苦労するかもしれないということですね。

我が家ほどいろいろとこんがらがった家庭は少ないとは思いますが、本当に人生はいろいろあります。

藤島さんが会社に出掛けていき、勘一が帳場に座ると、すずみさんが熱いお茶を持ってきてくれました。

「はい、旦那さんお茶です」

「おっ、ありがとよ」

もう熱いお茶が美味しい季節になってきましたね。すずみさんはそのまま勘一の後ろを通り、本棚のところで整理を始めます。ここには直接店に持ち込まれた買い取りの本や、少しきれいにしなければならない売り物の本が並んでいます。その整理や値付け、リスト整理はすずみさんが一手に引き受けています。もちろん青も手伝いますが、青の場合はカフェを手伝ったり外へ買い付けに行ったりすることも多いですからね。

「ほい、おはようさん」

後ろから声がして、何故か祐円さんが居間から古本屋に現れました。

「なんだよ祐円。朝っぱらからフェイントか」

「ちゃんと玄関から入ってきたんだから文句はないだろ」

祐円さんの場合はどこから入ってきても誰も文句は言いませんけどね。

「祐円さんお茶ですか？　コーヒーですか？」

「今日はコーヒー貰おうかな。すずみちゃんはスタイルが良くなったんじゃないか？」

「そこへ来ましたか」

すずみさん、笑ってカフェにコーヒーを貰いに行きます。今日は何から何までいつもとは違うようにするのですね祐円さん。

「何だか我南人の野郎、最近はいつも家にいるんじゃないか」

「あぁ、そうだな」

勘一が頷きます。我南人は、のんびりと座卓で新聞を読んでいます。

「アルバムは出て売れてるらしいが、ちょいとメンバーの具合が悪くてなかなかライブもできねぇとか言ってたな」

「具合が悪いって、〈LOVE TIMER〉の連中がか？」

「はい、祐円さんコーヒーです。そうなんです。皆さんでお休みなんですって」

すずみさんが戻ってきて言います。

「奴らも還暦過ぎた男たちよ。やれ尿管結石があるとかイボ痔《じ》になったとか痛風で足が痛いとかよ、順番に休んでいくんだとさ。当分の間はバンド活動は休止らしいぜ」

「あぁそういうことかい。それはしょうがないな。年取るとそういうのは、気に出てくるからな」

「まぁ多少は休んでもいいぐらいの音楽的な蓄えも、お金の貯《たくわ》えもある連中だろ。無理しないでのんびりやるだろうよ」

もう高校生の頃からずっと同じバンドでやってきましたからね。気心は知れていますし、むしろ休んだ方がまた新鮮な気持ちでできるでしょう。

何ですか朝からそんなような話ばかりをしていますが、老人が集まるといちばん多いのは病気の話と聞きますから、それこそしょうがないですね。

「そういや、そろそろだろ。あの神保町の古本のお祭りは」

「そうだな。あと十日ぐらいか？」

神保町で行われる〈神田古書市場〉ですよね。〈東京古本組合〉の会長さんである、〈岩書院〉社長の大沼岩男さんに頼まれて、第六十回を迎える今年初めて〈東京バンドワゴン〉が参加するのですよ。

「そもそもありゃあ神田の連中の祭りだからな。違う町の俺らが参加するってのも妙な話だと思うんだけどよ」

まだそんなこと言ってるんですか。もう参加することは決まっているのに。

「どんなの持っていくんだい。〈古本会館〉の一室で店開くんだろ？」

「まぁそんな奥までやってくる一般のお客さんは少ないだろうしよ。かといって業界の仲間内の競りみたいなことで終わっちまっても辛気臭いんでな。まぁそれなりに普通のお客さんにも受けそうなものを持ってくさ」

確かに、どうせなら普段はなかなか足を運んでこられないお客様にたくさん来ていただきたいですよね。どんな本を持っていくかは、紺と青とすずみさんが少し前からリストを作って整理しています。

他に準備といっても会場の飾り付けがあるわけでもなく、本を揃えて持っていってそこにある机や本棚やワゴンに並べるだけなので、さしたる大きなものは必要ではありませんし、手間でもないですね。

当日はもちろん勘一が店主として出張らなければなりません。すずみさんと青もぜひ参加させたいところですので、お店の留守番は紺の出番ですかね。

＊

夕方になりました。

カラカラと裏にあります玄関が開いて、「ただいまー」という研人の声が聞こえてきました。学校から帰ってきましたが、今日は少し早いですね。いつもはバンドの練習とかで晩ご飯ぎりぎりに帰ってくることも多いのですが。

「かえってきた！」

ずっと居間や仏間で二人で遊んでいたかんなちゃん鈴花ちゃんが跳び上がって玄関へ走ります。

ひょっとして、研人の帰りをずっと待っていたのでしょうか。幼稚園から帰ってきて、珍しくどこにも遊びに行かずに、ずっと二人で仲良く大人しく家で遊んでいるなとは思っていたのです。

「おかえり！」

「おかえり！」

「ただいま、かんな、鈴花ちゃん」

研人が笑いながら靴を脱いで二人の頭を撫《な》でます。そういう仕草がすっかりお兄さんですよね。

「今日は何して遊んでたー？」

研人がそう訊きながら家の中へ入ろうとしたところを、二人が学生服の裾を引っ張って引き止めます。研人がおっとっと、と立ち止まりましたよ。

「何？」

かんなちゃん鈴花ちゃん、二人で揃って、しーっ、と可愛い人差し指を口に当てます。しゃがんで、と研人を引っ張ります。何でしょうかね。研人も首を傾げながらしゃがみました。

「どうした？」

「ないしょのはなしがあるの」

かんなちゃんが、研人の耳元で小さな声で言います。

「内緒の話？」

研人がちょっと笑いました。もう内緒の話というのをするようになったんですねかんなちゃん。鈴花ちゃんも頷きます。

「はいはい。何の話？」

「ここではむりなの。くらにいこう」

「蔵に？」

研人が少し驚きましたね。

「すぐにね」

そう言ってかんなちゃん鈴花ちゃんは靴を履き出しました。玄関から蔵に回るのですかね。研人は一度家の中を見ましたが、皆はそれぞれ仕事をしていますから、研人が帰ってきたからといって、誰かが迎えに出てくる気配もありません。さてなんだろうと首を捻りながらも、もう一度スニーカーを履き直して、二人に引っ張られながら玄関を出ます。

出て、すぐ右に行けば庭へ入っていけます。かんなちゃん鈴花ちゃん、そーっと進んでいって、居間の様子を縁側の方から窺いました。誰もいないかどうかを確かめているのですね。

「はやくはやく！」

二人が研人を手招きします。

「げんかん、あけて」

蔵の扉は重いですからね。二人では開けられないので、研人が慌てて開けます。二人は飛び込むように入っていくと、そのまま中二階へ駆け上がって、置いてあるオイルヒーターのスイッチを入れました。この季節、蔵の中はひんやりと寒いですから、風邪を引いたら大変ですよ。今日はまだ暖かい日でしたからいいですけれど。

照明を点けて、研人も中二階に上がってきました。

「あのね、けんとにぃ」

「うん」

「りっかちゃんが、たいへんなの」

かんなちゃんが言います。鈴花ちゃんは頷きます。

「りっかちゃん？　って？」

研人が首を傾げました。

「幼稚園の友達？」

「そう、りっかちゃん。いせやりっかちゃん」

「いせやりっかちゃんか」

伊勢谷六花ちゃん、とでも書くのでしょうか。とても可愛らしい名前ですが、今まで聞いたことのないお友達の名前ですね。

研人は夏に我南人と二人で、幼稚園でライブをやりました。大変好評でして、その後も二回ほどやりましたよね。たくさんの小さな子供たちが我南人と研人の周りに集まって、持っていたギターに興味津々の子もいましたよ。可愛らしかったですよね。

「同じ組の子？」

「そう。かみのけのながーいこ。かわいいよ」

鈴花ちゃんが言いました。

「けんとにぃ、とってもたいへんなことだから、パパもよんできて。おおばあちゃんもここにいて」

「大ばあちゃんも？」

わたしもですか？　かんなちゃんがわたしをしっかりと見ました。あら、見えているんですねかんなちゃん。

「大ばあちゃんは、あ、いたんだ」

研人にもわたしが今、見えたようですね。わたしをちゃんと見ています。さてさて、これは一体何でしょうね。

「何だかわかんないけど、今、親父呼んでくるから待ってて大ばあちゃん。かんなと鈴花ちゃんを見ててね！」

かんなちゃん鈴花ちゃんの様子から、これは遊びではないと判断したんでしょう。研人が文字通り階段を跳んで下りて、蔵から出ていきました。

「かんなちゃん、大ばあちゃんが見えるのかい？」

「みえるよ。ちゃんと。だいじょうぶ」

にっこり笑いました。聞こえてもいるんですね。

「かんなね、いつもおおばあちゃん、みえてるよ。でもね、パパが、みんなにわからないようにしなきゃダメっていうから、あんまりみないようにしてる」

「すずかにはみえないのー。かなしいんだけど、でもね、かんなにいつもおしえてもらってる！」

「そうかい」

「おおばあちゃんが、そうかい、っていってる」

かんなちゃんが鈴花ちゃんにそう教えて、二人でニコニコと笑います。確かに、鈴花ちゃんの視線はわたしに定まっていませんね。やっぱり見えるのはかんなちゃんだけなんですね。でも鈴花ちゃんは、ちゃんとかんなちゃんの言うことを信じているんですね。

何だかわたしも嬉しくなってきましたよ。

すぐに蔵の扉が開いて、研人が紺を連れて戻ってきましたね。

「来たよ」

紺が何事か、という表情をしていますね。

「ばあちゃんもいるって？」

「はい、いますよ」

「あ、聞こえるね。研人は見えてるのか？」

「見えてるよ。こんなに長い間見えてるのも珍しいよ」

「そうみたいだね。初めてだよ」

でも、やはり研人には声が聞こえてないですね。

「あのね、パパとけんとにぃとおおばあちゃん。りっかちゃんがね、たいへんなの」

「六花ちゃん？」

「さっきもそう言ったんだけど、親父知ってる？」

紺が頷きます。

「二人と同じ組の女の子だ。伊勢谷六花ちゃん」

「りっかちゃんのおばあちゃんのいえにね、おじいちゃんのゆうれいがでてこまっているの。りっかちゃん、どうしたらいいかわからなくて、こまっているんだ」

「え？」

思わず三人で同時に言ってしまいましたよ。

幽霊ですか？　そんなのが出るという話なのですか？　いえ、わたしもそうなんですけど。鈴花ちゃんも、うんうん、と頷いています。

「それでね、りっかちゃんをたすけてほしいの。おおばあちゃんをつれて、けんとにぃかパパがりっかちゃんのおばあちゃんのいえにいけば、そこにいるのがわかるよね？　どうしてでてくるのか、きいてほしいの」

顔を見合わせてしまいましたよ。いえ、正確にはわたしと研人だけですけど。紺にはわたしが見えていませんから、研人の視線に合わせたのですね。

「それって、幽霊退治をしてほしいってこと？」

研人がかんなちゃんに訊きます。

「たいじしたらダメだよ。だってりっかちゃんのおじいちゃんだもん」

「あ、そうか」

そうですね。わたしも退治されたら困ってしまいますね。

「かんな」

紺がかんなちゃんに向かい合います。

「それは、六花ちゃんが、かんなにそうやってお話ししたのかい？　おばあちゃんの家に、おじいちゃんの幽霊が出て困るんだって」

「そうだよ。ね！」

「そうだよ！」

かんなちゃんが鈴花ちゃんに同意を求め、鈴花ちゃんも大きく頷きます。鈴花ちゃんも聞いているのですね。

「それは、内緒で話したの？　幼稚園の皆が知ってるの？」

「だれもしらないよ！　かんなとすずかとりっかちゃんだけのないしょのおはなし」

そうなのですね。では、お遊びとかそういうのではないのでしょうね。

「かんなは、おおばあちゃんがみえてるんだから、そんなのでうそいわない。りっかちゃん、ほんとに、ほんとに、こまってるの」

かんなちゃんの瞳は真剣です。これは、子供とはいえ、本気で言っているのがわかりますよ。

「ばあちゃん聞いてる？」

「聞いてますよ」

紺が思いっきり困った顔をしていますね。

「ばあちゃんって、他のお仲間が見えたりするの？」

「残念ながら、この姿になってから少しは期待したんだけど、一度も他の方にお会いしたことはないのさ」

「だよね。前にもそう言ってたよね」

紺がうーん、と腕組みしました。おばあちゃんのお家なら、確かに亡くなったおじいちゃんがそのままいてもまったく不思議ではありませんが、これはどうしたもんだか悩みますね。

でも、かんなちゃんの表情に嘘はないと思います。もちろん、鈴花ちゃんもです。

「紺、冗談や遊びではないと思うけどね」

「今、大ばあちゃんの口の動きでわかった。オレもそう思うよ親父」

「わかってる。でもなぁ、かんな」

「なに？」

どうしようかな、と、紺が髪の毛をがしがしと掻きます。

「パパが、六花ちゃんのおばあちゃんの家に遊びに行くのはとても難しいんだ。大人がね、知らない人の家に行くには、ちゃんとした理由が必要なんだ。わかるかな？」

「わかる」

かんなちゃんも鈴花ちゃんも頷きます。そこの家の方にご招待でもしていただければ堂々と行けますけれど、そうではありませんものね。

「六花ちゃんのお父さんかお母さんは、おばあちゃんの家におじいちゃんの幽霊が出るのを知っているの？」

「しらない。いってない。りっかちゃんだけがしっているの。それでこまっているの」

「それは、六花ちゃんが、きちんとお母さんにお話しして、それからパパにおばあちゃんの家に行ってもらえませんかって、あぁそれは駄目だ。ごめんかんな、今のは、なし」

さすがの紺も少し混乱しましたね。

その通りです。六花ちゃんのお母さんに、紺や研人がわたしの存在に気づいているなどという話はできませんからね。したところで、変な眼で見られるのが落ちですよね。下手したら通報されますよ。

さて、どうやってかんなちゃんに説明しましょうか。

「とりあえず、幽霊が出るっていうのは、パパや研人が遊びに行けるちゃんとした理由にはならないんだ。それはおばあちゃんが困ってるわけじゃないだろう？　六花ちゃんが言ってるだけだよね？」

「そう」

「もう一度確認するけど、六花ちゃんのお父さんお母さんも全然知らないことなんだよね？」

「そうだよ」

かんなちゃん鈴花ちゃんの瞳には何の邪気もありません。

「いいかい、かんな。鈴花ちゃんも」

「うん」

「研人とパパは、大ばあちゃんがわかる。かんなもわかるな。でも、他の家の大人たちはたぶん誰もわからないんだ。幽霊なんか、皆が怖いとは思っていても、そこにいるなんて信じていない。だから、大人が大人にそんな話をしても信じてもらえないんだ。研人とパパが、六花ちゃんのおばあちゃんの家に行くのはとても難しいんだ。六花ちゃんのおばあちゃんに、どうやって言えばいいと思う？」

幼稚園児を納得させるのも、かなり難しいですよね。

「それは、だいじょうぶだよ」

かんなちゃん鈴花ちゃん、にっこり笑って言います。本当にわかっているんでしょうかね。

「どうして？」

「だって、りっかちゃんのおばあちゃんち、ほんがたくさんたくさんあるの。えいごのほんをたくさんよむひとなんだって。うちとおなじぐらいふるいほんがたーくさんあるの。そのほんを、ふるほんやさんに、うるか、どうにかしたいんだって」

「それなら、こんおじさん、いけるでしょ？　おしごとでしょ？」

かんなちゃんに続けて鈴花ちゃんが言いました。紺も研人も眼を丸くします。英語の本をたくさん読む人と言いましたかね。それは、あれでしょうか。学者さんか翻訳者さんということなんでしょうかね。

「そういうことか」

紺も研人も頷きます。

二

何せわたしが今もこの家でうろうろしていることは、紺と研人と、そしてかんなちゃんしかわかりません。鈴花ちゃんはかんなちゃんを素直に信じ切っていますから納得はしているようですが。

ですから、いつものように皆に相談もできません。しかもですね、夜中に示し合わせて紺と研人が仏間にやってきて話し合おうとしても、誰かに見つかったらどういいわけをしたらいいのかまるで思いつきませんでした。

そもそも夜中に仏間で二人でぶつぶつ言い合っているのを誰かが見たら、本気で心配しますよね。病院に連れて行かれるかもしれませんよ。

そこで、初めてのことなのですが、研人の部屋で話し合ってみようということになりました。何せわたしは仏間の周り以外で紺と話したことはないのですよ。先程の蔵でのことは本当に初めてでしたからね。研人はわりといろんなところでわたしを見かけていますので、大丈夫だと思うのですが。

一日の仕事が終わり、かんなちゃん鈴花ちゃんが眠り、皆もそれぞれにお風呂を済ませ、大人たちがそれぞれの時間になったところで紺が研人の部屋に来ました。

「入るよ」

「うん」

ドアを開いて入ってきます。父親が息子の部屋に来るのですから、これは誰も何とも思いませんね。何か男同士の話でもあるんだろうと思ってくれます。

「ばあちゃんは？　どうだ？」

「いるよ。そこの座布団に座ってる」

「いますよ。聞こえるかい？」

「あ、聞こえたね。案外簡単に仏間以外でも話せるんだね」

「何かこう、手順を踏まないと話せないって思い込んでいたのかもね。お互いに」

「ねぇ親父さ」

研人が椅子から床に下りて、わたしの正面に座ります。

「これってさ、かんなのパワーじゃないの？」

「パワー？」

研人の眼が何かきらきらしてますね。

「だってさ、さっきも言ったけどこんなに長い間、オレ、大ばあちゃんが見えてることなんかなかったよ？　いっつもせいぜい十秒とかだよ。親父だって、仏間以外で話すのはほとんど初めてなんでしょ？」

「そう、だな」

紺がわたしを見ます。でも、座布団に座ってると言われたから見ただけで、見えていませんね。

「まぁそれはこの際措《お》いておこう。考えたってどうせわからないし、今こうして見えて聞けているんだからオッケーだよ」

紺は常にそういう考え方をしますよね。リアリストと言うと少し意味合いが違うでしょうが、わたしのことも含め、自分の身に起こっていることは現実としてきちんと受け止めます。

紺が持ってきた小さな電子辞書のようなものを小さなテーブルに置いて開きました。研人がそれを覗き込みます。

「なんだい、それは」

「まぁ小さなワープロみたいなもの。ばあちゃんとの会話をいちいち研人に繰り返すのが面倒臭いからね。これで実況中継」

そういうことですか。わたしの言葉を同時にそこに打ち出して、研人が読めるようにするのですね。

「確認するけど、ばあちゃんは悪霊祓《ばら》いなんかできないよね?」

紺が言います。

「そもそも悪霊がわかりませんし、会ったこともないですよ。生きてる間にできなかったことを、死んでからできるようになるはずないじゃないか」

カタカタと紺がキーボードを打ちます。本当にほぼ同時ですね。研人がそれを読んでいます。

「ごもっとも」

「まぁ、行ったところであれば、どこにでも一瞬で行けるようにはなりましたけどね。あとふわふわと漂うことも」

「あ、大ばあちゃんそれできるの? オレ普通に歩いているところしか見てないけど」

「できますよ。ほら」

ふわふわと浮いてみせます。これでスーパーマンみたいにびゅうんと飛べたらおもしろいのですが、生憎それはできないようです。

「いいなぁ。死んでからの楽しみが増えた」

研人が笑います。おもしろい考え方をしますねこの子は。でもまだ死んだら駄目ですよ。

「とりあえず」

紺が言います。

「六花ちゃんのおばあちゃん、尾崎規子《おざきのりこ》さんの家の電話番号はわかったんだし、住所もわかった」

かんなちゃん鈴花ちゃんが、メモを取っていたのですよ。メモと言っても幼稚園のお絵描きのスケッチブックにひらがなと数字で大きく書いてあって、四ページぐらいになっていましたけど。かんなちゃんは絵が上手で、鈴花ちゃんは字が上手ですよね。

かんなちゃん鈴花ちゃんの話によると、六花ちゃんはおばあちゃんに手紙を書いてもらったそうです。それを、いつも持っているポーチに入れてあるのだとか。その手紙にはおばあちゃんの住所と電話番号が書いてあるのだそうです。住所は豊島区《としまく》でしたよ。

「電話して、六花ちゃんから本を処分したいと聞きまして、直接お伺いできますがどうでしょうか、と、するしかないよね？」

紺が言います。

「そう言うしかないだろうね。それで向こうさんが『ではお願いします』って言ってくれれば、紺と研人にわたしもついていって、向こうのお部屋を見てくる。まぁ見たところでどうにもならないとは思うのだけど」

「それでかんなの気も済むんじゃない？　子供だからって変に隠さないで、行ったけど全然わからなかったゴメンねって言えばいいいんだよ」

「そうだな」

そうするしかないでしょう。それにしてもこういう会話の仕方は楽しいですね。また今度機会があったら、紺にこのワープロのような機器で実況中継してもらいましょう。

「あれだよ親父。行く日は明日か、明日電話して明日は無理か。じゃあ明後日の日曜にしてよ？　オレも行きたいんだから」

「わかってる。問題はあれだな」

「あれって？」

紺が顔を顰めます。

「何気なく日曜日に出掛けてくるって言っても、そういうときの我が家の皆は妙に勘が鋭くなるからさ」

「あぁ」

うんうん、と、研人が頷きます。それは皆もあなた方二人には言われたくないでしょう。でも、確かにそうです。何故か何かを隠して動こうとすると絶対に誰かの勘に引っ掛かりますよね。

「だから、何も言わない。二人でバラバラに出掛ける。お前は芽莉依《めりい》ちゃんとデートでいいだろう。芽莉依ちゃんなら口裏合わせてくれるだろう？」

「全然オッケー。本当にデートすればいいんだから」

「バンドの練習っていう嘘は駄目だぞ。そういうときに限ってメンバーから家に電話が入ったりするんだ」

随分と実感がこもってますね紺は。昔に何かそういうことがありましたか。

「親父は？」

「僕は出版社と打ち合わせって言えば大丈夫だ。実際ゲラがあるからそれを直接持っていけば嘘にはならないからな」

「出版社は日曜も働くの？」

「そこはそれ、もうスケジュールが本当にまずいんだとしておけば平気だ。編集者も大変なんだよ」

悪いことをするわけではないのに、いろいろと厄介ですね。

それにしても、六花ちゃんの言うおじいちゃんの幽霊というのが本当ならば、それはどういうことなのでしょうね。心配です。

翌日は秋晴れの土曜日。行楽シーズンでもありますよね。もうあちこちで紅葉《こうよう》の便りが聞かれて、紅葉狩《もみじが》りを楽しむ皆さんも多いでしょう。

でも、そういう観光地へ行かなくてもご近所で紅葉《こうよう》や黄葉を楽しめるところはたくさんあります。近所を見渡したって、お庭や街路樹で赤い葉っぱや黄色い葉っぱが眼を楽しませてくれます。お買い物ついでにちょいと足を伸ばして長めに歩くだけで、秋の気分を味わえますよ。

かんなちゃん鈴花ちゃんも、夕方の毎日のお買い物を、亜美さんすずみさんのお母さんたちと一緒に出掛けますよね。そのときには暖かい格好をして、あちこちお散歩を楽しんでいます。

いつも通りに日々を過ごしている我が家ですが、皆が毎日ちょっとずつ気を遣っているのが、受験生の花陽のことです。

子供の頃は活発で元気で、クラスの男の子に〈男前〉と言われるほどの女の子でした。もちろんそれは今でもそうですよね。怒ったときなどにはおばあちゃんの秋実さんと勘一譲りの威勢の良い啖呵を聞かせたこともあります。

でも、お医者様になるという目標を自分で決めて、高校生になって毎日の塾通いや日々の勉強を始めた頃から少しずつ活発さはなりを潜め、物静かな女の子になっていきました。眼が悪くなって眼鏡を掛けてからは、とても似合っていることもあって知的な女の子という印象も強くなってきましたよ。

本当に毎日毎晩、そして休みの日にどこかへ行って友達と騒ぐこともなく、勉強ばかりしています。皆は大丈夫かな、少しは息抜きでもしたらいいんじゃないかと言いますが、本人はケロッとして「平気だよ」と言っています。

土曜日の今日も午前中から図書館へ出掛け勉強して、そのままお昼はそこで食べて午後から塾だそうです。

すずみさんのお下がりだという可愛らしいチェック柄のポンチョコートと言えばいいんですかね、それを着て鞄を抱えて出て行きます。

「行ってきまーす」

「おう、行ってこい」

古本屋から出て行きましたから、勘一がその後ろ姿をにこにこと見送りますが、ふと心配そうな顔になりますね。

「なぁすずみちゃんよ」

「何ですか旦那さん」

「花陽の奴は大丈夫かよ。いよいよ受験本番が近づいているって言ってもよ。ああも毎日勉強漬けでよ」

すずみさん、整理していた本をとんとん、と重ねて、うーん、と唸ります。すずみさんにとっては姪でもあり、腹違いの妹でもある花陽です。複雑な関係ではありますが、仲良しで年齢的にもいちばん近いですからね。よくお互いの部屋でお話ししてもいるようですよ。

「本人は、無理してるって感覚はないと思うんですよね。大変なことをしようとしてるんだから、それがあたりまえだって」

うん、と、勘一頷きます。

「それは、わかるわな」

「そうですよね。努力しなきゃ医大受験なんか突破できないんだから、どんどん努力する。モチベーション的にも何の問題もないとは思うんですが」

「が、何だよ。気になることでもあるのかよ」

すずみさん、ちょっと口をへの字にしました。

「大学受験は誰でもそうですけど、死ぬほど勉強するって初めての経験じゃないですか。自分が今どういう精神状態にあるかっていうのは、自分でもわかんないですよ。もちろん人に言われてもわからないことなので」

勘一、うむ、と腕組みします。

「で？」

「花陽ちゃん、趣味がないんですよね」

「趣味？」

「アイドルが好きとか、テニスが好きとか、研人くんみたいに音楽やるとか何でもいいんですけど、そういう趣味として打ち込めるものがあったなら、気晴らしにそれを思い出すことでうまくバランスが取れると思うんですけど、それがないのがちょっと心配だなーって思いますね。もちろん、気をつけて様子は見てるんですけど」

勘一、うぅむ、と唸りました。なるほど、それは気づきませんでしたね。

花陽は本を読むことも絵を描くこともスポーツをすることも好きなわりと万能型と言いますか、全方位に興味を持つ女の子でしたけど、確かに研人のようにひとつに打ち込んでいるものはありませんでしたね。

ちょっと後で様子を見に行ってきましょうかね。

あぁ、いました。花陽です。

もうじきお昼ご飯の時間だから、そろそろ図書館での勉強も終わる頃だろうと思って来たんですが、ぴたりでしたね。勉強道具を片づけて、図書館の外へ出ようとしているところでした。

「あれ？」

声がして、花陽が振り返ります。

「あ」

あら、そこにいるモスグリーンのハーフコート姿の男性はボンさんの息子さん、麟太郎さんじゃありませんか。

「こんにちは」

麟太郎さん、爽やかな笑顔ですね。春に初めてお会いしてから、確かに二、三度カフェや古本屋に来てくれました。花陽も顔を合わせていましたよ。

「勉強かな？」

「はい、そうです。麟太郎さんは？」

「僕も、勉強と言えば勉強」

麟太郎さんも出るところだったらしく、二人で図書館の玄関を出ていきます。

「麟太郎さん、お仕事は？」

「今日は休日だよ。ひょっとして花陽ちゃん、これからお昼ご飯かな？」

「そうなんです。その後、まっすぐ塾に行くので」

麟太郎さん、そうか、と頷き腕時計を見ました。

「僕も昼を食べようと思ったんだけど、一緒に食べたりしたらお家の人に怒られるかな？」

花陽が少し微笑んで、首を小さく横に振りました。

「麟太郎さんなら大丈夫です。メールしておきます」

そうですね。平気ですよ。勘一が知ったら眉を顰めるかもしれませんけどね。

花陽も、いい笑顔を見せています。肩の力が抜けていますよ。そもそもこの子は昔から何故か我南人を尊敬していて、その仲間である〈LOVE TIMER〉の皆さんが遊びに来ると、くっついて歩いていましたよね。ボンさんには特にそうでした。その息子さんなんですから、親戚のような気持ちもあるんでしょう。

二人で並んで歩道を歩いていきます。何ですか良い雰囲気ですね。

「お休みの日でも勉強するんですか？」

花陽が訊きました。

「いつもじゃないよ。たまにね、いろいろと論文とか文献とかを調べることもあるんだ。僕のやっている仕事は、前にも言ったけどとにかく調べて検査することだから」

はい、と、花陽は頷きます。

「医療技術は日進月歩、当然調べ方や検査方法も進んでいくから勉強しなきゃならない。その反対に、昔にやっていたことでもう不要と思っていたものが突然必要になったりすることもあるんだ。だからね」

「いい仕事をするために、勉強するんですね」

「そういうこと。僕たちの調べ方がちゃんとしていないと、それは先生たちの診断にもかかわってくるから」

確かにそうでしょうね。わたしはよくわかりませんが、検査技師の方がちゃんとしていなかったら、その結果を見て判断するお医者様も困るでしょう。

あれですね、このまま二人の会話を聞いているのも無粋でしょうから、この辺で退散しておきましょうか。

勘一は最初の曽孫である花陽のことを人一倍心配しますよね。そもそも初孫で本当に溺愛していた藍子の娘であり、藍子がシングルマザーとして生きてきたり、すずみさんとの複雑な関係もありで、ことあるごとに花陽の気持ちを慮《おもんぱか》っています。

でも、大丈夫ですよ。

何といっても、花陽も堀田の娘ですからね。

家に戻ると、カフェはランチタイムで大忙し。藍子に亜美さん、かずみちゃんに青も動き回っています。古本屋にもカフェからお客さんがたくさん流れ込んできていて、勘一とすずみさんが応対しています。

居間で紺が一人、いつものようにノートパソコンのキーボードを叩いています。メールを送っているようですね。送り終わった後に、きょろきょろしてから仏間に行きました。ひょっとしてわたしに用でしょうかね。

「ばあちゃん、いる？」

いつもより小声ですね。

「いますよ」

わたしもつい小声になってしまいます。他の人には聞こえないと思うのですが。

「明日、午後二時に行くことになったから。六花ちゃんのおばあちゃん家。確認したら翻訳者の人だったよ」

そうですか、連絡がついたのですね。翻訳者というのであれば、本がたくさんあるのも納得ですね。どうなることかわかりませんが、とりあえず本がたくさんあるというのは楽しみです。

＊

日曜日のお昼を過ぎました。

研人は午前中から、芽莉依ちゃんに会ってくると言って出掛けて行きましたから、本当にデートをしてお昼ご飯でも食べてから行くのでしょう。

研人が芽莉依ちゃんと同じ高校の受験に失敗してから、二人の仲を皆でやきもきしたのですが、何てことはなかったようですよね。相変わらず仲の良い二人で、芽莉依ちゃんもしょっちゅう我が家に顔を出しています。

紺が、少し小ぎれいな格好をして鞄を持って外へ出ましたので、もちろんわたしもついていきます。

聞こえますかね。

「研人とはどこで待ち合わせだい？」

あぁ駄目ですね。今は聞こえないようです。紺も駄目だとわかったのか何も言いません。どのみちわたしがいても、六花ちゃんのおじいちゃんの幽霊さんをどうしていいかはわかりませんからね。

電車に乗って、紺が降りたのは池袋の駅でした。六花ちゃんのおばあちゃん、尾崎規子さんの家は豊島区でしたから、ここから行けるのでしょう。

ホームを出て、外へと出た紺が、ちょっと驚いた顔をしましたよ。わたしもびっくりしました。

くるくる頭の研人はすぐに見つけたのですが、その隣には芽莉依ちゃんもいるのです。それはまだいいとしても、その隣にどうして我南人がいるのでしょうか。にこにこ笑って手を振っていますよ。反対に研人は唇をへの字にしています。きっと、芽莉依ちゃんとバイバイする前に我南人に会ったのですね。

紺が走り寄ります。

「こんにちは」

芽莉依ちゃんがぴょこんと頭を下げて言います。赤いニットの帽子と、お揃いの赤いセーターが可愛らしいですね。もう十年近くもずっと研人の隣にいますから、わたしたちにしてみるとお似合いを通り越して、それがあたりまえです。

紺も、息子の将来のお嫁さん候補に、こんにちは、と笑顔で挨拶します。

「で、親父どうしたの？」

「どうしたってぇえ、ここで研人と芽莉依ちゃんにバッタリ会ったからねぇえ。一緒にいるんだぁあ」

そういえば今日は朝から出掛けて家にいませんでしたが、どこへ行っていたんでしょうか。そして何故、出先で研人と出会うのでしょうかね。引きが強い人間がいるとはいいますが、まさに我南人がそうかもしれません。

紺が、しょうがないという顔をします。

「実はね、親父」

「うぅん」

「これから、ちょっとわけありのお客さんのところへ行くんだ。本の値付けにね」

「どうしてぇ、研人も芽莉依ちゃんも行くのぉお？　二人の知り合いのところぉ？」

「そうじゃないんだけど、とりあえず親父も一緒に行こう。きっとなんかそういう巡り合わせなんだよ」

我南人はにっこり笑って頷きます。

「いいねぇ巡り合わせ。そういうの好きだなぁ」

「ただし、何も言わないでね。適当に先方には説明するから話を合わせて。芽莉依ちゃんも一緒に行けるのかな？」

「あ、大丈夫、ですけど。いいんですか?」

芽莉依ちゃん、研人を見ます。研人もしょうがない、と頷きました。ちらっとわたしを見ましたから、もう見えているんですね。紺に向かって目配せしました。

「よし、じゃあ行こう」

三

尾崎規子さんのお宅はマンションの一階でした。

かなりの築年数が経っていると思われますが、古き良きデザインの、趣のあるマンションですよ。手入れもきちんとされているようですね。

日本の伝統建築も良いですけれど、こういうのは、ミッドセンチュリー風の建築デザインといえばいいのでしょうか。時代時代で変遷するものを、きちんと残していくことも必要だと思うのですよ。

「お邪魔します」

いつも思いますが、有名人というのはこういうときに便利ですね。我が〈東京バンドワゴン〉はロックンローラー我南人の生家で、今回はたまたま同行させてもらったと言うと、尾崎規子さん、我南人のこともよく知っていらして、そして、研人のことも知っていたのですよ。

二人で幼稚園でライブをした様子は、六花ちゃんのお母さんが撮ったビデオで観たとか。とても良かったと本当に心から歓迎してくれました。芽莉依ちゃんも、可愛らしい女の子ですからね。研人の彼女で、将来は古本屋を支えるかもしれないので後学のために、と紺が適当に言うと、これも喜んでくれました。芽莉依ちゃんは耳たぶまで真っ赤に染めていましたけどね。

何よりも、規子さん自身が、聡明そうな女性でした。白髪交じりの肩までの髪の毛、銀縁眼鏡、翻訳者と言われればいかにもそうだ、という雰囲気を漂わせています。

「本当に散らかしていてごめんなさいね」

リビングの真ん中に大きなまるで卓球台のようなテーブルがあり、そこには本や雑誌や紙の束が山のようになっています。紙の束は、あれはゲラというものですよ。本になる前、原稿を本番のように印刷してチェックするものです。紺もよく居間の座卓に広げています。規子さんはまだ現役の翻訳者さんなのでしょうか。

そうそう、規子さんは一応物書きである紺のことも知っていてくれたようです。ほら、と、規子さんが指し示した壁際の本棚にはちゃんと紺の著作が並んでいました。

「お仕事で一緒になることはないと思いましたけどね。いつかお会いできたらと思っていたのですよ。まさか古本屋さんをなさっているとは」

「ありがとうございます。尾崎さんもお仕事が忙しいようですね？」

紺が机の上のゲラを示すと、尾崎さんは苦笑いです。

「これはもう趣味のようなものね。もう半分は引退しているようなものだけど、頼まれると好きだからやっちゃうのよ」

聞けば規子さんは、六十九歳。そして実は翻訳のお仕事は亡くなられたご主人もずっとやられていたものだとか。亡くなったご主人とは、六花ちゃんのおじいちゃんですよね。

翻訳といっても一般の小説で手掛けたものはあまりなく、いわゆる学術書や論文、そして中東や中央アジアといった地域の世間的にはマイナーな言語が専門で、アラビア語やペルシャ語をやられるそうですよ。

成程それでか、と、紺が納得した顔をしています。きっと規子さんの名前に聞き覚えがなかったからでしょう。

大きなテーブルの横の、これも古びてはいますが趣味の良い革のソファに座り、皆でお茶を飲みます。思わぬ有名人の来訪に、規子さんが本を見てもらう前に少しお話をと仰るのです。

「失礼ですが、ご主人はいつ」

「あぁ、もう随分昔の話よ。二十年も前になるかしら」

二十年ですか？　紺も研人もちょっと驚きましたが、顔には出さないように我慢したのがわかりました。

「そうでしたか。では、ずっとこちらに一人でお住まいなのですか？」

「そうね。もう十何年も。夫に先立たれて、娘が結婚して家を出てからずっとね」

六花ちゃんの言っていたおじいちゃんの幽霊ですが、案の定、さっぱりわかりません。わたしは一人で他の部屋もうろうろさせてもらったのですが、誰にも会いませんし、気配もわかりません。研人はそっとわたしを眼で追っているので、首を横に振っておきました。

わかりませんね。本当におじいちゃんの幽霊は出るのでしょうか。そもそも二十年も前に死んでいるおじいちゃんは、六花ちゃんは写真でしかわかりませんよね。

まぁその話をすると、わたしもかんなちゃんにしてみると、本来は写真でしか見たことのないはずの、大ばあちゃんなのですけれど。

「老舗とお聞きしましたけれど、どれぐらいから」

「明治十八年ですね」

「明治ですか!?」

規子さん、驚きました。

「私も商売ですから本が大好きで大好きで、神保町にはよく通いましたけど、ごめんなさいね、知らなかったのはどうしてなのかしら」

それはしょうがありませんね。我が家は神保町にはありませんし、宣伝もしていませんし、組合にも入っていません。ネットで検索してもほとんど出てきませんから。

紺が我が家の話をします。我南人はただにこにこしているだけで、ほとんど何も喋りませんね。いいことですよ。

代々続く古本屋であり、四世代の家族がひとつ屋根の下で暮らし、いちばん小さいのが研人の妹と従妹であり、お孫さんの六花ちゃんと幼稚園で同じ組のかんなちゃんと鈴花ちゃん。

そして、いちばん上には三代目店主となる、八十半ばを超えた勘一がいると。四代目が誰になるかはいまだに決まっていませんが、我南人はこの通りだし自分も物書きを続けるつもりなので、順当にいけば青ではないかと。

規子さん、たまたまですが、青が出た映画のことも知っていてくれました。我が家はとんでもない人々が揃っている、と感心したり、喜んで笑ったりです。

感情表現が豊かな人ですね。ひとしきり楽しそうに笑うと、ちょっと目頭を押さえました。

「年取るともう涙腺が弱くて。ひとつ屋根の下に四世代なんて聞くだけで涙ぐんじゃうわ」

「や、けっこう大変ですよ。人数が多いからトイレ行くのも一苦労。店のと合わせて三ヶ所回ったりもするんだから」

研人が軽い口調で言います。この子の長所は、こうして高校生の男の子らしく少しぶっきらぼうに喋っても、どこか愛嬌があり、また品も感じるところですよね。

「三ヶ所もトイレがあるの？　凄いわ」

規子さん、研人の顔を微笑んで見ます。

「かんなちゃん鈴花ちゃんは毎日が楽しくて幸せね。たくさん家族がいて、優しいお兄ちゃんがいて。六花はひとりだから、淋しがり屋さんでね」

お孫さんの六花ちゃんですね。今はお父さんお母さんと一緒に暮らしているんでしょうけど。

「六花ちゃんは、ここによく来るんですよね？」

研人がいい質問をしました。本題を探らなきゃなりませんね。おじいちゃんの幽霊とはどういうことか。

規子さんが、ちょっと首を捻ります。

「よく、じゃないわね。月に一度か二度って決められてるみたい」

「決められてる？　ですか？」

紺が言いました。今の言葉尻には何かを感じましたよね。規子さん、少し眼を伏せました。

「家の恥を晒《さら》しちゃうようですけどね。話の流れでいいわよね。私は、娘に、六花の母親に嫌われているのね。なのであの子は、葉月《はづき》というのが六花の母親の名前だけれども、六花を私に会わせたくないのよ。だから、月に一、二度ね」

「そうだねぇえ」

いきなり我南人が言います。

「ちょっと思ったねぇえ。どうして半分引退して時間があるはずなのに、僕と研人のライブをビデオで観たのかなぁって。あの日はおばあちゃんおじいちゃんもたくさん来ていたねぇえ」

あぁ、言われてみればそうですね。この男も細かいところにわりと気づきます。

「会わせたくないのよ、なんて言ったらまた怒られるわね。そんなこと言える立場か、なんて」

「怒るの？　自分のお母さんに」

研人が素直に訊きます。もう少しオブラートに包んだ表現ができるようになるのは数年かかりますかね。

「嫌われてもしょうがないのよ。私は、ひどい母親だったの。仕事にかまけて、あの子の面倒なんか何にも見られなくて。それこそ学校の行事にも何にも行けなくてね」

規子さん、少し悲しげに微笑んで言います。

「それは、仕事に打ち込んでいたから、という意味ですか？」

紺が言うと、小さく頷きました。

「本当に私は、仕事ばかりしていました。翻訳という仕事が大好きで大好きで、言語を通してその地の歴史を知り、言葉を編んでいく作業をしていることが幸せで幸せでしょうがなかったんですよ。マイナーな言語を扱っていたから現地に出掛けてフィールドワークすることも多くて、小さな娘の世話はその頃生きていた私の母に任せ切り。それでも、仕事を辞めたいと思ったことなんか、一度だってありませんでしたよ」

それは、大層幸せなことではないでしょうかね。そういう気持ちで最後まで仕事を勤め上げられる人は、そう多くはないと思いますよ。

「親が楽しそうに仕事をしていれば、それを子供は感じ取れるとは思うのですが」

紺が言います。

「確かにね。そうかもしれないけど、あなたがそうでしたか？　お父様は我南人さんだけど、お祖父様の勘一さんが古本屋の店主で、その背中が楽しそうに見えた？」

「そうです」

紺が頷きます。

「僕も、物心ついたときから古本に囲まれていました。気づけば店の本を手に取って読んでいたんです。まぁ僕の場合はこういうとんでもないロックな親父がいて、その反動で大人しくなってしまったような少年だったのですが」

紺の苦笑いに、我南人がくるんと頭を回して応えました。規子さんも微笑んで頷きます。

「でも、親父が隣にいるのにあれですが、親父も、祖父を尊敬しています。ミュージシャンにはなりましたが、古本屋という自分の家の商売を愛していました。それを僕は肌で感じ取れたんでしょうね。自分の家で商売をやっている子供は、皆そうなんじゃないかという気がします」

「その点、私は、子供にその姿を、背中を見せることに失敗したのね」

規子さんが少し息を吐きます。

「自分勝手だったと思うところもあるわ。だからこそ、自分のやっている仕事のことをきちんと子供に理解してもらう必要があったのに、理解してもらえば良かったのに、私はそれを上手くできなかったのね」

規子さんが言います。でも、大抵の人はそうなんじゃないでしょうか。

「葉月にね。仕事一筋に生きるのなら、どうして子供なんか産んだんだ、って言われたこともありましたね。昔のことですけど。もちろん、娘のことは愛していたし、ないがしろにしたつもりもないのだけど、他人が書いた本のために、自分の時間を全て費やして、娘のことなど全然構ってくれなかった母親など、母とも思えなかったんでしょうねあの子は。もちろん、あの子が悪いなんて言えないわ。私の自業自得。だから、孫の六花とあまり遊べなくても当然」

紺が、唇を少し噛んで小さく頷きます。

何も言えませんよね。他所様の家のことです。

そして、母と娘のことは、当人同士でしかわかりません。同じ女という性がもたらすものもあるでしょう。藍子と花陽だって、ささいなものですが諍《いさか》いはありましたよね。

でも、規子さんが娘さんを愛していることは間違いないでしょうし、孫の六花ちゃんと会いたがっているのも事実。そして、月に一、二度とはいえここに来ることを許しているんだから、葉月さんもお母さんを嫌ってなどいないと思うのですが。

「ごめんなさい。なんか湿っぽい話になってしまって。でもね、今は六花も遊びに来てくれるし。葉月も別に私を無視するわけでもないですしね」

「あー、でも」

研人です。

「おばあさんと、六花ちゃんと、お父さんお母さん皆揃ってパーティなんてやんないんでしょ？」

「パーティ？」

「うちはよくやるんだ。誕生日もクリスマスも卒業式も入学式も。何かっていうと皆集めてご飯食べてて、いやもうちょっと落ち着こうぜ、たまには静かに過ごそうぜって思うぐらい」

規子さんが笑います。

「いいじゃないの。羨ましいわ。うちは一度もそんなことはないわね。でも確かに研人くんぐらいになると、家族の集まりは鬱陶しくなるものよね」

「そうでしょうね」

紺も苦笑します。思わぬところで息子の本音を聞いてしまいましたね。でもそんなものですよ男の子なんて。我南人も紺も青も、そんなふうに感じていた時期がありましたからね。

「話が長くなっちゃった。ごめんなさい。本を見てもらえます？」

皆で隣の部屋へ移動します。扉を開けた途端に、紺が眼を輝かせました。我南人も驚きましたね。

「すげぇなこれ」

研人です。さすが古本屋の子ですね。わかりますか。芽莉依ちゃんも眼を丸くしています。何冊あるでしょうか。ざっと五千冊はくだらないでしょう。紺が背表紙を見て回ります。かなり古い小説本から、貴重な図録、図鑑類、写真集も多いですね。古めの洋書も数多くあるようです。わたしには読めない文字の本も多数あるようですね。

「これは、ほとんど古本屋で買い揃えたものですか？」

　芽莉依ちゃんが訊きました。

「そうよ。現地で買い揃えたものも多いし、半分近くは夫が存命中に集めたものね。お世話になった方々から譲り受けたものも。学者さんや、その地方の政治家の人もいたわね。皆さん死んで散逸する前に私に持っていってくれって仰ってね。だから、私もそうしようと思って」

「え？」

　芽莉依ちゃんが少し驚きました。規子さん、芽莉依ちゃんに微笑みます。

「あぁ違うのよ。今すぐ死ぬわけじゃないわよ。もちろんあと十年も二十年もしたらいつか死ぬだろうけど、ほら、ね。これを引き取ってくれる子供はいないから」

　そうですね。遺されたものは普通は子供に権利が移りますが、その子にその気がないのなら、これらの素晴らしい蔵書はあっという間に失われるでしょう。

「よく怒られたわ。娘にね。こんなに取っておいてどうするんだって。だからよ。今のうちにちゃんとしたところに買い取ってもらおうと思ったの。それは六花にも言ったのね。この本はどうするの？　って訊くから、本当は六花にでも遺したいけど無理だから売ってお金だけ遺すわって。そうしたらね、何か六花が、言ってきたの。古本屋さんのお家のお友達がいるって」

そうだったのですね。紺が、規子さんに訊きます。

「本当に、今処分しちゃっていいのでしょうか？　まだお元気なんですから手元に置いておくことも充分可能だと思いますが」

「いいの」

規子さん、小さく頷きます。

「実はこのマンションもね、一年後には出なきゃならないのよ。古過ぎてお役御免ですって。新しい部屋を探さなきゃならなくなって、そうなるとお金も必要だし、自分一人で何でもやらなきゃならないしね。だからちょうど良かったのよ」

規子さんのマンションを出てきました。正確な値付けはゆっくりやるとして、全部を〈東京バンドワゴン〉に任せるという確約はいただいてきました。

でも、結局おじいちゃんの幽霊というのはまったくわかりませんでしたね。駅に向かって歩いていると、芽莉依ちゃんが言いました。

「研人くん」

「うん？」

「いろいろ、とても残念な気がするんだけど、何かできないのかな私たち」

大きな可愛らしい瞳で研人を見ます。何を言いたいかは理解できますね。研人が大きく頷きました。

「親父」

研人が紺に言います。

「うん」

「オレ、何となく、今回の話の裏がわかっちゃったような気がするんだけどさ」

紺も頷きましたね。

「お父さんもそうじゃないかなって思ったんだ。たぶん研人とお父さんは同じことを考えているよ。かんなのことだよね？」

「そうそう」

頷いて研人が苦笑いします。かんなちゃんの何がわかったんでしょうね。紺がちょっと首を傾げました。

「でも、もし本当にそうなら、かんなは我が娘ながら末恐ろしいなー。どうしようかってぐらいだな。きっと鈴花ちゃんもわかっていたんだ。二人で話し合ったのかな」

「や、オレはそう思うよ。すげぇよかんなと鈴花ちゃん。まだ幼稚園なのにさ。大じいちゃんの血だな！」

「何のことかなぁあ？」

我南人が訊きます。芽莉依ちゃんもちょっと口を尖らせています。二人でわけのわからないことを言ってますからね。

紺と研人は、我南人を見ました。そしてにやにやしながら紺が研人に言います。

「研人、ここはあれだな」

「もう、LOVEしかないでしょ」

LOVEですか？

「っていうか、うちは最後は全部それじゃん。じいちゃんのLOVEに任せておけば大丈夫だって」

我南人は、わけがわからないくせに、にっこり笑いましたよ。

「もちろん、LOVEだよぉ。LOVEはぁ、誰かのために使えば使うほどぉ、自分に戻ってくるんだぁあ、だからぁ、自分もLOVEでいっぱいになれるんだからねぇえ」

さらにわけのわからないことを言います。

あぁ、でも、芽莉依ちゃんが今の我南人の台詞を聞いて、可愛らしい瞳をキラキラさせて何だか感激したように手を組み合わせ胸に当ててますよ。

いけません、そういえば芽莉依ちゃんは「LOVEだねぇ」にあまり免疫がありませんよね。そろそろ耐性をつけてもらわないと困りますね。

その日の夜です。

帰ってきた紺と研人が、今日あったことを勘一に説明しました。もちろん、幽霊騒ぎは抜かしてです。単純に、六花ちゃんというかんなちゃん鈴花ちゃんの友達のおばあちゃんが、本を売りたいと言ってきたという話にしました。

けれども、その裏にはどうも母子の確執があったみたいだ。それで娘であり孫である六花ちゃんは小さな胸を痛めている。せめて、その関係の修復の手助けでもしたいと、説明します。

「成程な。話はわかった」

勘一が、うんうん、と頷きます。

「まぁうちは最終的には商売になるんだから全然構わねぇし、岩男もよ、我南人があそこで歌うってんならそりゃあ人は集まるし賑わうしで文句は言わねぇだろうよ。その、六花ちゃんの家族の関係を修復してやろうっていう人助けなんだしな。そりゃあもうよ、やってやろうじゃねぇか」

「サンキュじいちゃん」

「けどよ」

勘一、にやりと笑いながら紺を見ます。

「何か隠してねぇか？　今回のこの顚末に関してよ。俺に黙ってこそこそやってたんじゃねぇのかおめぇも研人もよ」

紺が苦笑いします。

「まぁそこはじいちゃん。言わぬが花ってことで済ませてくれるとありがたいんだけどね」

「てやんでぇこの野郎十年早いってやつだな」

今度は大きく勘一笑います。

「ま、そう言うんならしょうがねぇや。今回はそれこそおめぇと研人に花を持たせるか」

そうしてくださいな。老いては子に従えですよ。

子じゃなくて孫と曽孫ですけど。

*

今年で第六十回を迎える〈神田古書市場〉が始まりました。

我が〈東京バンドワゴン〉は、神保町の一角にある、大正時代に建てられた古い古いビルである〈古本会館〉の二階のホールを使わせてもらって店開きです。初日は勘一と青、すずみさんの三人でやってきまして、紺が店番をしています。

ここは元々古書の商いに使われる場所でして、壁には風情ある木製の本棚が並びます。漆喰の壁にはアーチ型のこれまた風情ある柱が並び、天井からは古めかしいペンダントライトが吊り下がります。窓は全部鉄枠で上下開きのものですよ。普段は真ん中にテーブルが並べられ、そこに古書などがずらりと並ぶのですが、今回は椅子がきちんと並べてあります。

オープニングに、我南人のライブを行うのです。研人のバンドの〈TOKYO BANDWAGON〉もアコースティック編成でサポート参加します。

ステージ代わりにしたいちばん奥には、本棚を少し移動してMの字の足を広げた形に置きました。そこに並んでいるのは、岩男さんもこれはなかなか凄いものだと感嘆した、尾崎規子さんの蔵書です。

きれいにされて、整然と並んでいます。もちろん、全てが売り物です。我が家が持ってきたものも別にきちんと並べています。

時間が来て、我南人と研人と甘利くんと渡辺くんがスタンバイします。

そして、我南人がアナウンスしました。ライブを始める前に、今日からの古本市に素晴らしい蔵書を提供してくれた彼女から、ご挨拶があると。

規子さん、緊張しながらマイクの前に立ちました。

「何だか、こんな晴れがましいことをしてもらって、ありがたいと同時に恐縮していま す。今日、ここに並べさせてもらった、しかも〈葉月文庫〉などと名付けてもらい、蔵書印まで捺《お》させてもらった本は、私が愛したこの神保町の古本街で集めたものが半分以上です。これは、愛して、止まなかったものすべてです。どんなに愛していてもいつか別れが来るものですが、その別れの場所をまたこの愛する神保町にしてもらえたことは、本当に、本当に、どんなに感謝してもし切れません。葉月というのは、私の愛する娘の名です。どうぞ、今日からのお祭りで、この本を手にしてくれた方々の人生に、この本たちがいつまでも寄り添ってくれることを願います。長く長く愛してほしいと願います。ありがとうございました」

規子さんが、深々とお辞儀をします。会場に集まった人たちから大きな拍手が沸き起こります。それに合わせるように、我南人と研人のギターの音が響き始めました。ライブが始まりますね。

規子さんの娘さん、葉月さんは、六花ちゃんと一緒に椅子に座り、じっと話を聞いていました。我南人と研人が招待したのです。ぜひ来てほしいとお願いしたのです。六花ちゃんと、そして旦那さんと揃って来ていただけました。

その瞳が潤んでいるのをわたしは見ましたよ。

そして、六花ちゃんがそれに気づき、そっと小さな手を伸ばして目元を優しく押さえてあげていました。葉月さんも、微笑みます。

どうなるかは、わかりません。長い間の誤解や感情のもつれや確執が、そんなに簡単に消えるとも思えません。

でも、今そこに存在する小さな笑顔のために、二人が歩み寄ってくれることをただただ願います。

きっと我南人もそう願って、歌っているはずです。

それにしても、あの男は本当に歌だけは大したものだと思いますね。

＊

どうやら初日から〈東京バンドワゴン〉の古本市は盛況に終わり、〈葉月文庫〉の本たちもいい人たちに買われていったようですよ。我が家から持っていったものも順調に売れ、我南人のライブのお蔭で一般の方の来店も随分とたくさんあったようです。

まだまだ市は続きますから、しばらくはバタバタしますね。

あら、紺と研人が二人で仏間にやってきました。誰にも見られていませんかね。座って、おりんを鳴らして、二人で手を合わせてくれます。紺がまた実況中継用のあれを持ってきたのですね。開いて、脇にある小さな卓袱台《ちゃぶだい》の上にのせました。

「ばあちゃん。お疲れ様」

「はい、お疲れ様。盛況で良かったね。研人も格好良かったですよ」

「大ばあちゃん近くで見てたんでしょ。六花ちゃんのお母さん、どうだった？」

「終わった後ね、規子さんに声を掛けて四人でどこかへ行きましたよ。大丈夫なような気もするけど、それればかりはね」

「あ、でも四人でどっかに行けたならそれだけでも良かったじゃん」

「そうだな。それだけでも収穫だったさ」

「それはそうと紺、研人。かんなちゃんのあの幽霊話はどう思う？　まさかわたしたちを動かして、六花ちゃんの家族を仲直りさせようっていう作戦のための嘘とは思えないんだけどね」

「や、大ばあちゃん、本人に訊いても『なんのこと？　かんなもすずかもうそいわないよ』とか言ってるんだ。もしとぼけてるとしたらコワイよマジあいつ」

「ひょっとしたら、六花ちゃんも霊感みたいなものがあって、おじいちゃんが見えてるのかもしれないけどね。真相は藪の中って感じかな」

「まぁ悪いことではないし、仮にそうだとしても、優しさから思いついたものなんだろうから、放っておこうかね」

「少し気をつけておくよ。今のうちから大人を巻き込むのが癖になっちゃっても困るし。あれ？　終わったかな」

終わったようですね。聞こえなくなりました。紺と研人が頷いて、またおりんを鳴らして手を合わせてくれました。

「おやすみ大ばあちゃん」

はい、おやすみなさい。また明日も頑張りましょう。

親子でもわかりあえないことはあります。長い年月の間に固まってしまった氷は簡単には融《と》けないでしょう。遠く遠く離れてしまった道程を戻ることもできません。でも、呼びかければ聞こえますよね。聞こえたら、返事はできますよね。どんなに心が離れてしまっていたとしても、十数年二十数年それ以上、聞き続けてきたお互いの声は、絶対に忘れませんよ。

赤ちゃんのときの泣き声、笑い声、大人になったときの苦しい声、嬉しい声、たくさんの声を親は聞き続けています。親の叱る声、優しい声、苦しそうに困った声に、ホッとした声。子供もまた親の声をずっとずっと聞いてきたのです。

その声を、もう一度お互いに聞き合うことから始めるのがいいのではないでしょうか。もしも、幼い頃に唄った、聞いた子守歌があるのなら、歌を唄うのもいいかもしれません。

音楽は、そのためにもあるんだと思います。

㊅ ザ・ロング・アンド・ワインディング・ロード

一

まだわたしが若い時分ですと、東京のこの辺りの寒さも厳しいものがありました。

冬のまだ明け切らぬ朝には家中の窓という窓に霜がつき、それが朝陽に照らされて随分と幻想的な光を部屋に投げ掛けてくれることがよくありました。寒い寒いと誰もが身体を縮こませる季節がやってきましたけれど、昔に比べるとやはり寒さは緩んでいると思います。

それでも、この頃のピンと張り詰めた、澄み切った冷たい空気というのは気持ちの良いものですよね。心と身体にしゃんとしたものを与えてくれるような気がします。

我南人が小さくて赤いほっぺが似合う頃、ちらほらと降り出した雪に大喜びし、縁側の戸を開けて靴も履かずに外へ飛び出して大変なことになったのをよく覚えています。

子供たちは本当に冬の冷たさ寒さにも負けずに元気ですよね。

この時期になると、ミカンを先っぽに付けた細竹を庭に突き刺しておいて、ついばみにやってくる冬の野鳥を観察するのが我が家の楽しみになっています。今年はかんなちゃん鈴花ちゃんがもう誰の助けも借りずに自分たちでやっていましたね。

スズメやオナガ、ヒヨドリなどが来てくれて、それぞれのスタイルでついばんでいきます。ときには喧嘩になるのでちょっと心配してしまうことも。

ただ、まだ若い玉三郎やノラがそれを見つけると、ついガラス戸を前足で叩いてしまうので、その音に驚いて逃げちゃうのですよ。猫にとっては窓の外の小鳥たちはもう気になって気になって仕方ないですよね。

誰も彼もが気ぜわしくなってしまう師走、十二月は本当にあっという間に過ぎていきます。

学生さんは冬休みになりますからそうでもないのでしょうが、会社員の方は年末までに片づけなければならない仕事、そして年始からの仕事のスケジュール調整に追われるでしょう。子供がいる家庭の主婦の方は、年賀状書きにクリスマスの準備に、いざ当日のパーティ本番、それが終わったら自宅の大掃除や年末年始のお買い物、あるいはお節《せち》料理のことなど、考えることが多くて本当に大変だと思います。

紺などはお蔭様で物書きの仕事が忙しく、年末進行と呼ぶのですが、印刷屋さんや出版社の関係でいつもより早めに原稿を上げなければならないので大変だったとか。以前から年末進行があることは知っていましたが、身内にそういう仕事をする人間が現れると、本当に大変そうだと実感できました。

お蔭様で我が家の皆は大きな病気や怪我をすることもなく今年を終えられます。

クリスマスには、毎年のことですが、かんなちゃん鈴花ちゃんのために大量のクリスマスプレゼントを買ってくるサンタクロースである、脇坂《わきさか》さん夫妻がやってきます。亜美さんのご両親なのですが、初孫の研人はもう高校生ですから、もしもサンタがプレゼントをくれるならお金の方がいいな、などとずうずうしく言う年齢になってしまいました。

正確には脇坂さんの孫ではないのですが、同様に可愛がってもらっている花陽はそんなこと言いませんよ。孫に甘い脇坂さんは何か欲しいものをリクエストしてくれれば買ってくると言いますが、研人にエレキギターのエフェクターなどと言われても脇坂さんがわかるわけがありません。

結果として花陽と研人のクリスマスには現金のぽち袋が渡されることになりました。またお正月にも貰うのに申し訳ないですけど、これはもう大人側の気持ちですからありがたくいただいておきましょう。花陽はちゃんと藍子に渡して貯金に回します。研人はきっとエフェクターなるものを買うのでしょう。

そしてかんなちゃんと鈴花ちゃんです。

さらに申し訳ないことに、脇坂さんの孫はかんなちゃんですが、鈴花ちゃんにもまったく同じようにプレゼントがやってきます。青とすずみさんは毎年恐縮しますが、もうそれがあたりまえですからいいですよね。

今年は、何とかいうアニメの主人公たちの可愛らしい洋服なんかを二人はサンタさんに貰っていましたよ。きっと変身する女の子のアニメなのですね。

そして、鈴花ちゃんのおばあちゃんは池沢さんです。もちろん、池沢さんも鈴花ちゃんとかんなちゃん二人に分け隔てなく、サンタさんに託してプレゼントを贈ってくれます。今年は可愛いうさぎの人形の一家の立派なお家がやってきましたね。

毎年恒例のクリスマスパーティには、またたくさんのお客様が来てくれました。脇坂さん夫妻はもちろん、修平さんと佳奈さん夫妻、藤島さんは今年も一人で参加です。裏の増谷裕太《ますたにゆうた》さんにお母さんの三保子《みほこ》さん、会沢夏樹さんと玲井奈ちゃんに小夜ちゃん。木島さん仁科《にしな》さん夫妻も来てくれました。

残念ながら三鷹さん永坂さん夫妻と愛ちゃんは向こうのご両親たちとパーティです。それはもう当然ですよね。真奈美さんとコウさんはお店があるのでいつもの美味しい料理を届けてくれて、そして一人息子の真幸ちゃんは池沢さんと一緒に参加してくれました。もうすっかりかんなちゃん鈴花ちゃんや小夜ちゃん、そして大人たちにも懐いていますから、お父さんお母さんがいなくても平気でしたよ。

大人たちは、大事な受験を控えている花陽がいるのに、賑やかに騒いでしまって大丈夫かと心配していましたけど、もちろん、大丈夫です。花陽自身が張り切っていましたからね。どうせ皆が気を遣うんだから、反対に自分が率先して騒いであげると、盛り上げてくれましたよ。

そして年末です。

〈東京バンドワゴン〉の営業はほぼ毎年二十八日まで。二十九、三十、三十一日は男性陣は主に大掃除、女性陣はお節料理作りに追われることになります。

何せ古本屋とカフェという二つの商売をやっている家ですから、大掃除もかなり大掛かりになります。古本屋は毎日掃除はしているものの塵《ちり》や埃《ほこり》は溜まっていますし、カフェももちろん掃除はしていますが、水あかや油汚れがそこここにあります。

そして、家自体も古い日本家屋ですから掃除がまたし難《にく》いのですよね。最近のロボット掃除機などというものは使えるはずもないですよ。できれば本当にどんな家でも、欄間の隙間から屋根裏の天井まで掃除できるロボットを開発してほしいものです。

男性陣は頭に手拭いを巻いてマスクをしてゴム手袋をして、一年の埃をどんどん落としていきます。ゴム手袋といえば、我南人と紺とマードックさんは二重にしています。一応、指先が命ともいうべきミュージシャンと物書きと画家ですからね。そこを怪我すると来年の稼ぎに影響が出兼ねません。研人もオレもそうすると言って今年からしていましたけど、まぁそういう自覚を持つのは良いことです。

注連飾り《しめかざ》りも付けられて、そして今年もマードックさんと研人オリジナルの門松が作られて玄関先に置かれます。〈昭爾屋〉さんから買ってきた立派な鏡餅が床の間に飾られますが、その他の玄関先などは真空パックの小さな鏡餅です。そこはやっぱり、後からカビをこそげ落として雑煮にするのは女性陣も面倒ですからね。

掃除の合間に、勘一は青とすずみさんを引き連れ年末の挨拶回りをこなします。一匹狼の我が家とはいえ、やはりお世話になっている方々は多いですからね。

大晦日《おおみそか》には皆で夜更かししてテレビを観たり、年越し蕎麦《そば》を食べ、零時を回ると皆で揃って「明けましておめでとうございます。今年もよろしくお願いします」と挨拶します。かんなちゃん鈴花ちゃんは、今年は起きてると頑張っていたんですがやはり眠ってしまいました。小学生になったら起きていられますかね。

明けて元旦です。

神棚にお神酒《みき》を上げて、仏壇に火を灯《とも》し、手を打って手を合わせ、いつもよりゆっくりと目覚めた朝のご飯はお雑煮とお節料理。皆で舌鼓を打った後には、全員着物やスーツを着込んでの初詣です。

もちろん、近所の祐円さんの〈谷日神社〉にですね。我が家の全員に加えて、小料理居酒屋〈はる〉さんの、コウさんと真奈美さんに真幸ちゃん、そして池沢さんも一緒に行きます。

いつもの続きの朝なのですが、やはり新年の朝には空気が変わっているような気がします。ましてや神社の境内に入るといっそう引き締まったものが感じられます。

今年もどうか皆が健康でいられますように、そして商売繁盛しますようにと祈ります。

勘一は毎年〈天下泰平〉を祈るそうですよ。あまりにも壮大ですが、良いことですよね。

お年玉を貰ったり、新年のご挨拶をしに家々を回ったり、友達と遊んだりしてお正月の三が日が過ぎれば、そろそろ学校も会社も始まります。

新しい一年がまた動いていきます。


そんな一月も半ば、今日も堀田家の朝は賑やかです。

すっかりお正月気分も抜けて、いつものようにいつもの朝の時間が流れていきます。

かんなちゃん鈴花ちゃんはダイビングして研人を起こし、かずみちゃんに藍子、亜美さんにすずみさんが朝ご飯をてきぱきと用意します。

炬燵になっている座卓の上座に勘一がどっかと座ると、すかさずかんなちゃん鈴花ちゃんが「どうぞ」とうやうやしく新聞を両手に掲げて持ってきます。どこでそんな仕草を覚えるのでしょうね。

それから、起きてきた皆を待たせて、席順を決めます。近頃は二人で相談することもなく、「はい、はい」と言いながら二人でいかに素早く箸置きと箸を置くかということに、しかも正確な位置にピタリと合わせることに集中しているようで、座る順番も毎日のようにバラバラです。ただの一枚板の座卓ですから何か印があるわけでもないのですが、木目や何かで本人たちは位置を決めているようですね。

今日のご飯は、白いご飯に、おみおつけは人参、大根、豚肉にさつまいもに牛蒡《ごぼう》も里芋も入った豚汁風ですね。蕪《かぶ》とブロッコリーとソーセージのコンソメ煮に、目玉焼きにベーコン、ほうれん草のなめ茸和《たけあ》えに胡麻豆腐に焼海苔に納豆。おこうこは大根のビール漬け。ヨーグルトにはブルーベリーとリンゴが入っています。ちくわに胡瓜を入れたものがまたありますね。

皆が揃ったところで「いただきます」です。

「ゆきがふるといいなぁ」

「ゆきだるまつくりたいよね。きょねんつくれたのに」

「ブラシがいよいよダメだよ。犬の毛取りのブラシ。買ってこなきゃ」

「あ、今週の土曜、私、結婚式です。旦那さん忘れないでくださいね。青ちゃんも」

「マードックさんさ、ギターにペイントってできる？」

「防水スプレーあったよね？　靴にかけたいんだけど」

「研人、プレステ4ってBlu-ray観られるの？」

「ブラシもそうだけど、アキとサチの首輪も替えないか。もうボロボロだから今度はもう少しいいもの買おう。やっぱり安物は駄目だ」

「あ、白の革のバッグねすずみちゃん。後で出しておくわ」

「明日は雪が降るかもしれないって天気予報で言ってたよ。楽しみだね」

「おう、そうだったな。忘れてねぇよ。楽しんでこいや」

「できるよ。どんなふうにでも。design《デザイン》さえきめてくれればね。ほることもできるよ」

「じゃあ、ついでに買ってきちゃいましょう。猫缶どっかで安くなってないかな」

「お願いします亜美さん」

「観られるよ？　どこで観る？　今オレほとんど使ってないからどっかに移動してもいいよ。あ、プロジェクターで観るのもいいよ」

「まだもう一本あったはず。自分のだけじゃなくて皆の靴にもしてくれると助かるな」

「あかがいいよ。アキとサチのゆびわ。あかいいろ」

「ゆびわじゃない！　くびわ！」

「猫缶ね、三丁目の〈こうえい〉さん安かった。でもあれベンジャミン食べないかなー。

前も全然食べなかったからな」

「首輪を買うんなら、猫たちの鈴も買い替えないかい。ポコの鈴なんかもう鳴りもしないよ。四匹一斉に替えるといいよ」

「僕ぅ、しばらくリハで忙しいからねぇえ。夜は帰ってくるけどぉ、昼間はいないよぉお」

「彫れるって、こう彫刻刀みたいなもので彫ってくってことね。それもいいなー」

「猫の首に鈴って諺ってどういう意味だっけ？」

「おい、牛乳をよ、俺にもくれや。取ってくれ」

「あ、旦那さんも飲みますか？」

牛乳はかんなちゃんと鈴花ちゃんが飲みますので、二人の眼の前には置いてありますが、珍しいですね勘一が飲むのは。

「はい、旦那さん。牛乳です」

「おう、ありがとな」

勘一、コップをすずみさんから受け取ると、飲むのかと思いきやそのまま白いご飯にかけましたね。牛乳を。

そしてまるでお茶漬けを啜るようにして食べています。そういえばこの人は昔からたまにこれをやりますよ。人の食べ物の好みにケチをつけたくはありませんが、気持ち悪いですよね。

「リハってあれか？　今月末に出るっていうテレビの生放送のライブの練習だな？」

勘一が我南人に訊きました。

「そうだよぉお」

「皆、元気なの？　大丈夫なの？」

花陽が訊きました。そうですよね、確か〈LOVE TIMER〉の皆さんがイボ痔とか痛風とか言っていましたよね以前。

「平気だよぉお、どっかしら痛かったりするのは老人だからしょうがないねぇえ。皆張り切ってるよぉ、テレビで生放送で、しかもたくさんの曲を歌うのは久しぶりだからねぇえ」

確かにまぁ老人の病気自慢は誰にもあることです。あっちが痛いこっちが病むと、皆に言っていられるうちは元気な証拠ですよ。


朝ご飯が終わって、花陽と研人とマードックさんは学校へ、そしてかんなちゃん鈴花ちゃんは幼稚園へ元気に出掛けて行きます。

花陽たち高校三年生は受験のために普通の授業はもうほとんどないそうですね。花陽も、学校には行きますが試験のための勉強をしたり、午後早くに帰ってきたりいろです。学校によっては卒業式を一月に済ませてしまうところもあるとか聞きました。でも、花陽の学校は普通に三月に卒業式だそうですよ。

そして花陽が受ける医大の試験日はいずれも二月です。あと一ヶ月。ということは、もう焦ってもしょうがない時期です。今までやってきたことを信じるのみです。

そして、風邪を引いたりしないように注意しなければなりません。何せ我が家は人が多いですし、お客様も多くいらっしゃいます。それだけ風邪には用心しなければならないので、今の堀田家は全員がとにかく花陽のために風邪を引かない、というのが合言葉ですよ。

花陽のために加湿器も新しく買いましたよね。かんなちゃん鈴花ちゃんも、帰ってきたらとにかく手洗いとうがいです。でも、これはもう習慣になっていますからね。

勘一が帳場に座ると、藍子が熱いお茶を持ってきました。

「はい、おじいちゃん。お茶です」

「おう。ありがとな。どうだ藍子」

「何がです?」

「花陽だ花陽」

あぁ、と、藍子が苦笑いです。

「母親としてできることは、ただ娘の健康と健闘を祈るのみです」

「上手いこと言いやがるな」

二人で笑います。その通りですね。

からん、と、土鈴が鳴って古本屋の戸が開きました。冷たい風もちょっと入ってきます。いつもの祐円さんがやってきたのかと思えば、祐円さんは確かに入って来たのですが、もうお一人の姿もありました。

「おはようさん」

「おはようございます」

「おう、何だ二人で」

「寒いっすね」

記者の木島さんですね。お正月にも会いましたがそのときに着ていた新しいモスグリーンのトレンチコートがなかなかお似合いです。

木島さん、最初の出会いはなかなか困ったものでしたけれど、その後は大手新聞社の記者さんから我が家の〈宝蔵〉の危機を救ってくれたり、蔵の古典籍や書類のデジタルアーカイブ化も手掛けてもらったりと、もう我が家にとってはかけがえのない人ですよ。

昔に付き合った女性との間に生まれた娘さん、愛奈穂《まなほ》ちゃんは花陽とは同じ塾に通った仲良しさんです。愛奈穂ちゃんも受験生ですけど、試験はどうだったのですかね。これからでしょうかね。

木島さん、ぱんぱんに膨れた鞄を肩から下ろして、丸椅子に座ります。祐円さんは帳場の横に座りました。

「木島さん、祐円さん、お茶にしますか？」

すずみさんが訊きます。

「あぁいや、俺はちゃんとカフェのお客になりますよ。アメリカンくださいな」

「俺もコーヒーでいいや。ブレンドな」

ありがとうございます。

「そこでバッタリ会ったのよ」

祐円さんが言います。木島さんは出勤の途中でしょうか。今は、基本的には藤島さんのところの契約社員のはずですよ。形式としてはフリーのようなんですが。

「どうだ新年明けての手応えは、今年は景気良く行けそうかい」

煙草に火を点けて、勘一が木島さんに訊きます。

「まあずっとそうですが、今年も貧乏暇なしって感じですよ。自転車操業でフル回転しないと倒れちまうってもんで」

そりゃそうだわな、と、祐円さん頷きます。

「しかしまぁペダルを踏める仕事があるだけいいってものだろう。あれじゃないの？藤島も三鷹も相変わらず木島ちゃんをこき使っているんだろう」

「使われるうちが花ですよ祐円さん。動けるうちに稼いでおかないと。あっ、すみませんねすずみちゃん」

すずみさんがアメリカンをマグカップで持ってきてくれました。祐円さんにはブレンドですね。二人が美味しそうに一口啜ります。

「そういや木島」

勘一です。

「藤島の親父さんの具合はどうだ。本人が何も言わねぇからまだ無事なんだろうが、状況は何か聞いてねぇか」

すずみさんもそうそう、と頷きました。木島さん、マグカップを一度文机に置きます。

「〈藤三〉さんはもう完全看護でずっと病院暮らしですね。せいぜい病院の中を動き回るぐらいで。まぁ今年一杯持てばいい方じゃないかって話ですよ」

そうかそういう状況か、と、勘一腕を組みます。祐円さんも少し顔を顰めます。

「あれですね。〈藤三〉さんぐらいの人になると、勝手に死なせてくれないんでしょうね。とにかく病院にいりゃあ処置できる、みたいな感じじゃないですかね」

「そうかも知れないなぁ」

祐円さん頷きます。

「俺たちなんかはどこが悪くたってその辺でコロッと逝ってもいいか、だけどな」

「皆そうだろ。昔ぁおっ死んだそこが墓場ってなもんでな」

「ところでね堀田さん」

木島さん、コーヒーを飲んで言います。

「おう」

「今日来たのは、まぁゆっくり堀田家の空気を吸わないと元気が出ないっていうのもあったんですが」

「おべんちゃらはいいやな。なんだよ」

「堀田さんはネットには詳しくないですよね」

「年寄りだからって馬鹿にすんなよ。世間話に困らねえ程度の一通りの知識はあるけどよ、普段から利用してるかってぇと、まぁしてねぇな」

木島さん、真剣な顔で頷きます。

「詳しいのは紺ちゃんや青ちゃんですよね。できれば二人を交えて蔵の中ででも話を」

四人でですか。何でしょうね。


店と祐円さんのお相手はすずみさんに任せて、四人で蔵の中に入りました。冬になるとここでもオイルヒーターはある程度点けっぱなしです。あまり気温の差が激しくなると、湿気や乾燥で本が傷みますからね。

中二階の作業台の周りに皆が座りました。

「で、なんだい。また深刻な話かい」

木島さん、うん、と頷きます。

「今んところそう深刻でもねぇとは思うんですが、ちょいとですね。紺ちゃん、研人くんなんだけど、ここんとこ塞ぎ込んだり悩んだりしてないかい」

「研人が？」

紺が考えます。勘一も青も首を傾げました。

「特には感じなかったけど、何かありましたか？」

「研人くん、高校一年にしてもう業界ではけっこうな有名人じゃないか。我南人さんのアルバムの曲を作ったり、ライブハウスを満員にしたりしてね。作詞家作曲家としても今や印税を稼ぐ身分でしょう」

「そうだね」

そうなんですよね。普段は高校生として普通に学校へ行ってますが、あの子はもう税金を申告してますからね。

「それがねぇ、どうもけっこうディスられているみたいなんで」

「ディスられるってのはあれか？　向こうのラッパーなんかが始めたのをこっちの若造の何にもわかんねぇ馬鹿が真似してるあれだろ、ってぇ感じでいうのを言うんだよな」

勘一が言います。

「かなりよくご存じで。要するに、ネット上のＳＮＳとかで、不当にボロクソに文句を言われてるわけですよ。やれつまんねぇ音楽とか親の七光りで荒稼ぎとか、まぁ祖父なんですけどね我南人さんは。有名税っていやぁそうなんですけど、まだ高校生で顔を表に出してない分だけ、余計に煽《あお》りやすいらしくてね」

あぁ、と、青が頷きます。

「やられてるね。俺も見たことがある」

「それは、そうだね」

紺も同意しましたね。

「あまり気にしないようにはしてるんだ。そもそも僕たちが昔はそうだったからね。まだネットはなかったけれど何せ親父があぁだったから」

そうですよね。今は丸くなりましたが、藍子や紺や青が子供の頃はそりゃあ我南人は尖ってましたし、悪い音楽の象徴みたいに扱われて、学校でいろいろ言われたこともありました。

「だから、花陽や研人にもそういうのは気にしないようには昔から伝えてあるんだけど」

うむ、と、勘一も渋面を作りながら頭を動かします。

「花陽はまぁ一般人だからともかくもな、研人はいっぱしのミュージシャンとして取材とかも一応受けてっからな。そういうのはあるだろうさ」

そうでした。まだお断りをするものも多いのですが、いくつかのウェブサイトというんですかね。そういう音楽関係のインタビューを受けたことはあります。ただし、顔をまだはっきりとは見せていないんです。

亜美さんと約束したんですよね。入ったからにはきちんと高校を卒業する。それまでは、ミュージシャンとしてメディアに顔は出さない方がいいと。

「それがね、どうも顔を隠しているのが余計に偉そうだとか、そんな立場かカッコつけ過ぎ、なんて言われててね。これは愛奈穂からの話なんですが、高校生とかが集まるその界隈のネットでは相当ひどいらしくて、研人くんの高校でもかなりハブられてるとかなんですよ」

「ハブがどうしたって？」

勘一です。

「沖縄の蛇じゃないですよ。要するに仲間はずれにされてるってことですよ。爪弾《つまはじ》きですね」

「ギター弾きだけに爪弾きってか」

「いや上手いこと言ってる場合じゃねぇですよ堀田さん。最近の若いののあれは本当に陰湿ですよ。ヤバいことにならないうちに何とかした方がいいなぁとは思っていたんですが、これぱっかりはね、俺も音楽関係の記事でいくら研人くんの才能を認めさせようとしても、なかなかムズカシイですからね」

「そうかよ」

勘一、うーむと唸りました。

「まぁ研人くんが卒業して、プロのミュージシャンとしてピン立ちしちゃえば、そんなのも消えていくんでしょうが、まだ二年ありますからね」

木島さん、心配してくれたんですね。記者だけに余計にそういう情報が入ってくるんでしょう。ありがとうございます。


木島さんは仕事に向かって、勘一と紺と青が居間に戻ってきましたね。

「ちょっと亜美ちゃんに訊いてみるかよ」

「そうだね。じゃ俺代わってくる」

青がカフェに行きました。まだ朝の忙しい時間帯ですよ。亜美さんが、エプロンで手を拭きながら居間に戻ってきます。

「どうしました？　研人がまた何かやらかしました？」

「いや、そうじゃねぇよ」

紺が今、木島さんに教えられたことを繰り返します。亜美さん、少し難しい顔をして頷きます。

「それは、あるみたいですね」

「あるのかよ。イジメってやつだろうよ。大丈夫なのか？」

「もう、全然平気です。そもそも研人はおじいちゃんの血を思いっきり受け継いでいるんですよ。私は、むしろ研人がディスってくる相手をぶん殴ってしまわないかとそれが心配で心配で」

何せそれに関しては研人、前科がありますからね。亜美さん、スチャッ、とスマホを取り出します。

「お母さん方のSNSで毎度私は言ってますからね。もし何かあったらすぐに連絡ください、って。ただし、うちの研人がぶん殴ったらそれは相手が悪いことをしたってことですよって」

勘一も紺も苦笑いします。何せ怒った顔がきれい過ぎて鬼より怖いと言われる亜美さん。さぞやお母さん方も震え上がっているんじゃないでしょうか。

「それに、甘利くんも渡辺くんも同じ学校にいますから、校内でのことは全然心配しなくていいですよ。平気です。それよりもですね、おじいちゃん」

亜美さん、少し困った顔をしました。

「どうしたい」

「むしろ、私たちが心配しなきゃならないのは、学校外でのこと。特に芽莉依ちゃんの方なんですよ」

「芽莉依ちゃんがどしたい」

亜美さん、少し小声になりました。

「ネットっていうのは本当に怖いんです。研人にはもうファンが大勢いるんですよ。母親が言うのはなんですけど、見栄えもそこそこ可愛い顔をしてますし」

「まぁ、そうよな」

勘一が頷きます。そうですよ。父親の紺はともかく、母親がこのきれい過ぎる亜美さんですからね。亜美さん、スマホを何かいじってますね。

「これを見てください」

写真ですね。

「芽莉依ちゃんじゃねぇか」

そうですね。制服姿の芽莉依ちゃんが写っています。

「これは、芽莉依ちゃんの友達が撮ったものじゃないんです。高校生ミュージシャンの〈TOKYO BANDWAGON〉の〈研人〉のカノジョだってことで、隠し撮り画像がネットに出回っているんです」

「あぁ？」

「そうなの？」

勘一も紺も驚きます。紺も知らなかったんですね。

「私も知ったのは一昨日《おととい》なのよ」

亜美さんが紺に言います。

「そんな大騒ぎになるほど研人が人気者ってわけじゃないけど、むしろ芽莉依ちゃんが可愛過ぎるでしょ？　この制服姿なんかそこらのなんとか48なんか裸足で逃げ出しますよ。変な男たちが寄ってきちゃいますよ。お母さんの汀子《ていこ》さんには連絡してあるけど、充分に気をつけてねって。研人のせいですみませんって」

勘一が、うーん、と唸ります。

「そいつは予想外だったな。そうか、研人が有名になりゃあ芽莉依ちゃんが眼につく、か」

「ライブなんかにも芽莉依ちゃんは常に一緒にいるし、研人のファンの女の子の間では、もちろん『研人くんのカノジョもカワイイ！』って好意的な声もあるけれど、『なによあの女！』って声ももちろんあるらしいです」

「何だか誰かさんのことを思い出すなぁおい」

勘一がカフェを見ます。紺も亜美さんも、あぁ、と頷きます。今はすっかりなくなりましたけど、以前は青の彼女だと言ってやってこられた女性を追い返すのは亜美さんの役目でしたよね。今度は、自分の息子の研人ですか。そういう星の下に生まれちゃったんでしょうかね亜美さんは。

「そういやぁ我南人がメジャーになった頃もそんなんが山ほどあったな」

勘一が言います。

「どんなことがありました？」

亜美さんが訊きます。気になりますよね。このまま行けばどう考えても研人はプロのミュージシャンになっちゃいますよね。

「そうさな、包丁持った女が来たこともあったし」

「包丁ですか！」

「家ん中に上がり込んで帰ろうとしやがらねぇ女も何人もいたなぁ。ありゃあ苦労したぜ。男ならぶん殴って外へ放り出すんだが、女の子の場合はそうもいかねぇしよ」

そういえばありましたねそんなことも。

「どうしたんですか」

「そりゃもう警察呼ぶしかなかったぜ。住居不法侵入ってな」

いろいろ苦労しましたよね。

「まぁあいつもちょいと売れた頃に秋実さんと知り合ってな。我が家にすぐにやってきて一緒になってくれたから、助かったけどな。秋実さんは強かったからなぁ。亜美ちゃんより怖かったぜ」

亜美さん微妙なニュアンスを湛《たた》えた微笑みを浮かべ頷きますが、それは言われてもあんまり嬉しくありませんよね。

「まぁ、とりあえずあれだ、紺」

「うん」

「研人ともよく話しとけ。特に芽莉依ちゃんのことはな。うちのせいで女の子になにかあったら大変だからよ」

そうしてくださいな。

二

道行く人が皆コートにマフラー、毛糸の帽子と、冬の装いで店の前の道路を歩いていくのが見えます。ここは大きな車が入ってこられない細い道なのですが、駅への近道になるのです。ですから地元に住んでいる人たちが多く通ります。

冬の間は家の中の遊びが増えてくるかんなちゃん鈴花ちゃんは、居間の座卓の炬燵で何やら玩具《おもちゃ》で遊んでいます。あれはクリスマスに貰ったうさぎの人形たちの家でしょうかね。おままごとみたいなものでしょうか。かずみちゃんと花陽が、その遊びに付き合っています。花陽は学校から早く帰ってきたのですが、ひとまず休憩、と居間でのんびりしているのですね。

「うん」

急にかんなちゃんが頷いて立ち上がって、古本屋に走り帳場に座って勘一の背中を叩きます。鈴花ちゃんもそれに続きました。

「ふじしまんくるよ！」

「お？」

「藤島さん来るの？」

勘一とすずみさんが応えます。

いつもそうなのですが、本当に不思議です。まるで犬のようですよねかんなちゃん。外を歩く人の足音が聞こえてそれで藤島さんだとわかるのか、あるいは匂いでわかるのか。かんなちゃんにどうして来るのがわかるのかと訊いても、「えへへへ」と笑うだけで教えてくれません。

そして、やってくるのですよ藤島さんが。戸が開いて、からん、と音を立てます。

「いらっしゃい藤島さん」

「おう、来たか」

「こんにちは」

素敵なコート姿の藤島さんが姿を見せます。

「ふじしまーん！」

かんなちゃん鈴花ちゃんが両手を振ります。藤島さんもにっこり笑って応じますが、両手に何やら大きな紙袋を持っていますね。

藤島さん、壁の柱時計を見ます。時刻は四時半を回りましたか。

「まだ、晩ご飯の支度はしていませんよね？」

「あ？　晩飯か？　さてな、どうかな」

居間にいたかずみちゃんがそれを聞いて、立ち上がって顔を見せました。

「いらっしゃい。晩ご飯の支度はまだこれからだよ。食べていくかい？」

「あぁ、いや、実はこれを皆さんで食べてもらおうと思って。もちろん僕も食べますけれど」

紙袋を重そうに上げて見せます。

「地鶏のきりたんぽ鍋の材料なんですよ。お得意様のところを訪問したら、たくさん持たされましてね。二十人前ぐらいありそうなんですよ」

「そりゃあ豪気《ごうぎ》だなおい」

「それぐらいの量なら、堀田さんのところに持ってきた方が一気に食べられるなと思いまして」

どれどれ、とかずみちゃんも勘一もすずみさんも紙袋を覗き込みます。パックになったものですね。スープも地鶏もきりたんぽも野菜もセットになったものが四、五箱ありますね。

「ありがたいねぇ。鍋がいちばん楽でいいんだよね」

「そうなんですよねー」

かずみちゃんとすずみさんが喜びます。お鍋は野菜を切れば準備が済みますからね。主婦にとっては冬の食卓の強い味方です。

「じゃ、台所に運びますね」

藤島さんも勝手知ったる、ですね。かんなちゃん鈴花ちゃんにお尻と腰の辺りを押されながら居間にあがります。

「いいよ藤島さん。私持ってく」

花陽が紙袋を受け取りました。そのまま台所へ持っていきます。藍子がカフェから顔を見せました。

「藤島さん、コーヒーですか？」

「あ、すみません。ではブレンドをお願いします」

「ほら、ふじしまん、ゆっくりするなら、コートぬいで」

「そして、おてあらいとうがい！　でもさきにへやにもどる？」

かんなちゃん鈴花ちゃんに続けて畳み込まれます。

「まるで世話女房が二人だなおい」

勘一に言われて、藤島さん苦笑いするしかありません。女の子はこういうのをどうして自然に覚えてしまうのでしょうね。


夜になって、座卓にカセットコンロが三つ等間隔に並べられました。晩ご飯の準備ですね。かんなちゃん鈴花ちゃんが跳びはねると危ないので、亜美さんすずみさんに言い聞かせられます。鍋をやるときにはいつもそうですよね。これぐらいの子供は何故かテンションがあがるのでしょう。

「いいねぇえ、きりたんぽ鍋、久しぶりじゃなぁい？」

スタジオでの練習から帰ってきた我南人が喜びます。酒飲みの家ならここでビールでも並ぶのでしょうが、我南人は手術以来酒は控え目にしていますしね。子供も多いですから我が家では晩酌の習慣はありません。

台所で先に煮立たせた鍋を三つ、マードックさんと研人と青が運んできました。重いものを運ぶのは男性陣ですよね。かんなちゃんと鈴花ちゃんは藤島さんを挟んで、皆がそれぞれに座って「いただきます」です。

「たくさんあるから、どんどん食べてね」

「かんなちゃん鈴花ちゃん熱いからね？　気をつけるんだよ？」

きりたんぽは本当に熱いですよ。

家訓なんて時代遅れだし、なくてもまったく困らないものですけれど〈**食事は家族揃って賑やかに行うべし**〉という家訓はあって良かったと思います。なんたって、わいわい言いながら食べるのは楽しいですよね。

「あーそういや、大じいちゃん」

「おう、何だ」

研人が勘一に声を掛けました。

「親父から聞いたんだけどさ、木島さんに、大丈夫だから、心配してくれてサンキュって言っといて。オレも会ったら言うけどさ」

あの話ですかね。紺がもう話をしたんでしょうね。

「そうか、聞いたか。わかった。今度来たら言っとくけどよ。どうよ、本当に大丈夫なのか？」

「大じいちゃんはオレのメンタルの強さを見くびってるね。オレは〈鋼のメンタルを持つ男〉だから全然平気」

「そのメンタルの強さをぜひ普段の授業でそしてテストでも存分に発揮してちょうだいねお願いだから」

亜美さんがしごく冷静に言います。

「何の話ぃ？　研人のメンタルがどうかしたぁあ？」

我南人が訊きます。芽莉依ちゃんのこともありますから、家族全員が知っていた方がいいことですよね。紺が木島さんから聞いたことや、芽莉依ちゃんの写真のことも話しました。かんなちゃん鈴花ちゃんも聞いてますが、たぶん何のことかわからないから大丈夫でしょう。

「はぁるほどへぇえ」

我南人がきりたんぽを頬張りながら言います。何を言ってるかわかりませんよ。

「確かに研人は強くてぇえ、蛙《かえる》の面《つら》になんとかだねぇ。そういうつまらない連中は放っておくのがいちばんだけどぉお、芽莉依ちゃんだけは守らなきゃならないねぇえ」

「そうですね。ネットをあまり軽く考えない方がいいですね」

藤島さんです。IT企業の社長さんですからね。ネットの怖さも何もかも知り尽くしているでしょう。

「とりあえず、亜美さん、その芽莉依ちゃんの写真を僕にも貰えますか。ネット上に上がっているものがあったら削除と、あとうちで削除できないものは削除要請を会社の方でしておきましょう」

「できんのか」

「それ自体は簡単です。ただ、ＳＮＳで拡散して個人の手元に残ってしまったものはどうしようもないので、根本的な解決にはならないんですけどね」

「それでもしないよりはいいよ。頼むよ藤島さん」

青が言います。

「根本的な解決かぁあ」

我南人が冷たい麦茶を一口飲みながら言いました。きっと熱かったんですよきりたんぽ。

「あと二年経って研人が十八歳になったら簡単なのにねぇえ」

「何が簡単なの？」

研人が訊きます。我南人がニコニコして言います。

「結婚しちゃえばいいんだねぇえ研人と芽莉依ちゃんが。男は十八歳、女は十六歳でできるねぇえ。うちに芽莉依ちゃん来ると嬉しいなぁあ。二年後かぁあ」

研人が思わずきりたんぽを噴き出しそうになりましたよ。確かに解決にはなるかもしれませんが、一足飛び過ぎますよね。

「確かにそりゃあいいな。芽莉依ちゃんがうちにいるとよ」

「いいよぉねぇえ」

「可愛いですからね、芽莉依ちゃん」

藤島さんがそう言ったところで、女性陣の視線に気づいたようで慌てたようにきりたんぽを食べました。

やっぱり我が家の男性陣は若い女性に弱いようですね。

＊

かんなちゃん鈴花ちゃんがお風呂に入って、皆に「おやすみなさい」を言って、居間が静かになりました。勘一と我南人と研人がお風呂に向かい、座卓でのんびりしているのが紺と青になったとき、藤島さんが言いました。

「紺さん、青くん」

うん？　と二人で藤島さんを見ます。藤島さん、ちらりと周りを見てから少し小声で言いました。

「ちょっと、僕の部屋で一杯やりませんか？」

藤島さん、少し笑みを浮かべながら言います。その様子に何かを感じましたかね。紺と青も、すぐに頷きました。

「いいよ。久しぶりだね三人で飲むのは」

「じゃ、行きましょうか」

何か紺と青に話でもありそうですね。ちょっとだけわたしもお邪魔しましょうか。

紺が、台所にいた亜美さんすずみさんに、藤島さんの部屋で青と軽く飲んでくるから、と声を掛けました。二人が「はーい」と返事をします。そんなに頻繁にはありませんが、たまにあることですからね。

久しぶりに入りましたが、相変わらずきれいなお部屋ですね。それほど頻繁にここに来ているわけでもなく、たぶん多くても一ヶ月に十日ほどだと思うのですが、いつ掃除をしているんでしょうね。

「ウイスキーでいいですよね？」

セーターにスラックスというラフな格好の藤島さんが、キッチンに立ってグラスを持ちながら言います。

「いいね。俺はロックで」

「僕は水割りがいいな」

「スコットランドのシングルモルトです。〈ハイランドパーク18年〉。いい酒ですよ」

何だかお高そうなお酒ですね。藤島さん、冷蔵庫にもうおつまみとか用意してあったんですね。チーズやらサラダやら、クラッカーなどもどんどん出してきます。これだけマメですと本当にお嫁さんはいりませんね。

グラスにウイスキーが注がれます。良い色ですね。

「香りがすごいなー」

青が嬉しそうに言います。

「じゃ、乾杯。お疲れ様です」

「お疲れ様」

三人で嬉しそうにグラスを傾けます。

「かーっ、沁《し》みる」

青です。本当に美味しそうですよ。

「それで？　話があるんだよね？　酔っぱらわないうちに聞いとかないと」

青が言います。うん、と、藤島さん頷きます。

「花陽ちゃん、私立一本ですよね」

「そうなんだ」

紺です。

「最初は本人もね、授業料が安い国公立を目指そうとしたんだけど、家から通いたいっていう希望があったんだよね。そうなると、偏差値の関係で無理めになってきちゃって」

「本人はねー。家に余裕ないの知ってるから私立なんか行けない、何としても国公立って思っていたらしいけど、地方の国公立行ってさ、ほら、うちには老人が多いでしょ。六年間も向こうにいて、何かあったときに死に目に会えないのがさ。花陽は考えただけでも辛いみたいで」

「あぁ」

　藤島さん、深く頷きます。そうなんですよ。花陽はなかなか自分の本当の気持ちを言わないので苦労しましたが、春先に麟太郎さんのナイスタイミングな訪問で、何とかうまいこと本音を聞き出せましたよね。

「お金の苦労はかけたくない。でも、家から離れるのは嫌だ。そんな自分のわがままで家族を振り回すのも辛いって思ってたらしくてさ。でも、このままじゃ勉強にも身が入らないからって、じいちゃんが決断させたんだ」

「良かったですよね。それで勉強に身が入って。実はその件で、お願いがあるんです」

「お願い？」

「そうです。紺さんと青くんだけにお願いします。堀田家の他の誰にも言わないで、墓場まで持っていってほしい秘密のお願いです」

　藤島さんの表情が真剣ですね。これは冗談なんかじゃありませんよ。

「何だろう。もちろん、僕にできることなら何でもするけど」

「俺もだよ」

　ゆっくりと息を吐き、藤島さんが頷きます。

「今さら誤解もされないと思いますので、ストレートに言いますね。お願いするには少し時期が遅くなってしまったんですが、花陽ちゃんの学費を僕に出させてください」

紺と青が同時に少し眼を丸くしました。そして、お互いの顔を見ましたね。

「まぁ、そんなに驚きはしないけど」

青がグラスを傾けて言います。

「藤島さんの厚意はもう昔から存分に受けているし、正直なところその話も言い出すんじゃないかって思ったこともあった」

紺も、頷きましたね。

「僕も実は少し頭に浮かんだこともある」

藤島さんが苦笑いします。

「まぁそんなには驚かれないだろうな、とは思ったんですが」

「でもさ、藤島さん。私立行ったら六年で何千万だぜ？　それを全部出すつもり？」

「そのつもりです」

はっきりと言い、紺と青を見つめます。本気ですね。何の迷いもありません。

「そして、このことを誰にも言わないでほしいんです」

「確かに藤島さんならそれぐらいのお金は簡単に出せるんだろうけど、それを誰にも言わないっていうのは無理だよ」

「そう。そんな大金をどこから捻出したかなんて、隠せない」

青に続けて紺も言います。

藤島さん、にっ、と笑って軽く首を横に振りましたよ。

「それは大丈夫でしょう。何といっても紺さんは作家でもあるんだから。自分の本が、そう、十万部でも売れたとすれば一千万やそこらの印税にはなるでしょう。それなら誰も不思議に思いませんよ」

それは確かにそうですね。小説家の印税は本の定価の十パーセントとよく聞きますから、千円の本でも十万部売れたらそれぐらいの印税は入ってきます。

「いや藤島さん、今の世の中、本が十万部も売れたら僕はベストセラー作家だよ。あちこちで宣伝されなきゃおかしい立場になっちゃうのに、そうならなかったらすごい怪しまれるよ」

「加えて、青くんは過去二作だけとはいえ、主役も張った俳優でしょう。二週間ぐらい雲隠れして映画に出てきたのでギャラ貰ってきたとすればそれで百万やそこら入ったと言っても大丈夫。そんなこんなを二人で合わせれば何とでもごまかせますよ」

「映画公開されないじゃん」

藤島さんがニヤリと微笑みます。

「ポシャったとでも言えばいいんですよ。でもギャラだけは回収したと。世の中そんな話はごまんとありますよ。紺さんにしても、今までに出した本はもう十冊はありますよね。どういうわけか全部が全部少しずつ増刷を重ねて、それが積もり積もったんだとすれば、決して不可能な数字ではないでしょう」

「それは、確かに」

さすが六本木ヒルズにＩＴ企業を構える社長さんですよね。その辺の数字にも強くて、全部わかっていての話ですか。

「元々堀田家の財務大臣は紺さんなんですから、いくらでも舌先三寸で皆を丸め込めるでしょう。何とかしてください。あるいはこの先に出す本を本当にベストセラーにしてください」

「何とかしてくださいって」

青が苦笑いです。

「そもそも、何とかなるよね兄貴。花陽が私立医大に行っても」

「机上の計算では何とかはね。親父や研人の印税やら、あと親父のライブやテレビ出演なんかの上がりを全部注ぎ込めば」

「そこです。全部注ぎ込めば何とかはなるのでしょうが、堀田家は花陽ちゃんだけではないですよね？　研人くんだってかんなちゃんだって鈴花ちゃんだっているんです。そもそも我南人さんや研人くんの印税を注ぎ込んだって、最初の一、二年はどうにかなってもそれからまだ四年も五年もあるんですよ。言うまでもないことだし言うと嫌味ですけど、僕は十年払い続けても平気です」

そうです。我南人や研人の印税にしても、藤島さんは元は我南人の事務所の親会社の社長さん。そう考えると藤島さんは我が家の家計をほとんど把握しているんですね。いいことなのか悪いことなのか。

「訊かなくてもいいことなのかもしれないけどさ」

紺が、静かに訊きます。

「藤島さん、どうしてそこまで？　花陽を女として愛しているわけじゃないよね？　それならそれでも僕らは全然いいんだけど、もちろん花陽がそれに応えるかどうかは別の話だけど、違うよね？　花陽を女としてなんか見てないよね？」

うん、と、藤島さん頷きます。

持ったグラスを眺めています。

「もちろん、そんな眼で僕は花陽ちゃんを見られません。この先何年か経って、花陽ちゃんが魅力的な大人の女性になったとしても、いや、なると思いますけど、僕はそんな気持ちには一生ならないでしょう」

グラスを口に運んで、ウイスキーを一口飲みます。

「結局僕は、何年経ってもあそこへ帰ってしまうんですね」

「あそこ」

藤島さん、微笑みます。苦笑いのような、少し淋しそうな笑顔ですよ。

「姉です」

紺と青が、少しだけ眼を細めました。

「明るくて、優しくて、僕を心から愛してくれていた、今は亡き姉を、忘れられないんでしょう。その姉に顔が似ている藍子さん、そして性格も姿形も似ている花陽ちゃん、二人の傍に僕はずっと一緒にいたいんですよ。ただ、そうしたいんです。もちろん、変な意味じゃないですよ？　含むところは何もないです」

「わかってるよ」

紺も青も笑います。

「だから、僕は、医者になるという花陽ちゃんの夢を、目標を支えるあしながおじさんになりたくてしょうがないんです。あ、あの物語は最後に主人公とあしながおじさんは結ばれますけど、それは完全に省いて、のことですね」

純粋に、花陽の未来を応援したいという気持ちだけなんですね。

「自分でもわかってます。重症です。僕は重症のどうしようもないシスコンで、ある意味ではとんでもない変態かもしれません。でも、この金持ちの変態は、花陽ちゃんのあしながおじさんになることに人生を懸けてるんです。なんとか、二人でこの願いを叶えてくれませんか」

藤島さんが、唇を引き結んで紺と青を見ます。

その視線を真正面から受けて、紺と青も表情を引き締めました。

「変態だね」

「変態だな」

「あれ!?」

藤島さんが笑います。

「ここは男同士、感動的に肩を叩いたり握手をしたりするシーンですよ！」

三人で大笑いします。

いいですね。いい光景です。

この三人が知り合ってもう何年経ちますかね。その間に、お互いの人生にもいろんなことがありました。年齢も近くて、感じ方も似ていて、本当に良き友人となっていますね。そう感じます。

ひとしきり笑った後、紺がグラスを置き、背筋を伸ばし、頭を下げました。青もそれに倣います。

「ありがたく、ご厚意をお受けしたいと思います」

「ありがとうございます！」

藤島さんも、頭を下げました。

「よろしくお願いします」

「ただし」

　紺が言います。

「何年、何十年掛かっても、少しずつでも返していくからね。もちろん、借用書も書かせてもらう。皆には内緒にしてね」

「わかりました。それでもいいです」

「あれだよ」

　青です。くいっとウイスキーを呷《あお》ってから言います。

「研人がもう少し経ってさ、メジャーデビューしてドカンと当たったら数千万を一発で返してやりゃいいんだよ」

「いや、もしそうなったら研人くんはうちに所属してもらって、それ以上僕の会社で稼いでもらいますよ」

「藤島屋、お主も悪よのぉ」

　青が言って皆で大笑いしています。何を言ってるんですかね。

　もし、もしもわたしが生きていてこのお話を聞いていたのなら、ただただ、床に手をつき深々と頭を下げて感謝し続けたでしょう。溢れる涙を抑え切れなかったでしょう。

　藤島さんの花陽への思いは、まるで父親のような無償の愛情です。そういうものを心に携えている藤島さんを、わたしは心の底から尊敬します。

決して変態なんかじゃありませんよ。

三

翌日です。

この冬はまだ積もるほどの雪が降ることもなく、かんなちゃん鈴花ちゃんも雪だるまを作れないでいます。いつか、雪がたくさんあるスキー場とかに連れていってあげられればいいのですけどね。

のんびりと時間が流れていた夕方、午後四時を回った頃です。少し昼が長くなったか、などと勘一とすずみさんが帳場で話していたときに、カラン！　と戸が勢い良く開いて、木島さんがコートの裾を翻して飛び込んできました。

勘一もすずみさんもその勢いにちょっと頭を後ろに引きましたよ。

「何だよ？　息弾ませてどうした？」

木島さん、大きく頷き、少し息を整えます。

「いや、電話で、済まそうかとも、思ったんですがね。焦ってもしょうがねぇと思って」

そのわりには、はぁはぁ言ってますね。駅から走ってきたんでしょうか。

「まぁ落ち着け。ほら、茶でも飲め。少し冷めてるからぐいっと」

それは勘一が飲んでいたお茶じゃありませんか。でも木島さん湯呑《ゆの》みを受け取ってぐいっと飲みました。戸の開く大きな音に何事かと思ったのでしょう。居間にいた紺と花陽が顔を見せました。

「どうしたの木島さん」

「実はですね、今、俺は我南人さんの、〈LOVE TIMER〉の取材に行ってたんですよ。スタジオでリハ中の」

「おう、そうなのか」

木島さんは芸能関係、特にロック関係の記事も書く記者さんでもありますからね。今までにも何度も我南人の記事を書いてくれています。もちろん我が家とはこういう関係ですから、最近の我南人に関する記事はほとんど独占的に木島さんが書いているんですけど。

「ですが、リハの最中に、ボンさんが倒れちまったんです」

「ボンが？」

皆の顔に緊張が走ります。

「それで？」

「急に胸を苦しそうに押さえて倒れて意識がなくなったんですよ。救急車を呼んで、病院に運ばれて、メンバーの皆も後から病院に駆けつけましたよ。我南人さんもです。何かわかったら俺の携帯に連絡が来ることになってますがね、まだ来てません」

勘一が顔を顰め、顎に手をやります。

「俺らが騒いで駆けつけたってどうにもならねぇな。病院はどこだ？」

「スタジオの近くの救急の、T病院だって連絡は入りました。人形町です」

「そこ」

後ろで聞いていた花陽が声を上げます。少し不安そうな表情を見せましたね。

「どした？」

「麟太郎さんのいる病院だと思う」

「そうなのか？」

そうでしたそうでした。確かに麟太郎さん、人形町のT病院に勤務していると言ってましたね。勘一が頷きます。

「偶然、息子のいる病院に運ばれたか。案外早く状況がわかるかもしれねぇな」

「どうしよう大じいちゃん」

花陽は、少し顔色が良くないですね。びっくりしましたか。

「大丈夫だ花陽。あいつは滅多なことじゃあくたばらねぇ。とにかく今は我南人からの連絡を待つしかねぇ。おい紺」

「今、親父にメールしてる。木島さんが来たから容態がわかったら直接教えてって」

「よし」

うん、と、勘一頷きます。勘一の言うように、メンバーの皆さんがいるんですから、わたしたちが病院に押し掛けても迷惑です。ここは待つしかありませんね。

木島さんもカフェに移動して、皆で心配だと話していました。このところメンバーの具合が悪いと冗談交じりに我南人は話していましたが、あれは冗談ではなかったのかもしれません。何かを察していたのかもしれませんね。

もどかしい時間が三十分も過ぎたでしょうか。紺の携帯の着信音が鳴りました。

「親父だ。はい」

すぐに電話に出て、皆が紺を見つめます。

「うん、そう。木島さんはまだここにいる。うん、意識は回復したんだね？　わかった。検査入院だね。了解」

紺が電話を切りました。

「意識は回復したって。ただ、検査のために入院。お医者さんの話では今のところ、急にどうこうはないだろうって」

「そうか」

勘一、頷きます。木島さんも皆も、安堵《あんど》の表情を浮かべました。

「まぁとりあえずは良かったさ」

「そうですね」

木島さんは、ふぅ、と息を吐き、テーブルにあったコーヒーを飲み干します。

「いやしかしあの苦しみようはねぇ、本当に驚きましたぜ。これは何か完全にヤバいって感じでしたからね」

「でもそれじゃあ、大丈夫かな」

青ですね。

「テレビの音楽番組、四日後だよね？　生放送だから穴開けるわけにはいかないだろうし、親父たちはメインだよね。六曲も歌うんだから」

「そうなんですよ。俺もさっきからそれを考えてました」

木島さんも大きく頷きました。確かにそうですね。大きな病院だと検査だってすぐに終わるわけでもないでしょう。

「まぁ仮に、仮にだ。ボンが入院しちまって駄目でもよ。あいつらには仲間で腕のいい連中はたくさんいるだろ。一人ぐらい欠けても何とかするさ」

長く活動している我南人のバンドです。これまでにもメンバーが怪我したりして、ライブのときにサポートメンバーを立てたことは何度かありますよね。もし本当に病気なら、きちんと治すことが最優先ですから。

「あれっ？　きじまん！」

「きじまんだ！」

居間の方から声がして、かんなちゃん鈴花ちゃんがカフェに走り込んできました。小夜ちゃんの家から帰ってきて木島さんを見つけたんですね。

「きじまん、うちにはいればいいのに」

「はいろう。いいものみせたげるから」

木島さんが二人に手を摑まれて笑っています。

「かんな、鈴花ちゃん。きじまんはね、これからお仕事なのよ」

「いやぁ、亜美さん、若い美女二人に誘われちゃ断れませんて。ちょいとお邪魔します」

すみませんね。木島さん、靴を脱いで居間に上がろうとしたところ、携帯が鳴ったようです。

「ちょっとゴメンねかんなちゃん鈴花ちゃん。はい、木島です」

でれでれになっていた表情が仕事の顔に戻りましたね。どなたからの電話でしょう。

「何かありましたか？　えぇ、まだ店にいますぜ。え？　今夜ですか？　大丈夫ですけどね。ええ、はい。わかりました」

少し首を傾げながら電話を切ります。かんなちゃん鈴花ちゃんは待っていましたね。

木島さんが二人の頭を撫でながら言いました。

「堀田さん、今の電話我南人さんからでした」

よくわからない、という顔をしながら木島さんが頷きます。

「あとで、たぶん二、三時間もしたらここにメンバーを連れてくるから、俺もそこにいてくれと」

「我南人？」

うん？　と、勘一首を捻ります。

「鳥やジローを連れてくんのか？」

「家でご飯でも食べるのかな」

花陽が言います。

「木島さんにもいてほしいってことは、あれじゃないですか。さっきおじいちゃんも言いましたけど、サポートメンバーの件があるから、早めに木島さんに伝えて発表するとかじゃないですか？」

亜美さんが言います。なるほどね、と、木島さんも頷きます。

「それはまぁ、ありですね。ボンさんがこのまま休養に入る、ってなら確かに」

「そうだな。何でそれをうちで伝えんのかはわからんが、まぁ顔を出すってんならいいやな。亜美ちゃん、我南人に飯はどうすんだって確認しとけ。老人二人なら急に増えても大丈夫だろうけどよ」

亜美さん、苦笑いです。

「そうですね」

「おめぇはどうする？　このままかんなと鈴花の面倒を見てくれて飯を食ってくか？」

いや、と、木島さん笑います。

「そういうことなら、いったん社に戻ってからまた来ますよ、七時ぐらいですね」

そうしますか。かんなちゃん鈴花ちゃんが、えー、と頬っぺたを膨らませました。駄目ですよ。木島さんはお仕事ですからね。


ただいまぁ、と、研人の声が裏の玄関からしました。六時半を回っています。今日もバンドで練習していたのですかね。お腹もぺこぺこでしょう。

「お邪魔しますー」

「お邪魔しますよ」

あら？　続けて女の子の声と、男性の声もしましたけど、あれは芽莉依ちゃんと木島さんの声ですよね。かんなちゃん鈴花ちゃんがパタパタと廊下を走って玄関にお出迎えに行きました。

「めりーちゃん！　きじまん！」

「いらっしゃい！　よくきたあがれ！」

かんなちゃん、それは勘一の真似なんでしょうか。芽莉依ちゃんも研人も木島さんも意表を突かれて大笑いします。

「こんばんは、かんなちゃん鈴花ちゃん」

芽莉依ちゃん、ベージュ色のダッフルコートがよく似合いますね。靴を脱ぐために上《あ》がり框《がまち》に腰掛けた芽莉依ちゃんに、二人が覆いかぶさるように抱きついていきます。そんなにくっついちゃ芽莉依ちゃん靴を脱げませんよ。

台所ではもう晩ご飯の支度が始まっています。かずみちゃんとすずみさんに亜美さんですね。カフェは藍子と青がそろそろ片づけものでしょう。めりーちゃんだきじまんだ、と、かんなちゃん鈴花ちゃんが騒いだので、花陽が二階から下りてきたようです。

「芽莉依ちゃんいらっしゃい！」

「こんばんは！」

「どしたの？　今日は」

芽莉依ちゃん、制服のままですよね。ということは、学校からまっすぐ来たんですよね。花陽が訊くと、研人が、さぁ？　と首を傾げます。

「さぁ？」

「じいちゃんがさ、芽莉依を連れて来いって」

「おじいちゃんが？」

「芽莉依のお母さんには連絡したから大丈夫だって。ご飯も一緒に食べろって。な？」

研人に、な、と言われて芽莉依ちゃんも少し困り顔ながら頷きます。

「木島さんとは駅でばったり会ってさ。そしたらやっぱりじいちゃんに呼ばれたって」

「そうなんだよね。さっき。あ、研人、ボンさんのことは？」

「聞いた。木島さんから」

うん、と、頷き研人も心配そうな顔をします。

さて、これは何でしょうね。皆を集めて何をしようと言うんでしょうか。

「みんな、まずはうがいとてあらいです」

きょろきょろと四人を見上げて話を聞いていた鈴花ちゃんが言いました。その通りですね。

芽莉依ちゃんも木島さんも来た、というので、お客さんのいなかった古木屋の方はさっさと勘一が閉めてしまいました。カフェも後片づけは終わって、藍子は晩ご飯の支度に回りました。人数が増えるというので今日の晩ご飯はハヤシライスにしたようですね。それにポテトサラダにおみおつけ。これならどれだけ人数が増えても作っておけばそれで対応できますからね。

制服が皺と毛だらけになっちゃうよ、と、花陽は自分の部屋に芽莉依ちゃんを連れていって自分の服を貸して着替えさせました。そうですよね、犬猫の毛はあちこちにありますから後で取るのは大変です。急に家に呼ぶのはまぁいいんですが、そういうところに男は気づきませんよね。

花陽と芽莉依ちゃんは似たような体形ですからね。どれを着ても大丈夫でしょう。少しだけ花陽の方が身長が大きいでしょうか。

花陽が部屋着にしているトレーナーとジーンズを着てきた芽莉依ちゃんが下りてきて座ると、それを見た勘一の顔が綻《ほころ》びます。

「何だか花陽の妹みたいだなぁ」

そして、しかし一体我南人は何を考えているんだと文句を言います。でも、考えてもわかりませんものね。

かんなちゃん鈴花ちゃんが芽莉依ちゃんや木島さんに遊んでもらい、それを見ながら皆が微笑み、お茶を飲んで、晩ご飯前の時間がのんびりと流れます。

「ただいまぁ」

「お邪魔します」

どうやら、帰って来たようですね。あの声は我南人です。もう店はどっちも閉まっていますから、ちゃんと裏の玄関から入ってきました。他の男の人たちの声も聞こえてきます。〈LOVE TIMER〉の鳥さんとジローさんでしょうね。

廊下を歩く足音がして、我南人がのっそりと姿を現しました。

「あぁ、木島ちゃんも芽莉依ちゃんもいるねぇえ。どうもねぇえ」

その後ろに、鳥さん、ジローさんもいます。

「あれっ？」

研人が驚きました。

「ボンさん！」

本当に、ボンさんですよ。

麟太郎さんも一緒ですね。後ろでボンさんを支えるようにしていますけど、どうしたんですか。勘一も木島さんも、皆が一斉に腰を浮かせて膝立ちします。

「ボン！　おめぇどうした？　検査入院したんじゃねぇのか？」

勘一が言います。

「どうもお騒がせしました。まぁそうなんですが、出てきました」

「出てきたって、おい」

皆が我南人とボンさんを見ます。花陽も心配そうな顔をして、ボンさんを見て、そして麟太郎さんに声を掛けます。

「麟太郎さん？　大丈夫なの？」

「こんばんは、花陽ちゃん」

麟太郎さんは笑みを見せ、頷きましたが、その笑みに少し力がないように思いますよ。

「いや、とにかく座れ。椅子の方がいいか？　座イスもあるぞ？」

「いや、勘一さん。本当に大丈夫なんで。痛み止め飲んでますから平気ですよ。体調は普通です」

「痛み止めぇ？」

我南人はいつもの表情ですが、鳥さん、ジローさんの表情が硬いですね。何か事情があるのは間違いないでしょう。

いずれにしても座イスの方が身体が楽だろうと、仏間から座イスを持ってきてボンさんを座らせ、麟太郎さんはその隣に座ります。鳥さんもジローさんも並んで座りました。

藍子がお茶を持ってきます。

「それでねぇえ、ご飯を食べる前にさぁ、ちょっと紺と亜美ちゃん、こっちに座ってくれるかなぁあ」

我南人が言います。紺はそこにいますけれど、亜美さんはまだ台所にいましたね。

「私ですか？」

ひょいと顔を出します。何事かという顔をしますが、とりあえず皆さんの正面、紺の横に座りました。

「どうしようかなぁあ、ボンから話すぅ？」

「そうだな。お前のその口調じゃあ信用してもらえないかもしれないもんな」

何なのでしょうか。ボンさんが、ふぅ、と息を吐きます。確かに、顔には赤みが差していますし、それほど苦しそうではありません。ちょっと寝不足だよ、と言われれば納得するような雰囲気です。

「まず、研人さ」

研人は我南人の横の方に、芽莉依ちゃんと並んで座っています。いつの間にか芽莉依ちゃんの腿にベンジャミンが乗っかっていますね。そういえばベンジャミンは芽莉依ちゃんが何故か好きでした。アキとサチもその後ろに寝そべっています。

「なに？」

「すまんがな、四日後の生放送、〈TOKYO BANDWAGON〉で我南人のバックやってくれよ」

「えっ？」

研人が眼を丸くします。他の皆も一斉に驚いた表情を見せます。

「マジで？」

「マジだ」

ボンさん、紺と亜美さんを見ます。

「それで、紺ちゃんと亜美さん。研人は我南人の孫とはいえ、二人の息子さんだから、保護者としての許可がほしいんだ。研人がテレビに出てもいいという。もちろん、他の甘利くんと渡辺くんのところにも、明日俺たちが雁首揃えて話をしに行くから」

るということなのでしょうか。

紺と亜美さんがお互いに顔を見合わせました。

つまり、それはボンさんが出られそうもないので、研人のバンドに助っ人をお願いす
「研人がいいのなら、そして研人たちのバンドのテクニックで皆さんに失礼にならない演奏ができるのなら、僕は構わないですよ」

紺が言って、亜美さんも頷きます。

「緊急事態でしょうから、問題がないのなら私も。お義父《とう》さんが一緒ですし」

「ありがとう。助かる。心配はしなくていいんだ。研人たちは充分実力があるし、我南人とは一緒に何度も演《や》ってる。なんたって、演奏する曲だって半分は研人の曲だからな。何の問題もない」

「でも」

研人です。

「いや、すっげえ嬉しいし、めっちゃ演りたいけど、ドラムの誰かサポートメンバー付ければ鳥さんとジローさんでできるよね？　うちを使うならドラムの甘ちゃんだけでもいいよね？　正味で三日あれば充分間に合うと思うし、何でオレらのバンド全員？」

「それはねぇえ」

我南人が言います。

「鳥とジローとボンと、全員で話し合ったんだぁあ、これはいいチャンスだなって」

「チャンス？」

「〈TOKYO BANDWAGON〉というバンドのぉ、若いけどその凄さと素晴らしさを知らしめるためのねぇえ。研人たちがたとえ高校生でもぉ、これだけの実力と華を背負ったバンドだってわかったらぁ、くだらないこと言ってる連中はサラッと消えていくよぉお。見せつけるのさぁ。これでも文句があるかってねぇえ」

研人がさらに眼を丸くしました。

勘一は一度顔を顰めましたが、成程な、と頷きます。

「それはあれだな我南人？　同時に芽莉依ちゃんを守ることにも繋がるって寸法か」

私、と、小さく呟《つぶや》く芽莉依ちゃんの声が聞こえてきました。

「今みたいに中途半端じゃなくよ、大勢の人が観るテレビで、一気に研人の顔を売るってことだな」

「その通りだねぇえ。そしてぇ、研人たちの周りでもぉ、芽莉依ちゃんの周りでもぉ、あの〈TOKYO BANDWAGON〉の〈研人〉の彼女なんだ、と、はっきりさせるんだねぇえ。僕にも経験があるけどぉ、研人」

「うん」

「くだらない人間はねぇ、正々堂々としている人間の前ではぁ、何にもできない、何にも言えなくなるもんなんだぁ。研人にはまだそれが足りなかったしぃ、ただの普通の高校生なら必要もないものだけどぉ、もう研人はそれを自覚しなきゃならなくなったんだよぉお」

「自覚」

「そうだよぉお。たとえたら、研人は高校生でもうオリンピック代表に選ばれたスポーツマンみたいなもんさぁあ。強い人間はぁ、それを思う存分発揮しなきゃならないんだぁあ。そしてねぇ、そういう強さは、優しさでもあるんだぁあ」

言ってることは、わかりますね。

強い人は、同時に優しい人でもあります。自分の強さがわかっているからこそ、弱い人たちに優しくなれるんですよね。

研人は、強いのにまだそれを自覚していなかった。それが災難を招く結果にも繋がっていると言うのでしょう。

それにしても我南人は今回はまともなことを言っています。

「皆にも言っておくけどぉ、これは身内の贔屓目《ひいきめ》なんかじゃないよぉ。僕はぁ、音楽に妥協したりなんかしないからねぇえ。〈LOVE TIMER〉の代わりとして、〈TOKYO BANDWAGON〉がベストだってぇ、思ったからだからねぇえ」

わかってますよね。いい加減な男かもしれませんが、音楽にだけは誠実な男です。孫だからって甘く評価したりはしません。

「研人」

ジローさんです。優しい声で言います。

「お前は、才能がある。何千人何万人といるミュージシャンの中でも光り輝ける可能性をたくさん持つ人間だ。それを自慢するんじゃなくて、自覚しろ。そして、最大限に解き放て」

「ま、でもな」

鳥さんです。

「じいちゃんの真似はしない方がいいぞ。こいつの〈僕は天才オーラ〉は誰にも真似できないし、はっきり言ってしてほしくないからな。鬱陶しくて」

ボンさんも、鳥さんも、ジローさんも笑います。確かにそれはそうですね。そんな我南人と何十年も一緒にやってこられる皆さんも、強くて優しい人たちですよ。

「そして」

ボンさんが続けました。勘一に向かって言います。

「これが、研人たちに任せたい、いちばん大きな理由なんですが、勘一さん」

「おう」

「俺は、肺ガンです」

皆が、息を呑みました。

ボンさんの後ろで話を聞いていた花陽が、苦しそうに胸を押さえます。

「実は、けっこう前からわかってたんですよ。我南人にも鳥にもジローにも話してありました。まぁしんどくなるまでは内緒で演っていこうって思ってたんですがね。今回ついに痛みで倒れちまって、あぁこりゃ生放送で穴開けちまったらちょっと拙いなってね。自分たちのライブなら倒れても謝れば済むんだけど、テレビとなるとそうはいかない」

「どうして？」

花陽です。

「どうして？　病院出てきちゃったの？　入院はしないの？　治療は？」

花陽の表情が真剣です。ボンさんを見てはいますが、同時に麟太郎さんに言ってますね。

ボンさん、ニコッと笑って、花陽の頭を軽く叩きました。昔はよく撫でてくれましたよね。

「入院も、治療もしない。もう肺ガンであることを公表するよ。木島に頼んでな」

ずっと真剣に話を聞いていた木島さんが、ゆっくり頷きました。そのために今日来てもらったんですね。

「そしてテレビは研人たちに譲るけど、〈LOVE TIMER〉としては、限界ギリギリまで、やれるところまで、演る。本当に倒れちまって起き上がれなくなったら、病院の世話になるとは思うけどね」

　はっきりと、ボンさんは花陽に言いました。鳥さんもジローさんも、我南人も小さく頷きました。

「どうして？　治るかもしれないのに」

「治らない」

　麟太郎さんが、花陽に言いました。

「もう、末期なんだ。手術もできない箇所なんだ」

　苦しそうに、顔を顰めて麟太郎さんは花陽に言います。花陽の身体から少し力が抜けました。隣に座っていた藍子が、そっと肩を抱きました。かずみちゃんも藍子の隣で話を聞いていましたが、何も言いません。医者としても充分に理解できた話なんでしょう。

「どうして」

　力なく、花陽が言います。

　その言葉は、これから医療への道を志す人間としての思いでしょうか。

「花陽ちゃん」

　ボンさんが、ニコリと笑います。

「俺はこのまま生きて、そして死んでいく。病院でチューブに繋がれて薬飲まされて何もわからないで生き長らえるより、ステージに立っていたいからだ。死ぬときはステージの方がいい。さっきも言ったけど、今回はテレビの生放送だからさすがに研人に譲るけどな。まぁ研人の彼女の件もあるし、後進の指導も、トップに立つ人間には必要ってもんだ」

勘一も、紺も、青も、藍子も亜美さんもすずみさんも、何も言えませんね。唇を引き締めて黙って聞いています。

これは、覚悟をした者の言葉だとわかったからです。

「花陽ちゃん」

麟太郎さんが、優しく言います。

「今、父が言ったことは、その通りなんだ」

「その通り？」

こくり、と頷きます。

「今入院したら、痛み止めで一日中もうろうとしながら、ただその日が来るのを待つだけなんだ。父は、それを拒否したんだ。僕は、それを医療にかかわる者としては、息子としても、残念に思うけど、止められないんだ」

麟太郎さん、本当に悔しそうです。少しですけど必死に堪えていますけど、声が震えていましたよね。けれども、ボンさんの意志を尊重することこそが、家族として、息子としての務めだと思っているのでしょう。

「でも、治療すれば、入院したら、少しでも、ほんの少しでも長く生きられるかもしれないでしょ？　それなのに」

花陽が言います。納得できないんでしょう。瞳が少し潤んでいます。唇を噛みます。

「花陽」

勘一が、花陽の顔を覗き込んで、優しく言います。

「死ぬも生きるもボンのものだ。諦めたんじゃねぇ、絶望したんでもねぇ。自分の生き方を貫き通すために奴が決めたこった。他の誰にも、息子でもお医者様でも、それは決められねぇ」

花陽が唇をまっすぐにして、勘一を見ます。

「覚悟を決めた奴の、周りのもんにできることはな、どんなに悲しくても、苦しくても、奴が笑ってんなら最期まで一緒に付き合って笑ってやるこった。な？」

思いは、人それぞれでしょう。でも、勘一の言う通りだと思います。

花陽は、わかってくれますかね。いちばん辛いのは、ボンさんであり、麟太郎さんだということを。

「まぁでもさ」

ボンさんが明るく言います。

「余命一年ですとか言われた奴がさ、それから五年も十年も生きたことだってあるんだからさ。俺より勘一さんが先に逝ったらすみませんね」

「こきゃあがれ」

勘一も笑います。

「そんときゃあ香典を迷惑料と一緒にしてたっぷり出しとけよ」

「まかしといてください。それに、まぁ俺が先に逝っちまったとしても、向こうにはほら、秋実ちゃんもいるからさ」

「あぁ？　話ぃそっちに振るぅ？」

我南人も笑います。

「秋実ちゃんに会ったら、皆さんのことも含めてよろしく言っときますから。そして我南人が来るまでちゃあんと秋実ちゃんの面倒見てやるからさ」

「せいぜい言い寄っててぇえ、秋実に殴られるといいねぇえ」

秋実さんと初めて出会ったのは、ボンさん、鳥さん、ジローさん、そして我南人。皆が一緒のときでしたよね。

それから五人はずっとずっと仲良しでした。我南人と秋実さんが結婚したとき、誰よりも喜んでくれたのは、ボンさん、鳥さん、ジローさんの〈LOVE TIMER〉の皆さんでしたね。

淋しくもあり、けれども楽しくもあり、です。

話が終わって、皆で食卓を囲みました。

かんなちゃん鈴花ちゃんの無邪気さが皆を和ませ、芽莉依ちゃんと研人の岩さが希望を感じさせました。ボンさんにやってくるその日を憂うのではなく、研人たちの未来への期待にそれぞれの希望を重ねました。

また皆で、楽しくご飯を食べられることもあるでしょう。


かんなちゃん鈴花ちゃんが眠り、家の中が静かになります。皆がお風呂を済ませて、それぞれにのんびりと過ごしています。

花陽が、二階から下りてきましたね。居間には勘一と我南人とかずみちゃんがいました。お茶を飲みながらのんびりと四方山話《よもやまばなし》をしていたようですね。

花陽が台所に行って炭酸の飲み物を持ってきて、また二階に行こうとしたのですが、思い直したように座卓につきました。

勘一がにこりと微笑みます。

「休憩か」

花陽が、うん、と頷きます。

「あのね、大じいちゃん」

「おう」

花陽が、小さく微笑みます。

「大ばあちゃんが死んだとき、私まだ小さかったから、よくわからなかった」

我南人も勘一も、ちょっと考えましたね。

「そうだねぇえ、花陽は、四年生だったっけぇえ？」

そうでしたね。研人は二年生でしたよ。

「悲しかったけど、淋しかったけど、でも、よくわかっていなかった。おばあちゃんが死んだときはもっと小さくてもっとわかっていなかった」

勘一が、うん、と頷きます。何となく、言いたいことはわかりますね。

人の死というものを、生への思いというのを、自分の中でどう受け止め消化していくのかという話なのでしょう。

そういえば、それから花陽は本当に身近な人の死というのはまだ経験していませんね。勘一の妹の淑子さんが亡くなられましたけど、一緒に住んでいたわけではありませんからね。

「上手く言えないけど」

花陽が微笑んで、少し首を傾げます。

いつの間に、大人の女性の表情を身に付けたのでしょう。研人もそうですが、子供は知らないうちにどんどん大人になっていきますね。

「花陽ちゃん」

かずみちゃんです。

「上手くまとめようとしなくていいんだよ。そういう思いはね、何十年も医者をやってきた私だってどうにもならなかった」

「そうなの？」

「そうさ。どうにもならない。医者は、病気を診るんじゃない。人を診るの。その人の人生を全部診ちゃう。それは、受け止め切れるものじゃないよ。だから、ただ医者は最善を尽くすことだけ考える。その人の命の輝きを少しでも長く持《も》ち堪《こた》えさせるためにね」

花陽が頷きます。でもきっと今のかずみちゃんの言葉を理解はできても、本当のところはまだわからないでしょう。それは、花陽がこれからの人生で見つけていくものです。

「花陽ぉお」

我南人です。こういう静かな場面ではもう少し普通に呼べませんかね。

「なに？」

「僕もねぇえ、老人だねぇ。普通に行ったら、花陽よりずっとずっと残りの人生は短いねぇえ。それはあたりまえだねぇえ」

そうですね。花陽も頷きます。我南人が花陽を優しい眼で見つめます。

「僕の残りの人生はねぇ、全て秋実のためにあるんだよぉ」

「おばあちゃんの？」

「そうだねぇえ。彼女が食べられなかった分だけ僕が美味しいものを食べる。彼女が生きられなかった分だけ生きる。彼女が愛せなかった分だけたくさんの人を愛する。彼女が歌えなかった分だけたくさんの愛を歌うんだぁあ。そしてねぇ、花陽。彼女が一緒にいられなかった分だけ君たちと一緒に過ごすんだぁ。それは、秋実と約束したんだよぉお。だからねぇ、花陽」

「うん」

「僕をぉ、あと百年も生きられるようにするぅ、いいお医者さんになってねぇえ」

我南人がにっこり笑って言います。

花陽が、その名と同じ、花のようにお陽様のように笑いました。

「百年は無理だと思うよおじいちゃん。先に私が死んじゃうよ」

「そうかぁあ」

皆で笑い合います。

そうですね、たくさんの生きたいと願う人たちを、少しでも救えるようなお医者さんになれればいいですね。

「これからだ。花陽」

勘一が、花陽の肩を叩きます。

「大丈夫だ。人の思いを知ったおめぇは、きっといい医者になる」

「いや、まだ試験も受けてないよ大じいちゃん」

「なに、受かったも同然だ。俺が決めた」

勘一が決めてもどうしようもありませんけれど、でも、きっと大丈夫ですよ。皆がそう信じています。

*

我南人と研人、そして甘利くんと渡辺くんがテレビに出る日の夜がやってきました。番組は八時からだというので、皆で早めに晩ご飯を済ませて、待ち構えています。

「こんばんはー」

芽莉依ちゃんの声ですね。お母さんの汀子さんと一緒にやってきました。花陽が玄関まで出迎えます。

「上がって上がって」

「お邪魔します」

芽莉依ちゃん、ニコニコととても嬉しそうですね。いい笑顔です。そしてちょっといつもよりお洒落していませんか？

普段はご飯が終われば、すぐにお風呂に入ってそして疲れて寝てしまうかんなちゃん鈴花ちゃんですが、今日は「けんとにぃのはれすがたをみなきゃおふろははいらない！」と宣言していました。

その言葉も一体どこで覚えたんでしょうね。やはり勘一でしょうか。年寄りがいつも傍にいると古臭い言葉を覚えてしまうのは、どうしようもないですかね。

でも、いいですよね。皆で一緒に観ましょうね。

「なんか懐かしいわぁ」

汀子さんです。

「昔、我南人さんが初めてテレビに出るってときに、こうやってテレビの前に皆で集まってドキドキして待ってた」

そうですよ、汀子さんは元は我南人のファンクラブの会長さんでしたからね。その娘さんの芽莉依ちゃんが、今度は孫の研人の全ての意味でのファン第一号ですからね。人生はおもしろいものです。

藍子に亜美さん、すずみさんにかずみちゃん、勘一に、紺に青にマードックさん。皆がテレビを見つめています。

お茶やコーヒーを飲みながら、子供たちはジュースを飲みながら、藍子と亜美さんが手作りしているカフェのケーキを食べながら、待っていました。

「そろそろかな」

紺が言います。

あぁ、賑やかな音楽とともに、出てきました。

我南人が画面に映っています。番組の司会者の方は、我南人とはお知り合いのようですね。親しげに「久しぶり」とか話しています。

新聞のテレビ欄にも出ていたのですが、残念ながら〈LOVE TIMER〉は欠席というのを司会者の方と我南人が話していますね。肺ガンであることをボンさんが公表しましたので、少しばかり真面目な雰囲気になって、回復してくれることを願います、と、話しています。

その我南人の横に、研人と甘利くんと渡辺くんの〈TOKYO BANDWAGON〉がいます。三人でお揃いの黒いライダースの革ジャンを着ていますが、あれは〈LOVE TIMER〉の皆さんからのプレゼントでオリジナルなんですよ。下はブラックジーンズに、皆でお揃いの青のスニーカーを履いています。

格好良いですね。おどおどしてもいません。

むしろ堂々としていますよ。

『お孫さんのバンドですって？』

司会者の方の声が聞こえます。

『そうなんだぁあ、〈TOKYO BANDWAGON〉っていうから、よろしくねぇえ』

『よろしくお願いしまーす！』

三人で揃って、大きな声で挨拶して頭を下げました。この辺は、元気な普通の高校生っぽいですね。かんなちゃんと鈴花ちゃんが小さな手でパチパチと拍手をしました。それに合わせて芽莉依ちゃんも花陽もしましたね。

『我南人さんに少し似てるかな？　お孫さん、イケメンだねぇ』

『僕の息子の子供だけどぉ、息子は地味だけどぉ、お母さんがぁすっごい美人だからねぇえ』

「あら、お義父さんったら正直に」

亜美さん大喜びして、皆で笑います。紺はもう達観してますからね。ただ苦笑いするのみです。

四人がステージに移動して、演奏が始まります。私たちも聴き覚えのある我南人の曲ですね。

甘利くんはドラム、渡辺くんはエレキベース、そして我南人と研人がエレキギター。キーボードの方はいつものサポートメンバーの方でしょう。確か金子《かねこ》さんでしたよね。

身内の贔屓目ではなく、研人は華がありますよ。我南人もこうしてステージに立つと、それはもう普段とはまるで違う華やかさや迫力を感じさせますが、研人のギターワークもステージングも負けてはいません。若さの躍動感が違います。

あらっ、今、研人がリードギターを弾きながらくるっと回ったりして背中を見せましたけど、そこに文字が入っていましたね。確かに〈Mary〉って赤い文字で書いてありましたよね。

「あれって、芽莉依ちゃんのことかな!?」

花陽が言います。

「知ってた？」

「知らなかった」

「きっとそうだな」

皆に言われて、芽莉依ちゃん頬が真っ赤になってしまいましたね。

いい演奏です。もちろん未熟な部分や若さ故の粗さはあるでしょうが、とても、絵になっています。

きっと、誰もが認めてくれますよ。これは、素晴らしいバンドだと。

真奈美さんとコウさんのお店、小料理居酒屋〈はる〉さんで、今夜の打ち上げが行われました。我南人や研人、〈LOVE TIMER〉の皆はもちろん、甘利くんも渡辺くんも、そのご両親も。芽莉依ちゃんと汀子さんに、もちろん我が家の全員が一緒になって、美味しい料理を食べました。

ボンさんも、仕事帰りの麟太郎さんに連れられて来ていました。もちろん無理はできませんし、薬も飲んではいますが、元気でしたよ。まだ、大丈夫でしょう。

＊

勘一が、一升瓶を抱えて仏間にやってきました。さっき、亜美さんとすずみさんが、眠ってしまったかんなちゃん鈴花ちゃんを抱えて戻ってきたのでわたしも一緒に来たのですが、すぐ後に勘一も帰ってきたのでしょうかね。

何度も言いますが、お酒は少しだけですよ。花陽にあれだけ言っておいて医者になる前に死んでは泣くどころか呆《あき》れられますよ。

「ほい、コウさんに貰った地酒のお裾分けだ」

勘一がお猪口《ちょこ》にお酒を入れて、仏前に供えてくれました。ありがとうございます。本当に一杯飲めればいいんですけどね。

お線香を焚いて、おりんを鳴らし、勘一が手を合わせてくれます。そして供えたお猪口を取って、くいっと飲みます。

「旨いな」

それは美味しいでしょうね。今夜は特に。

「なぁサチよ」

はい、なんですか。

「秋実さんはどうだい。元気でそっちでやってるかい」

わたしも知りたいんですけど、残念ながら一度も会えませんよ。

でも、あの娘《こ》のことだからきっと元気ですよ。まだ当分会えそうもありませんが、きっとお義父さんやお義母《かあ》さんと仲良くやっています。

「花陽も研人も本当におっきくなりやがったよな。俺があれぐらいの頃よりずっとしっかりしてやがると思わねぇか」

わたしがあなたと出会ったのはあなたが十九のときですよ。でも、そうですね、確かにあの頃のあなたより花陽なんかはずっと大人ですね。

「もしもよ、俺がそっちに行ったら店はよ、青とすずみちゃんがやってくれると思うが、その後のこたぁ別にいいわな。時代が変わればなんもかも変わる。花陽は医者になりゃあいいし、研人は歌を唄ってりゃいい。かんなちゃんも鈴花ちゃんも、どっかの誰かさんと幸せになってくれりゃあそれでいい。なんとしても店を繋いでいけ、なんて無粋な遺言も遺さねぇつもりだぜ」

いいと思いますよ。

あなたの思う通りにすれば、それでいいんです。

「とは言ってもな、まだ皆危なっかしくてしょうがねぇから、当分、いや二十年はおめぇのとこへは行かないつもりだからよ。済まんがもうちょいと待っててくれや。頼むぜ」

いつまでも、待っていますよ。いいえ、あなたの傍にいますからね。

あら、でも、ひょっとしたらあなたが秋実さんのところへ行っても、わたしはここにいることになるかもしれませんからね。そのときは怒らないで一緒に待っててくださいね。

人生は、その人のものです。

たとえ親であろうと子であろうと、誰だろうと、その人の生き方を決めることはできません。自分で決めた生き方こそがすべてで、そして、誰でも最後には自分自身で決めなきゃいけないのですよね。

人生はよく道に喩《たと》えられますがその通りだと思います。人は誰もが自分の歩く道を自分で定めて、遠い先にあるであろう何かに向かって歩いていくのですよね。

そしてそれは決して見通しのよいまっすぐな一本道ではありません。細かったり、あるいは広過ぎたり、曲がりくねっていたり、別れ道が連続したり、ときには辺りが真っ暗になったりもするでしょう。道を見失って心細くもなり、躓《つまず》いて転んでしまうこともあります。

でも、人はその人生を一人で歩いているわけではありませんよね。その人生さえ二人の親から授かったものです。そして同じ時代を生きていく家族や友達や恋人や、同じ生き方や考え方をする仲間がいるからこそ、生きて歩いていけるのです。

それを忘れてしまっては、長い人生で足元を照らしてくれる、あるいは遠くから導いてくれる光を失ってしまいます。

どれほどゆっくりであろうと、僅かずつであろうと、自分の力で一歩一歩歩いていく人こそが光だと、わたしは思います。長く曲がりくねった道だから迷い、悩む。だからこそその思いは強くなるでしょう。

誰かに照らされ、誰かを照らし、互いに照らし合うその光と影があるからこそ、お互いの歩く道がはっきりと見えるのだと。

その先を見つめていけるのだと思いますよ。

あの頃、たくさんの涙と笑いをお茶の間に届けてくれたテレビドラマへ。

解　説

山ノ上　純

はぁ……皆さんいかがでしたか？　今回の『ザ・ロング・アンド・ワインディング・ロード　東京バンドワゴン』。最高ですよね！　たまりませんよね？　次作まであと一年、待てないですよねぇ。（ちなみに、単行本ならすぐに読めますけどね）

あ、失礼しました。本文より先に解説を読んで、それから読むかどうか決めるという方もいらっしゃるんですよね。もし、まだ「東京バンドワゴン」シリーズを読んだことがない方は、ぜひ第一作目の『東京バンドワゴン』からお読みいただきたいところですが、見あたらない場合はこの『ザ・ロング・アンド・ワインディング・ロード』からでも十分楽しめますので、もうこんな私の解説なんか読まなくていいので、すぐにでも読み始めることをお薦めします。絶対後悔はさせませんから！

さて、この「東京バンドワゴン」シリーズがスタートして十二年。小学一年生が社会人になるほどの年月が経《た》ったわけですが、私は、今もなお第一作目に出会った時の衝撃を忘れられずにいます。最近では多くの書店員さんの元へ、発売される前の作品がゲラ（校正のために印刷された原稿）やプルーフ（校正刷りを簡易の冊子状にしたもの）といった形で出版社さんから送られ、読む機会が増えました。町の小さな本屋の書店員である私のもとに、そんなゲラやプルーフと呼ばれるものが送られてきた、最初の作品がこのシリーズの第一作目『東京バンドワゴン』だったように思います。いまでは年間に何冊も送られてくるゲラやプルーフは、読んだ後にその本が発売される頃には処分するのですが、じつはこの『東京バンドワゴン』のゲラだけは、いまも捨てられずに手元に置いてあります。それほど衝撃的に素敵な物語だったのです。

その翌年、第二作目の『シー・ラブズ・ユー』が発売になる時に、出版社さんの会があり、そこで初めて小路さんにお会いすることができました。小路さんは覚えていらっしゃるかどうかわかりませんが、私がこのシリーズをどれだけ好きかというようなことをお話ししていた時の事です。小路さんが「このシリーズは十巻で完結させようと思っています」というようなことを仰《おつしや》って、私は「いやいやいや、絶対ダメです。もうずっとずっと続けてください！」とお願いしました。その時に私がお願いしたから……というわけではないと思いますが、この十一作目で解説を書かせていただくことになり、なんとなく運命的なものを感じていたりします。

シリーズが始まった当初に比べ、どんどん登場人物が増えていくこの物語。ここ数年は小さな子供たちが増えてきて、彼らの成長が楽しみでたまりません。赤ちゃんだった子がすくすくと育ち、たどたどしくお話しするようになり、お客さんにご挨拶するようにまでなって、しかも本作の中では内緒ばなしまで！

さらに、シリーズスタート時には小学生だった花陽は大学受験、そして研人はミュージシャンへの道をまっしぐら……。私がいま密《ひそ》かに一番気になっているのがこの研人の将来だったりします。もちろんかんなちゃんと鈴花ちゃんの成長も楽しみ。年老いて亡くなっていく方や家族もいるのですが、それは本当に自然なことなので受け入れるしかないですよね。

こうやって魅力的な登場人物がどんどん増えていって、でも全然ややこしくないというか、本当に自分のご近所さんや親戚のことのようにじっくりと時間をかけて体に染み込んでいくので、本を開けばすっとその世界に帰っていけるのです。大げさに言えば、ふるさとがもうひとつ増えるような感覚でしょうか。そんな物語、なかなか他にはないと思いませんか？

さて、今回の『ザ・ロング・アンド・ワインディング・ロード』のご紹介を。

「春　花も嵐も実の生る方へ」では、またあの〝呪いの目録〟を手に入れようとする人たちが現れます。それに関連して、漫画家さんや漫画の編集者さんも登場。この物語の中で『ワンピース』や『銀魂』『暗殺教室』というタイトルがお目見えする日が来るとは思ってもみなかったので、なかなか衝撃的でした。しかも、勘一じいちゃんは『キングダム』を愛読してるとか。これも若さの秘訣《ひけつ》かもしれません。そして、あの勉強一筋の花陽ちゃんに、ついに恋愛話が？

「夏　チャーリング・クロス街の夜は更けて」では、英国の秘密情報部に蔵の中にある本を狙われるというワールドワイドなお話に。そしてついに、００７を出し抜くべく、勘一じいちゃん渡英！　もう世界を股にかける古本屋・東京バンドワゴンですよ。そしてイギリスでも江戸弁で啖呵《たんか》を切る勘一じいちゃん。かっこ良すぎます。

「秋　本を継ぐもの味なもの」では、学校から帰ってきた研人を、かんなちゃんと鈴花ちゃんが待ち構えていて「ないしょのはなしがあるの」なんて耳打ちします。あの小さな二人がそんなことをするまでに（泣）。何でも、お友達のおばあちゃんの家におじいちゃんの幽霊が出て困っているとか。今回はなんと、サチばあちゃんと紺・研人・かんなちゃんの四人（？）が連携プレーです。サチばあちゃんが見えるだけの人（研人）、話せるだけの人（紺）、そしてたぶん見えて話せる人（かんなちゃん）……、遺伝ってすごい。幽霊問題と、第六十回にして東京バンドワゴン初参加の神田古書市場を舞台に、やっぱりLOVEだねぇで諸問題を解決してしまいます。

「冬　ザ・ロング・アンド・ワインディング・ロード」。ミュージシャンとして仕事もしている研人が、学校でいじめられているという噂《うわさ》が。もっぱらネット上で叩《たた》かれたりしているらしく、その影響は研人の彼女の芽莉依ちゃんにまで及び、隠し撮りされた写真がネットに流されているとか。研人本人はさほど気にしていない様子だけれど、芽莉依ちゃんのことはなんとかしないといけません。そして、久しぶりにテレビでの演奏を控えた我南人のバンド・LOVE TIMERにも危機が。また、藤島さんからの堀田家への温かい申し出も……。個人的には、いつか花陽ちゃんと藤島さんは結婚するんじゃないかと思っていたんですけどね。この章はシリーズ十一作目にして、私が初めてマジ泣きした物語かもしれません。

以上の四作品が収録されているわけですが、いつにもましてバラエティに富んだお話だったように思います。全体に漂う昭和感が、ついつい少し前の時代の物語のように感じさせますが、実はいま現在の自分たちと同じ時間軸で進んでいることを再確認。もはや何処《どこ》かに本当に存在するような気にもなってきます。できれば一度行ってみたい、いや常連になってみたい東京バンドワゴン。そして居酒屋はるで美味《おい》しいお酒と食事も楽しんでみたいものです。

これを書かせていただいている二〇一八年二月上旬、日本には大寒波がやってきていて、東北や北陸では大雪で大変なことに。年が明けてから寒い日が続き、東京や大阪でも雪が降り、やたらとお野菜の高い日が続いております。年明けからずっと、この原稿のために「東京バンドワゴン」シリーズを最初から読み直していました。満員電車で息苦しくても、ホームで冷たい風に吹かれようとも、この物語のおかげで心だけはずっとぽかぽかしていました。もう読むホッカイロです。(もしかしたら夏に手に取られる方がいらっしゃるかもしれませんが、別に暑苦しくはないから大丈夫ですよ)
いつも握りしめているスマホはちょっとポケットにしまって、たまには心がほっとする本を開いてみませんか?

(やまのうえ・じゅん　書店員/ダイハン書房本店勤務)

ブックデザイン　鈴木成一デザイン室

本書は、二〇一六年四月、書き下ろし単行本
として集英社より刊行されました。

集英社文庫　目録（日本文学）

清水義範　会津春秋
清水義範　夫婦で行くバルカンの国々
清水義範　iｆの幕末
清水義範　夫婦で行く旅の食日記　世界あちこち味巡り
清水義範　夫婦で行く意外とおいしいイギリス
清水義範　夫婦で行く東南アジアの国々
下重暁子　鋼《はがね》の人《ひと》　最後の瞽女《ごぜ》・小林ハル
下重暁子　不良老年のすすめ
下重暁子　「ふたり暮らし」を楽しむ　不良老年のすすめ
下重暁子　老いの戒め
下川香苗　はつこい
朱川湊人　水銀虫
朱川湊人　鏡の偽乙女　薄紅雪華紋様《うすくれないせっかもんよう》
小路幸也　東京バンドワゴン
小路幸也　シー・ラブズ・ユー　東京バンドワゴン
小路幸也　スタンド・バイ・ミー　東京バンドワゴン

小路幸也　マイ・ブルー・ヘブン　東京バンドワゴン
小路幸也　オール・マイ・ラビング　東京バンドワゴン
小路幸也　オブ・ラ・ディ　オブ・ラ・ダ　東京バンドワゴン
小路幸也　レディ・マドンナ　東京バンドワゴン
小路幸也　フロム・ミー・トゥ・ユー　東京バンドワゴン
小路幸也　オール・ユー・ニード・イズ・ラブ　東京バンドワゴン
小路幸也　ヒア・カムズ・ザ・サン　東京バンドワゴン
小路幸也　ザ・ロング・アンド・ワインディング・ロード　東京バンドワゴン
白石一文　彼が通る不思議なコースを私も
白河三兎　私を知らないで
白河三兎　もしもし、還る。
白河三兎　十五歳の課外授業
白澤卓二　100歳までずっと若く生きる食べ方
城山三郎　臨3311に乗れ
辛　永清　安閑園の食卓　私の台南物語
辛酸なめ子　消費セラピー

新庄　耕　狭小邸宅
眞並恭介　牛と土　福島、3・11その後。
神埜明美　相棒はドM刑事《デカ》　〜女刑事・海月の受難〜
神埜明美　相棒はドM刑事《デカ》2　〜事件はいつもアブノーマル〜
神埜明美　相棒はドM刑事《デカ》3　〜横浜誘拐紀行〜
真保裕一　ボーダーライン
真保裕一　誘拐の果実(上)(下)
真保裕一　エーゲ海の頂に立つ
真保裕一　猫背の虎　大江戸動乱始末
真保裕一　ダブル・フォールト
周防　柳　八月の青い蝶
周防　柳　逢坂の六人
周防　柳　虹
周防正行　シコふんじゃった。
杉本苑子　春日局
杉森久英　天皇の料理番(上)(下)

集英社文庫　目録（日本文学）

集英社文庫 目録（日本文学）

平安寿子 恋愛嫌い
平安寿子 風に顔をあげて
平安寿子 幸せ嫌い
高倉健 あなたに褒《ほ》められたくて
高倉健 南極のペンギン
高嶋哲夫 トルーマン・レター
高嶋哲夫 M8《エムエイト》
高嶋哲夫 TSUNAMI 津波
高嶋哲夫 原発クライシス
高嶋哲夫 東京大洪水
高嶋哲夫 震災キャラバン
高嶋哲夫 いじめへの反旗
高嶋哲夫 交錯捜査 沖縄コンフィデンシャル
高嶋哲夫 ブルードラゴン 沖縄コンフィデンシャル
高嶋哲夫 富士山噴火
高杉良 管理職降格
高杉良 小説 会社再建
高杉良 欲望産業(上)(下)
高野秀行 幻獣ムベンベを追え
高野秀行 巨流アマゾンを遡《さかのぼ》れ
高野秀行 ワセダ三畳青春記
高野秀行 怪しいシンドバッド
高野秀行 異国トーキョー漂流記
高野秀行 ミャンマーの柳生一族
高野秀行 アヘン王国潜入記
高野秀行 怪魚ウモッカ格闘記 インドへの道
高野秀行 神に頼って走れ！ 自転車爆走日本南下旅日記
高野秀行 アジア新聞屋台村
高野秀行 腰痛探検家
高野秀行 辺境中毒！
高野秀行 世にも奇妙なマラソン大会
高野秀行 またやぶけの夕焼け
高野秀行 未来国家ブータン
高野秀行 謎の独立国家ソマリランド そして海賊国家プントランドと戦国南部ソマリア
高橋一清 編集者魂 私の出会った芥川賞・直木賞作家たち
高橋克彦 完四郎広目手控
高橋克彦 天狗殺し 完四郎広目手控II
高橋克彦 いじん幽霊 完四郎広目手控III
高橋克彦 文明怪化 完四郎広目手控IV
高橋克彦 不惑剣 完四郎広目手控V
高橋源一郎 ミヤザワケンジ・グレーテストヒッツ
高橋源一郎 競馬漂流記 では、また、世界のどこかの観客席で
高橋源一郎 銀河鉄道の彼方に
高橋千劔破 江戸の旅人 大名から逃亡者まで30人の旅
高見澤たか子 「終の住みか」のつくり方
高村光太郎 レモン哀歌―高村光太郎詩集
瀧羽麻子 ハローサヨコ、きみの技術に敬服するよ
竹内真 粗《そ》忽《こつ》拳《けん》銃《じゅう》

集英社文庫　目録（日本文学）

集英社文庫　目録（日本文学）

集英社文庫

ザ・ロング・アンド・ワインディング・ロード　東京《とうきょう》バンドワゴン

2018年4月25日　第1刷　　定価はカバーに表示してあります。

著　者　小路幸也《しょうじゆきや》
発行者　村田登志江
発行所　株式会社　集英社
東京都千代田区一ツ橋2-5-10　〒101-8050
電話　【編集部】03-3230-6095
【読者係】03-3230-6080
【販売部】03-3230-6393（書店専用）
印　刷　凸版印刷株式会社
製　本　凸版印刷株式会社

フォーマットデザイン　アリヤマデザインストア　　マークデザイン　居山浩二

ISBN978-4-08-745725-4 C0193